FVA

Julia Rothenburg in der Frankfurter Verlagsanstalt:

KOSLIK IST KRANK, Roman
HELL/DUNKEL, Roman
MOND ÜBER BETON, Roman

Julia Rothenburg

Mond über Beton

Roman

FRANKFURTER VERLAGSANSTALT

Die Menschen sind wie Kinder, wenn es um ihre Häuser geht. Sie stellen sie in die Stadt hinein wie Klötze in eine Legowelt, sie malen sich aus, wie das alles funktionieren soll, die hübschen Plastikbäume in den Teppich gedrückt, sie halten nicht, das Kind wird ungeduldig, lässt die Bäume sein. Die Häuser werden aufgetürmt. Das Kind hat eine Vision: Das Haus soll hoch sein, das Haus soll schön sein, es sollen Mütter darin wohnen. Die Kinderwagen stehen vor dem Haus, kleine Plastikkinderwagen mit kleinen Plastikbabys. Das Kind baut weiter, ein Fähnchen aufs Dach, fertig. Das Kind hat einen Traum: Es weiß genau, wie in diesem Haus gelebt wird. Es weiß genau, wer dort ein und aus geht, wie der Mensch ist, der dort wohnt. Es sind Bauarbeiter und Piloten, und die Mütter gehen morgens mit ihren Kinderwagen vor dem Haus spazieren.
Und da sitzt das Kind also schließlich und glotzt vergnügt auf dem Teppich umher, auf dem schon die Straßen aufgemalt sind, damit das Kind üben kann, was vom Erwachsenen später erwartet wird: Häuser in die Welt zu setzen und Babys und gute Ideen.
Das Kind ahnt nicht, was passiert, wenn es das Zimmer verlässt, und die Erwachsenen verstehen nicht, dass nicht nur ihre Babys ungehalten schreien, wenn es Nacht wird.

Montag

»Wer hier aus der U-Bahn steigt, ist selber schuld«

Die Welt, 7.3.2016

Da sitzen sie, die kleinen Gangster, und trinken Capri-Sonne. Es ist Frühling. Die Muskelshirts schlackern am Körper. Das sieht sie ja sogar von hier. Es ist viel zu kalt. Alle vier haben ihre Caps ins Gesicht gezogen. Ab und zu springt einer auf, fuchtelt vor den anderen herum. Die Stimmen hallen über den ganzen Kanal. Aylin hat sie schon von weitem gehört, da stand sie noch bei den Schwänen, die Plastiktüte fest umklammert, damit die Schwäne bloß nicht denken, dass da was für sie drin sein könnte.
Aylin beschleunigt ihren Schritt, viel zu lange hat sie hier rumgestanden. Seit ihrer Kindheit schon kriegt sie den nicht los, diesen sinnlosen Drang, sich an Details aufzuhalten: riesige Schwanenfüße, die auf dem Boden rumwatscheln.
Das Essen in der Tüte wird kalt.
Laut kieksen die Stimmen, sie hört dazwischen Buraks Kinderstimme, auch aus der Entfernung, sie sticht hervor wie die komplett weiße Kleidung von diesem Marcel, der auch immer bei der Gruppe abhängt. Genauso ein Assi-Kind wie die anderen.
Von außen verschwimmen die vier zu einer Einheit.
Sie denkt schon seit Jahren, dass Onkel Mutlu mal härter durchgreifen sollte. Das bisschen Handyverbot. Nicht dass sie wüsste, was da jetzt noch helfen könnte. Sie weiß

ja selbst, dass Burak eigentlich ein hoffnungsloser Fall ist. Hat andauernd geflennt, als er klein war. Man musste ihm nur sein Spielzeug wegnehmen. Hat auch geheult, wenn sie gegangen ist. Geh nicht, Aylin, geh nicht. Traumatisiert, hatte Marianne gesagt. Aber das war doch erst später. Vor dem mit Hilal hat der noch viel mehr geheult als hinterher. Hinterher: große feuchte Kinderaugen, aber oft stumm. Zumindest als sie ihm das erklärt hat, ihm und Barış, weil Onkel Mutlu es ja nicht konnte. Onkel Mutlu, der ebenfalls stumm war, danebensaß, dann hinausging, die Tür zuknallte. Da zuckten sie zusammen, die Jungs. Noch größere Kinderaugen. Und sie saß allein im Wohnzimmer mit diesen Kinderköpfen, Raspelhaare hatten die beiden damals, weich wie Fell, passte fast in die Hand hinein, so ein Kinderkopf, mit dieser kleinen Einbuchtung hinten.

Schuld an dem ganzen Geheule war natürlich Marianne. Die ganzen deutschen Märchen sind ja voll von Kindern, die von ihren Eltern allein gelassen werden. Da war Marianne erbarmungslos, die hat sie trotzdem vorgelesen. Einmal hat Marianne dann selbst angefangen zu heulen. Natürlich hat sie so getan, als würde sie nicht heulen, hat einfach weitergelesen, mit diesem Bruch in der Stimme, feuchter Spucke und Rotze zwischen den Wörtern. Das war nicht zu ertragen. Ich mach, hatte Aylin gesagt, dabei ist sie echt mies im Vorlesen. Sie erinnert sich genau an den Moment, wie peinlich das war, das schwere Buch auf den Knien, ein deutsches Märchenbuch, und die Wörter viel zu klein für ihre Augen, weil sie ja eigentlich eine Brille braucht. Aber musste dann halt.

Marianne ist seitdem sowieso nicht mehr gekommen. Aylin hat das mit dem Vorlesen noch ein paar Tage lang durchgezogen. Und schließlich hat sie es sein lassen. Die Jungs waren ja eigentlich eh schon zu alt zum Vorlesen. Und was ist überhaupt die Moral von diesen ganzen Storys? Wenn man Burak und Barış in den Wald schicken würde, die würden keine Sekunde überleben, die kleinen Scheißer.

Jetzt haben die Jungs angefangen, ihre Capri-Sonnen in den Kanal zu werfen. Einer springt auf und versucht, einen anderen hinterherzuschubsen. Ein Riesenzirkus ist das. Aylin kneift die Augen zusammen. Es ist kalt, viel zu kalt, ein mickriger Frühlingsanfang, und trotzdem glitzert die Sonne im Wasser. Wie kleine Schiffe fahren die Capri-Sonnen im Kanal davon.
Aylin schwenkt die Plastiktüte.
Gleich gibt's Essen, brüllt sie rüber.
Burak sitzt als Einziger noch, während die anderen sich gegenseitig dem Kanal entgegenrangeln, zuckt zusammen. Die anderen drei Jungs kichern. Stoßen sich an, als sie näher kommt.
Braucht gar nicht so dumm zu gucken, sagt Aylin.
He, Aylin, sagt einer. Jan, Gesicht wie ein Ochse. He, krieg ich deine Handynummer?
Davon träumst du.
Komm, ich bin der Richtige. Wirst sehen, wir sind füreinander bestimmt.
Die kleinen Jungskörper werden geradezu geschüttelt von diesem Kichern. Nur Burak schaut betreten auf den Boden.

Ich kenn deinen Vater, Jan, sagt Aylin.
Sie kennt auch Jans Geschwister. Nur die Schwester ist in Ordnung. Ein bisschen viel Schminke, ein bisschen zu gerne beim Friseur, ansonsten okay. Aber dieses In-der-Gegend-Herumlungern, breitbeinig, und zwischendurch kleine Spuckepfützen auf den Gehweg pflanzen, sich an die Eier fassen, ein Mini-Jan wie der nächste, ein Jan-Quartett, die ganze Familie.
Du weißt, was dein Vater sonst sagt, sagt sie zu Burak und dreht um. Das Kichern folgt ihr den vom Regen noch matschigen Fußweg entlang, Poltergeistmelodie.

* * *

Stanca schaut durch den Türspion. Weiße Gänge, so weiß. An der Seite gedehnt, ein rundes Bullauge, durch das man die Leute alle als Kugeln sieht. Immer als kleine Figürchen, wenn sie vorbeikommen, wenn sie am Treppenabsatz stehen. Je näher sie kommen, desto mehr verzerren sich die Körper. Passiert natürlich nur bei den kleinen Jungs, die Klingelstreiche machen. Die wissen ja nicht, dass sie direkt hinter dem Türspion steht. Dass sie niemals schläft. Dass ihre kleinen Jungsaugen im Bullauge riesig werden, die Augenbrauen noch buschiger, dass sie jedes Härchen sehen kann von ihrem Kleine-Jungs-Flaum.
Oder dass sie, wenn sie aus ihrer Wohnung herauskommt, oben an der Balustrade steht, dass sie über den Platz schaut, dass sie sieht, wer das Haus verlässt, wer es betritt. Sie kann alles erkennen, was da unten vor sich geht.
Die Familie aus dem Dritten mit ihren drei lauten Kindern, die hinkende Alte aus dem Fünften, die kleine Tür-

kin, wenn sie morgens zur Arbeit muss. Wenn sie von der Arbeit wiederkommt, die Schminke verschmiert. Der dicke Familienvater, nur noch ein Schatten, ein großer Schatten immerhin. Die Söhne wie Welpen. Haarige, grausame Welpen. Stanca muss nur vom Balkon schauen, um zu wissen, was sie da treiben.
Peer, der vor gar nicht so langer Zeit auch mal ein Welpe war, fiept in seiner Ecke. Wie die Zeit vergeht, denkt Stanca, da hat sie ihn doch gerade erst in der Gosse gefunden, das winzige Ding, am Kanal in einer Kiste. Die Kiste war aus Pappe und wackelte, und es regnete, und Stanca musste sich immerzu übers Gesicht wischen, weil ihr das Wasser in die Augen lief.
Ist ein hässliches Vieh draus geworden. Haart viel, frisst viel. Und jetzt hat das Biest nicht mal mehr ein eigenes Zimmer. Muss aus seiner Höhle raus.
Stank ganz schön, hat sie stundenlang geschrubbt. Und Peer, das faule Mistvieh, saß nur fiepend daneben und hätte beinahe wieder in die Ecke gepinkelt. Nichts da. Nicht mehr zumindest. Normalweise ist ihr das ja egal. Bei Peer und ihr heißt es: leben und leben lassen. Was soll sie ihm auch vorschreiben? Hat ja schon genug erlebt im Leben.
Das ist etwas, das hat Stanca über die Jahre verstanden: dass man genug erleben kann. Tiere unter Tieren, so leben Peer und sie hier. Haarig ist sie auch, weiß sie selbst, überall hat sie Haare bekommen in den letzten Jahren. Ist froh, dass Heinrich das nicht mehr sehen muss. Die schöne Stanca, jetzt ein haariges Monster. Gut, schön war sie nie. Aber als er sie damals beim Dekorieren im Schau-

fenster gesehen hat, da hatte sie noch Kurven und lange blonde Haare, zum Zopf geflochten, das stand ihr gut, das brachte das runde Gesicht zur Geltung wie ein Foto in einem Rahmen.

Peer winselt, und Stanca schlägt mit dem Besen nach ihm. Soll endlich das Maul halten, die Töle. Hätte sie ihn eben doch liegen lassen sollen, das winselnde Ding, damals in der Kiste, durchweicht, durchweichte Pappe, durchweichte Töle. Aber so ist sie eben, weiches Herz. Genau wie jetzt, dass sie hier jemanden aufnimmt, in ihrer Wohnung. In Peers Zimmer. Dass sie fortan mit Peer ein Zimmer teilt. Zimmer teilen, das musste man schon immer. Damals im Dorf mit den Eltern, dann auf der Arbeit den Arbeitsraum, dann mit Heinrich. Dann mit dem toten Heinrich. Dann mit dem Geist von Heinrich. Jetzt mit Peer.

Es klingelt, da hat sie gerade den Schrank noch mal ausgewischt. Dass sie sich überhaupt solch eine Mühe macht für irgendein Jüngelchen. Es haben nur Jüngelchen geschrieben. Der hier war der Einzige, der Deutsch sprach. Sie hat sich nicht abgequält mit der korrekten deutschen Aussprache, um jetzt jemanden in ihre Wohnung zu lassen, der es nicht sprechen kann. Damals, das weiß sie noch, wie Heinrich über ihr Deutsch gelacht hat, so altmodisch, so spricht man doch nicht, Sabinchen. Dabei hatte der doch selbst einen Namen wie aus einem Deutschlehrbuch. Aber er hat sich gekümmert, trotz des Lachens, hat ihr Bücher besorgt und dann Kassetten, als er merkte, dass sie viel lieber zuhört, als zu lesen.

Auf der Matte steht ein Jüngelchen mit großen Ohren und einem Rucksack, der größer ist als er selbst und über

seinem Kopf hin und her schwankt. Er ist ganz weiß im Gesicht, hat die Arme verschränkt und schaut hin und her, hin und her. Peer winselt zwischen ihren Füßen hindurch.
Jonas Schneider, sagt das Jüngelchen, und er ist so jung, kaum dem Stimmbruch entwachsen. Aber was weiß sie schon, die Jungs ziehen ja immer jünger aus, sterben später. Heinrich sah schon aus wie ein alter Mann, als sie ihn kennenlernte. Ein hübsches Gesicht, aber schon damals mit Glatze, fast, und Schmerbauch, dabei war er da sogar noch jung, verglichen mit später, ist alt geblieben, bis er alt war. Andere Eltern hätten gesagt: Was willst du denn mit so einem Alten? Bist doch jung, hast doch hübsche Zöpfe. Aber der Name, der Name hatte alles geändert, Heinrich, wie ein Prinz aus dem Märchen. Die Mutter hatte ganz verzückt einen Kaffee gemacht, den Guten, dabei hatten sie den so selten, hatten sonst immer das Pulver gespart, und für Heinrich gab's auch das gute Geschirr. Da saß er am Tisch, da konnte man den Schmerbauch nicht sehen. Hat auch ganz brav um ihre Hand angehalten. Hat es auf Rumänisch versucht, herzzerreißend. Hat gleich wieder aufgehört, die paar Vokabeln, die er kannte. Und war ja auch unnötig, sie haben eh alle Deutsch gesprochen, Deutsch Deutsch Deutsch.
Sie sitzen am Küchentisch, und Stanca schenkt dem Jüngelchen Kaffee ein. Trinkt er ganz artig, auch wenn er sich immerzu umschaut dabei. Soll er gucken. Auf die Einrichtung ist sie nicht stolz, aber hässlich ist sie auch nicht. Haben sich schließlich damals Mühe gegeben, also Heinrich, dass es auch schön ist für sie. Dass das junge Ding

sich hier auch wohlfühlt. Schon in der alten Wohnung, alles hab ich neu gemacht für dich, hat er gesagt. Dabei war ja auf den ersten Blick zu sehen, dass das nicht sein Werk war, dass da eine Frau –
Geputzt hat sie immer, alles sauber gehalten, wäre Peer nicht, die Wohnung wäre blitzesauber.
Jetzt sabbert das Tier zu ihren Füßen, und Jüngelchen beugt sich runter, um es bei den Ohren zu kraulen, und Peer, der Jammerlappen, zuckt ganz nervös mit dem Schwänzchen umher und versteckt sich hinter Stancas Hausschuhen, den Clogs aus Plastik, an denen er die Ränder schon abgekaut hat.
Es wäre für einen Monat zu haben?, fragt Jüngelchen, mit Namen Jonas.
Dass die Deutschen sich jetzt solche Namen aussuchen. Hätte sie ein Kind gehabt, sie hätte es anders genannt. Namen mit G sind schön und alt.
Sicher, sagt Stanca, sicher. Einen Monat, zwei Monate.
Die Kaution in bar, sagt Stanca.
Jüngelchen nickt, kramt schon in seiner Tasche. Stanca wartet und sieht zu, wie seine Finger zittern.
Sie möchte zu ihm rübergreifen, ihm die Hand tätscheln, genau wie sie Peer den Kopf tätschelt, wenn er sich wieder aufregt, weiß Gott was für Alpträume das kleine Mistvieh umtreiben, welche Geister er sieht, grausame haarige Vorfahren, wenn er die Wand ankläfft. Aber sie kennt das ja, das mögen nur die Tiere, das Klopfen und Tätscheln auf Köpfe. Und überhaupt gibt es nichts zu klopfen. Sie braucht das Geld. Also begnügt sie sich mit Peer, und das Vieh gurgelt zu ihren Füßen vor sich hin.

Jonas zählt die Scheine auf den Küchentisch.
Du nimmst dir alles aus der Küche, was du brauchst, sagt Stanca. Das ist kein Problem für mich.
Das ist nett, danke, sagt Jüngelchen und klopft mit den sauber gefeilten Fingernägeln auf dem Tisch herum. Da ist er, der Bruch, den es immer gibt, denkt Stanca. Und er verläuft in Deutschland zwischen den Männern, die ihre Fingernägel feilen, und denen, die es nicht tun, die anpacken. Aber das braucht Jüngelchen nicht. Sicherlich Student.
Wir sind im Geschäft, sagt Stanca. Wie das klingt. Das hat Heinrich immer so gesagt. Hat er damals auch zu ihrem Vater gesagt, schalkhaft, Schulterklopfen. Sie erinnert sich noch genau an den Gesichtsausdruck des Vaters, er lachte oft, man sah die schwarzen Löcher, wo die Zähne fehlten. Auch Augen wie Löcher, die hatte ihr Vater. Er schaute zu Stanca. Sie nickte, er nickte auch.
Das Jüngelchen nickt. Super, ich rauche auch nicht oder so.
Ach, denkt Stanca, du kleiner Junge. Was ich von Männern schon alles gesehen habe. Da kannst du rauchen, so viel du willst.

* * *

Es ist März oder es ist April, und Ario liegt unter der Brücke. Zumindest: über ihm Streben. Tauben gurren. Autos brausen an ihm vorbei. Sein Schlafsack riecht nach Kotze. Sein Schlafsack riecht immer nach irgendwas, aber wenn es so penetrant riecht, muss es frisch sein. Sein Kopf dröhnt. Kann sich nicht erinnern, wie er hierhergekommen ist. Kann sich nicht erinnern, wessen Anziehsachen

er da trägt. Ist auch egal. Es riecht, und er hat höllische Schmerzen.
Verpiss dich, sagt er zu einer Taube, die neben seinem Kopf nach ihrer eigenen Scheiße pickt. Kommt irgendwie komisch aus seinem Mund raus. Ist aber auch egal. Er braucht was zu trinken. Die Wasserflasche ist leer. Wieso ist Taubenscheiße eigentlich weiß? Soll ihm mal einer erklären. Immerhin hat er kein Problem mit –, ist sie halt weiß. Schlimmer ist der Gestank. Wenn das Wolfgang war. Vermutlich war das Wolfgang. Der alte Penner. Wenn er kotzt, dann als berste der dicke Körper, dann kann er meistens nicht kontrollieren, wohin. Nur manchmal zielt er ganz bewusst. Am liebsten auf Autos. Ist sogar ganz lustig ab und zu. Müssten mal einen Ausflug nach Zehlendorf machen, hat er neulich zu Wolfgang gesagt. Wolfgang hat gelacht. Oder so ähnlich. Weiß man bei Wolfgang manchmal nicht so genau, was das ist, was da aus seinem Gesicht herausbricht.
Nein, jetzt erinnert er sich wieder. Gestern war Wolfgang weggeblieben. War nicht im Café, war nirgendwo. Dann halt nicht, dachte Ario. Liest er Zeitung. Hauptsache nur, es quatscht ihn sonst keiner an. Dass er überhaupt mit Wolfgang, dass er sich dessen Zeug anhört. Lange Geschichte.
Aber Piotr. Haben sich vor dem Café getroffen. Wollte ihm nichts Neues zum Verticken geben. Aber Bier und Selbstgebrannten. Hatte gesagt, er hat Geburtstag. Als wär das wichtig. Hat ewig rumerzählt, Geburtstag in Russland, ganz große Sache. Ario hatte keine Lust zu nicken oder sonst was zu sagen. Wozu auch. Natürlich erinnert er sich

an Geburtstage, Kuchen aus dem Supermarkt, eingedellt, Kuchen in Alufolie, Kuchen mit Serviettenfetzen dran. Kuchen, Kuchen und Kerzen. Er erinnert sich an ganz viele Geburtstage, klebrige Kindergesichter als Fratzen. Aber nicht an seinen.
Piotr hatte gelacht. Nicht dein Ernst, Junge, nicht dein Ernst. Wie alt bist du überhaupt?
Ario hatte die Schultern gezuckt, oder so, vielleicht hatte er Piotr auch eine reingehauen. Nee, hat er nicht, er bewegt die Hände, fühlen sich gut an, die Fingerknöchel.
Die kleine Ehrenamtliche war wieder da, im Café. Macht immer so ein Gesicht, wenn er sagt, dass er Hunger hat. Muss nur nett lächeln. Er weiß noch, wie man das macht mit den blitzenden Augen. Wenn das alles ist, was man braucht, blitzende Augen. Seine Oma hatte das mal gesagt. Hast so schöne Augen, Junge. Da werden die Mädchen – Hat die kleine Ehrenamtliche gelacht und sich die Haare hinter die Ohren gestrichen. Wie lange ist es eigentlich her, dass er – Muss er wohl mal wieder Sabine besuchen gehen oder Saskia oder wie die alle heißen. Auch egal. Jetzt gerade ist ihm eh zu schlecht. Alles fühlt sich dumpf an, auch der Schwanz. Aber ist noch da, kann er tasten, weich und biegsam.
Die kleine Ehrenamtliche hatte ihm einen Extrateller gemacht. Erst Kekse. Dann Brot von gestern. Gott, er erinnert sich, verschimmelte Paprika. Hat sie gegessen. Hat ausgespuckt auf die Straße.
Jetzt doch das Gesicht von Wolfgang: das blutunterlaufene. Der Bart, die spärlichen Haare, das Halstuch, das ihn aussehen lässt wie einen Seemann. Seemänner trinken die

ganze Nacht. Wolfgang schrie rum, war schon dunkel. Die Stimme hallte, wo hallte sie? Ach genau, Kottbusser Tor. Das Tor, das keines ist. Oder wo ist hier ein Tor? Hier gibt es die U-Bahn-Brücken, da liegt er drunter, jetzt erkennt er das. Oben die Streben, die Tauben, daneben die Autos. Dahinter dann die Betonfassade des Häuserblocks, riesige Insektenaugen. Satellitenschüsseln statt Fühler.
Ario liegt unter diesem Tor. Und alles dreht sich, hin und her. Aber zwischen den Drehungen erkennt er trotzdem alles ganz genau.
Die Frühlingsluft ist anders als die Winterluft, anders als vor ein paar Tagen, frischer, trotz der Abgase. Gegenüber werden die Bäume bald grün. Darunter klumpt die Junkietraube. Schauen ab und zu rüber. Gott, ist ihm schlecht, aber woher, das bisschen verschimmelte Aubergine oder Paprika, das bisschen Selbstgebrannter.
Die Junkies kommen nicht rüber. Will er dem Pack auch nicht geraten haben. Die Äste mit den Knospen sind schon so schwer, dass sie beinahe auf die Junkies herabsinken. Aber denen ist's ja eh egal, sitzen in matschigen Blättern, sitzen unter den grünen Blättern, lassen sich von den kahlen Ästen die letzten Haare wegkämmen.
Der türkische Laden hat schon auf. Er kann genau sehen, wenn er den Kopf dreht zumindest, verdammt, ist ihm schlecht, wie die türkischen Männer an der Plane hantieren, wie sie die Obstkisten nach draußen stellen, das Gemüse, kein verschimmeltes. Vorne die Tüten für einen Euro, auch nicht verschimmelt, aber meistens zu viel Grünzeug. Ario isst lieber Fleisch. Hat er vielleicht Hunger, und ist ihm deswegen so schlecht?

Sehen alle gleich für ihn aus, die Türken. Aber das würde er fast über alle Menschen sagen. Dunkelhaarige insgesamt. Liegt vielleicht daran, dass er nicht so oft in den Spiegel schaut. Erinnert sich an sein eigenes Gesicht im Spiegel nur vage, Uni-Toilette Freiburg. Blaues Licht, damit man die Venen nicht trifft. Er ist doch nicht doof, man kann ja auch mit dem Kugelschreiber.
Er kann seine Füße nicht mehr spüren. Ist nichts Neues, ist ja noch kalt. Aber Gott, wie er diese Sammelunterkünfte leid ist. Hatte sich hinten in der Halle seinen Platz erkämpft. Trotzdem immer jemand, der ihm den streitig machte. Und dann gestern: kein Platz mehr. Wie, zu spät gekommen? Er weiß, dass die Marken um acht verteilt werden. Er hatte halt noch mit Piotr. Also Wolfgang gesucht. Aber jetzt kein Wolfgang hier, natürlich nicht, der hat ja seine Bude, betreutes Wohnen, so was macht Ario nicht mehr mit, nur die Junkies gegenüber, lallen, Stielaugen, eine Frau macht kts kts, als sie ihren Trolley an ihm vorbeizieht. Scheiß Tauben, kacken überall hin.
Ario schiebt die Füße tiefer in den Schlafsack, fühlt am Boden das Geld zwischen den Zehen. Vielleicht später noch was besorgen. Eine der Tauben kackt direkt neben seinen Kopf. Drecksviecher. Berlin ist voll von denen. Gab's in Freiburg nicht, so viele. Gab's das Plätschern der Dreisam. War viel wärmer dort im März, April. Aber der Beton ist ihm trotzdem lieber.
Die Taube gurrt und kackt schon wieder. Ario greift nach einer Flasche und wirft, wird ihm ganz anders dabei. Er sinkt zurück, fällt, knallt mit dem Kopf auf seine zusammengerollte Jacke. Ein Flügelschlagen, aufgeregtes Ge-

zeter. Aus den Augenwinkeln sieht er die Taube in den blauen Himmel flattern. Es ist schon April, daher der blaue Himmel. Das war die acht Cent wert.
Bist du total bescheuert, sagt eine Stimme.
Ich hätte das fast abgekriegt, du Wichser.
Da steht ein Schatten in seinem Sichtfeld, eine junge Frau. Jetzt mit den Augen blitzen, aber sie guckt nur böse. Sie sieht aus wie ein Engel. Andererseits: alles Einbildung, gibt keine türkischen Engel. Hat er noch nie ein Bild von gesehen zumindest. Und gibt keine Engel für ihn, Ario, sowieso nicht.
Was lachst du so bescheuert? Hallo, bist du total zu, oder was?
Der Engel schiebt ihm die Schuhspitze in die Seite, nein, tritt vermutlich, bei ihm ist gerade alles in Zeitlupe. Und dreht sich auch schon wieder, nein, schwankt, hin und her. Als würde der Engel mit den Flügeln schlagen.
Jetzt muss er doch gleich – macht er ungern vor hübschen Mädchen. Vielleicht hat sie ja ihr Smartphone dabei. Aber nein, keine Tasche, nur eine Plastiktüte. Schade. Hätte er später im Mauerpark.
Total bekloppt, sagt das Mädchen. Wehe, du machst das noch mal. Dann setzt es was, kapiert.
Ja, Mam, sagt Ario. Klingt schon besser, die Stimme so. Betrunken ist er nicht.
Sie will gehen. Das Schwanken wird weniger, jetzt, wo er sitzt. Stabilere Welt, Welt aus Beton, Eisen, Engel.
Hast du ne Aspirin?
Das Mädchen zieht die Augenbrauen hoch, glaubt er zumindest, er blickt ja gegen das Licht, sieht ihr Gesicht nur

als dunkle Fläche, mit den schwarzen Haaren zusammen, ein sich bewegender Schatten.
Bist du krank, sagt sie.
Glaub schon, sagt Ario.
Ich hab keine Zeit für son Scheiß, sagt sie. Wollte nur sagen: Das mit der Flasche, das ist echt assi.
Tauben nennt man auch Ratten der Lüfte, sagt Ario.
Ist mir egal, sagt das Mädchen und geht.
He, ruft er. Was ist mit der Aspirin?
Über ihm rattert die U-Bahn, und Ario versteht nicht, wieso manche das häufiger machen, unter S- oder U-Bahn-Brücken schlafen. Kann einem doch nur auf den Keks gehen dieses Geratter. Ungerührt gurren die Tauben. Heute Abend pennt er bei Wolfgang. Der schuldet ihm was.

* * *

Onkel Mutlu ist schon zu Hause. Sitzt auf dem Sofa im Wohnzimmer, die Wände viel zu eng für ihn. Aber der ist das gewohnt, sitzt immer still, seit Jahren schon. Sitzt dort, und der Fernseher plappert vor sich hin, und Onkel Mutlu spuckt Sonnenblumenkernschalen in eine Schüssel. Er nickt ihr zu, als sie hereinkommt.
Du siehst müde aus, amca, sagt Aylin.
Setz dich kurz zu mir, sagt Mutlu.
Das Essen wird kalt, sagt Aylin.
Onkel Mutlu schiebt die Schale von sich, steht auf, breitbeinig, natürlich, die Hände auf den Hüften. Im Laden, zwischen all dem Gemüse, fällt gar nicht auf, wie groß er ist.
Ich mach's schnell fertig, sagt Aylin.
Onkel Mutlu nickt wieder.

In der Küche kann sie selbst mit geschlossenen Augen alles aus den Schränken holen. Barış, brüllt sie, und es rumpelt im Nebenzimmer. Die leise Musik verstummt. Bemerkt man erst, dieses ständige Gedudel aus seinem Zimmer, wenn das aufhört. Und dabei sind die Wände hier ja schon aus Stahlbeton. Das Beste, was so ein Haus zu bieten hat, wie Onkel Mutlu ihr mal erklärt hat, ewig her ist das. Da waren ihre Eltern noch hier, ihr Vater noch dick, ihre Mutter noch nicht so verbiestert, und Barış war noch der kleine Pups, den er jetzt mit diesem Flusenbart zu leugnen versucht.

Aylin holt die Styroporpackungen aus der Tüte, zieht sie auseinander und schaufelt alles in Schüsseln, stopft das Plastikzeug ganz weit nach unten in den Mülleimer.

Wo ist Burak?, fragt Mutlu aus dem Esszimmer, seine Stimme ist immer so laut, die dringt durch die Wände, als wären sie nicht da, als wäre das doch kein Stahlbeton. Barış, wo ist dein Bruder, antworte mir!

Weiß ich doch nicht, sagt Barış, lässt sich auf den Stuhl fallen, nimmt den Teller, den Aylin ihm hinstellt. Wieder asiatisch. Keiner sagt was.

Barış fängt schon an zu schlingen. Etwas rote Soße spritzt auf sein weißes Muskelshirt.

Du stinkst, sagt Aylin. Benutz wenigstens nicht dieses Prolldeo.

Mhm, sagt Barış, also eigentlich sagt er es nicht, ist eher so ein Röhren, das aus ihm rauskommt, zusammen mit kleinen Stückchen Frühlingsrolle.

Barış, wir warten mit dem Essen, bis dein Bruder –, sagt Mutlu.

Burak kommt, gerade als sie auch ihm Frühlingsrollen auf den Teller gelegt hat. Lässt sich auf den Stuhl fallen, genau wie Barış vorhin, dieselbe Bewegung. Da sieht man eben doch, dass sie Brüder sind.
Und jetzt legt los, ich hab nicht viel Zeit, sagt Aylin.
Sie schaut den Jungs zu, während sie essen. Im Essen sind sie gleich. Wie sie Gabel für Gabel hineinschlingen in die großen Münder. Sie muss dringend Dilek anrufen, ob sie morgen Poğaça abholen kann. Sie hat keine Zeit, welche zu machen. Und auch keine Lust.
Ich hab jetzt Schicht, sagt sie. Onkel Mutlu nickt, die Cousins schauen wie hypnotisiert auf ihre Handys. Burak spielt Candy Crush, Barış tippt nur irgendwie herum.
Der Onkel sagt nichts dazu. Nur alle paar Tage murmelt er: Was bin ich gestraft mit diesen Kindern.
Das ist die Jugend, amca. Total verblödet.
Burak schaut auf und verdreht die Augen, und Barış hat schon wieder ein YouTube-Video laufen.
Wenn ihre Mutter das sehen würde, sagt Mutlu.
Es gibt noch mehr Frühlingsrollen, sagt Aylin. Sind im Kühlschrank, für später. Bin dann kurz oben.
Beim Hinausgehen schaut sie auf die Uhr. Zehn Minuten, bis die Schicht anfängt. Das reicht, um das Kopftuch loszuwerden, und vielleicht die Schminke.
Hast du auch die Einladung bekommen, fragt Mutlu, sie hört die Stimme, als stünde er neben ihr. Und da steht er plötzlich tatsächlich. Sie tritt einen Schritt vom Spiegel weg. Aus den Augenwinkeln sieht sie, dass ihr Kopftuch verrutscht ist.
Sie hat jetzt keine Zeit, mit ihm zu streiten. Er streitet ja

eh nicht gerne. Meistens wird er gleich wütend und rennt dann aus dem Zimmer.
Du kommst doch, sagt Mutlu.
Aylin zuckt irgendwie die Schultern und gibt ihm einen Kuss auf die Wange. Bis später.
Das Klacken der Tür hallt im Treppenhaus.
Bis zu ihrer Wohnung ist es nur ein Stockwerk, und sie schaltet das Licht nicht an. Durch die Fenster blinkt der Kotti in all seinen Farben, bunte Lichter auch auf dem Gangboden.
Unten fällt die Haustür ins Schloss, und sie hört Günthers schweren Schritt, Schnaufen auf den Treppenabsätzen.
Ein Glück ist sie schon an ihrer Tür, dreht schnell den Schlüssel, nicht dass der gleich hier oben ankommt und sie wieder so blöd anglotzt.
Sie wirft den Schlüssel auf die Kommode, direkt neben die Ankündigung, die Marianne ihr heute in den Briefkasten gesteckt hat. Schon die zweite dieses Jahr. *Einladung zur Bürgerversammlung.* Mit schnellen Schritten geht sie ins Bad, das Licht der nackten Glühbirne flimmert. Aber für einen Lampenschirm hat sie weder Zeit noch Geld. Aylin nimmt das Kopftuch ab, schüttelt die Haare.
Selbst hier oben glaubt sie Barış' dämliche YouTube-Musik zu hören.

Auch ich hatte Eltern. Auch ich wurde geboren in diese Welt, die einen Abdruck auf einem hinterlässt, in der Sekunde, in der man die Augen öffnet. Und auch, wenn man sie nicht öffnet.

Man muss ordentlich schneiden, sonst reißt das Zeitungspapier. Das ist ja nicht gut, immer schlechter geworden in all den Jahren, selbst die Kreuzberger Kiezzeitungen damals waren besser als die Zeitungen jetzt. Das ist zumindest ihr Eindruck, wenn sie das Blatt zwischen die Hände nimmt. Früher war das dicker, das hätte man als Klopapier benutzen können. Hat man ja auch.
Vielleicht haben sich auch einfach ihre Finger verändert. Das Gefühl für das Dicke, für das Dünne. Sie muss mal Günther fragen, was er dazu denkt. Liest doch Zeitung, seit sie ihn kennt. Oder tut zumindest so. Schon länger hat sie ihn im Verdacht, dass er nur die Werbung anschaut. Drauf reinfallen tut er ja auch. Wie er sich neulich diese goldfarbene Uhr gekauft hat. Dabei haben sie ja nun wirklich kein Geld zum Rauswerfen. Schön, wenn es ihn glücklich macht. Wenn er denkt, dass er so irgendwen beeindrucken kann, seinen Minigolfverein oder am Ende noch Birgit, diese Dampfschratel. Aber ihr kann man nicht so leicht etwas vormachen. Gab's im Sonderangebot bei Karstadt, ja ja. Die Werbung hatte sie auch gesehen, war eine ganzseitige Anzeige.
Wenn die Zeitung so ausfranst, an den Rändern so einreißt wie jetzt, dann kann man sie nicht gut archivieren. Aber was soll man machen. Und es gibt ja jetzt auch Internet. Ein Laminiergerät, laminieren für die Nachwelt, das

wäre mal eine Investition, die das Stadtteilmuseum voranbringen würde. Aber sie haben kein Geld übrig für so was, und überhaupt, wenn, dann müsste sie sich drum kümmern, sonst macht es keiner.
Wo kam denn dieser bittere Gedanke jetzt schon wieder her? Nein, Marianne schneidet weiter, sie nimmt das ja niemandem übel, sie macht es gerne, aber Pause, das sollte sie eben auch mal wieder machen. Ohne ein Innehalten kommt man auch nicht wirklich weiter, aber es hilft schließlich nichts. Im Stadtteilmuseum ist man auf sie angewiesen, und das: nichts Neues eigentlich. Meistens ist es sie, die mehr gibt, das muss man einfach mal so sagen. Was sie ihr ganzes Leben schon gibt, damals für die Bewegung, dann im Ehrenamt im Obdachlosencafé, immer mit Günther, für Günther. Aber jammern, nein, das ist auch nicht ihre Sache. Mit dem Kotti ist es ja dasselbe: Sie erträgt das nicht nur, den Lärm, den Schmutz, ohne Murren, sie kümmert sich auch drum, von Anfang an schon, sie sorgt sich, vielleicht zu viel, aber so ist das eben, wenn man an etwas wirklich hängt.
Marianne schiebt die Brille höher auf die Nase und beugt sich über die Zeitung, schnipselt an der Kante entlang, die Werbung unten, die halbnackte Frau mit geöffnetem Mund, die hat sie weggeschnitten. Den Artikel streicht sie glatt, tut ihn zu den anderen. Lesen will sie ihn lieber nicht noch mal. Sie würde ja gerne sagen: alles Gerede. Und ganz sicher ist auch viel Gerede dabei. Aber dass da so viel kommt, immer wieder. Sie merkt das ja selbst. Merkt, wie die Angst sich einschleicht. Dabei ist sie ja wirklich, nein, ängstlich war sie nie.

Man darf natürlich auch nicht so viel nachdenken über diese Schauermärchen. Und wenn dann das Haus in den Dreck gezogen wird, da wird ihr ganz anders. Wie das schon wieder aussieht auf dem Foto. Ganz schlechter Winkel, das machen die doch extra. Das Kottbusser Tor wirkt irgendwie blutleer darauf. Sie weiß natürlich: Beton hat kein Blut. Aber eine Seele doch schon. Hat sie schließlich gehegt und gepflegt.
Marianne seufzt.
Nicht nachdenken, sonst kommt es zurück, das Unbehagen, leise schon lange nicht mehr. Lieber die nächste Zeitung. Berliner Zeitung, reißerische Überschrift, die Zeitungen werden sich auch immer ähnlicher. Aber vielleicht liegt das auch am Alter, also an ihrem, da wird ja alles ähnlicher über die Jahre, gleicht sich an. Neues muss auch erst mal geschaffen werden. Selbst wenn Günther ein halbes Kilo mehr, oder die Haare auf dem Kopf weniger, nur die auf der Brust nicht, die bleiben und bleiben, die auf dem Rücken werden sogar mehr.
Der Artikel über den Thüringer Wald, der dahinten hervorguckt, den will sie später noch lesen. Eine richtige Erholung ist das, immer wenn sie im Frühjahr die Fahrräder auspacken, raus aus der Stadt, wenigstens kurz. Dass Günther mittlerweile nur halb so viel schafft wie früher – geschenkt. Wenn er bloß nicht, wie letztes Jahr. Dieses Jahr nicht, Marianne, der Rücken, das Geld.
Aber den Berliner Mief wegatmen. Das ist doch auch wichtig. Den liebt sie ja, natürlich, da ist sie zu Hause, aber einmal im Jahr was Grünes, so richtig grün eben, nicht nur Schrebergarten von Freunden, und wenn die Sonne

dann durch die Äste. Sie vermisst ja sonst nichts in der Stadt.
Der Küchenwecker klingelt. Herrje, gleich schon sechs? Marianne faltet die Zeitung zusammen. Den Artikel über den Thüringer Wald legt sie nach links. Da muss Günther ihn gleich sehen, wenn er nach Hause kommt.
Jetzt aber schnell, heute ist sie dran mit Abendessen machen, Günther und sie wechseln sich ab, Gleichberechtigung, das war ihnen immer wichtig, und sie will heute Moussaka machen, das dauert so lange. Rasch noch die Kaffeekanne zurück in die Küche gebracht, ausgewaschen, ins Abtropfgitter gestellt. Die Schere ordentlich an den Haken und dann zurück ins Wohnzimmer, den Tisch abräumen.
Und noch einmal bleibt ihr Blick an dem Zeitungsstapel hängen, der Artikel liegt obenauf, der mit der Schreck-Überschrift.
Sie überlegt, dann lässt sie den Stapel liegen. Sie wird Günther später vorlesen, was sie schon wieder über den Kotti schreiben, dann hat sie das wenigstens nicht alleine im Kopf. Man muss nämlich aufpassen, dass der Kopf nicht zu voll ist mit so was: Sonst fehlt einem am Ende der Blick für die Wirklichkeit.

Dienstag

»Das Ergebnis ist ein städtebaulich reizvolles ›Mischprojekt‹, das bis 1974 verwirklicht sein soll. ›Wir wollen keinen Gewerbeklotz hinstellen, sondern planten nach dem Motto wohnen und arbeiten‹, erklärten gestern die für das Objekt verantwortlichen Geschäftsleiter. Angrenzend an die Skalitzer/ Gitschiner Straße sollen – zum Teil in Hochhäusern – 300 familiengerechte Wohnungen, ferner 15000 Quadratmeter Gewerbefläche als ›Beletage‹ der Kreuzberger Industrie geschaffen werden.«

Der Abend, 3.12.1970

Mutlu steht im Flur, und die Jungs sind in der Schule. Wenn die Wohnung leer ist, flüstert sie. Der Wasserkocher geht manchmal von alleine an, ein Rauschen. Gaukelt eine Stimme dazwischen.
Mutlu steht im Flur, und am liebsten würde er das Licht gar nicht erst anmachen, aber dann findet er die Schuhe nicht. Als Ladenbetreiber muss er ordentlich aussehen. Aber dieser Spiegel, den sie damals im Flur hängen haben wollte. Ein riesiger Spiegel. Jetzt ist da der Spiegel, immer noch, und schaut zu, manchmal sieht man Aylin darin oder die Jungs. Früher standen sie nebeneinander vor dem Spiegel, und sie richtete seine Sachen. Sie wusste immer ganz genau, wie das aussehen sollte. Sie: Hier muss das Hemd rein, da raus, hier hochgeschlagen, da runter. Er: Wie du willst. Alles, wie du willst.
Was sieht der Spiegel jetzt? Einen Mann, einen Schatten, der sich selbst im Spiegel nicht mehr findet.
Am besten wäre, er würde den Spiegel zuhängen. Er tut es nicht, der Jungs wegen. Zwei Jungs sind es, keine Mädchen. Zum Glück keine Mädchen. Mädchen ohne Mutter sind wie Jungs ohne Mutter, nur noch komplizierter.
Mutlu weiß: So geht es nicht weiter. Es ist schon wieder ein Anruf aus der Schule gekommen. Burak geht nicht hin. Barış geht hin, aber, sagt die Lehrerin, er schläft. Der Junge schläft. Sie als Vater, Sie müssen.

Er muss zur Arbeit. Er muss die Planen, den Schlüssel. Die Bestellung. Seine Schuhe sind dreckig, aber außer Yussuf fällt das nie jemandem auf. Frühjahrsdreck, Schlamm, der wenige, der am Kottbusser Tor durch die Steine dringt. Anders kann er sich nicht erklären, wo jetzt schon wieder Dreck herkommt. Wenn es regnet, schwimmt der Platz. Mutlu macht doch kurz das Licht an, zum Schuhebinden. Der Spiegel glotzt. Spiegel: Wo willst du hin, Mutlu? Mit solch einem verknitterten Gesicht? Zu vielen Nasenhaaren? So genau willst du nicht hinschauen, was?
Mutlu, den Schlüssel schon in der Hand:
Deine Augen, Hilal, sind wunderschön in diesem Licht.

Meine Geschichte hat zwei Väter.
Meine Väter: zwei weiße Männer. Saßen nachts in einem Zimmer, saßen tags in einem Zimmer, zwei Freunde vielleicht, es spielt keine Rolle. Wer gemeinsam so ein Kind zeugt, ist bald schon nicht mehr befreundet.
Ich war ein Wunschkind. Die Zeitungen schreiben heute etwas anderes, schreiben, ich sei schon hässlich zur Welt gekommen, oder tot, meine Väter: zwei Männer, die mit Bauklötzen spielten wie stumpfsinnige Kinder, die ihre Allmachtsfantasien in Papier gossen und dann in Beton, die sich dachten, sie wüssten, wie man Häuser schafft. Wie Menschen leben.
Aber zu Beginn: Man wollte mich, man lobte mich, man liebte mich. Man applaudierte, als sie mich präsentierten. Es waren viele Zuschauer gekommen, im Dezember 1970 in die Kneipe »Die kleine Weltlaterne«. Es wurde noch geraucht damals, die Luft war trübe, dazwischen glimmende Augen und Zigarettenenden. Man schrieb Artikel, in denen meine Geburt verkündet wurde. Man wartete auf mich, freudig. So war das.
So war das wirklich.
Aber das Happy End blieb aus. Die Vorfreude hat sich selbst gegessen und ist am Beton erstickt.
Ich wurde zu spät geboren.

Einfach beschissen ist das. Da hat er die ganze Einstellung fertig, und dann ist da an der Seite dieser Streifen Rosa. Dreimal hat er die Kamera jetzt schon ausgerichtet, mindestens. Das kann doch nicht so schwer sein, dass man nur ihn sieht und den weißen Teppich, genau bis zum Rand, nicht weiter, ohne rosa Wand. Wenn er das hochgeladen hätte – das Internet vergisst ja nie und so.

Wenn er Burak wäre, hätte er schon längst was wegen der Wand gemacht. Ist doch egal, wenn baba sagt, dafür ist kein Geld da und schon gar keine Zeit. Wofür hat der kleine Pisser denn seine tollen Kumpels? Wofür zieht der denn sonst kleine Mädchen ab?

Und jetzt hat natürlich er die Scheiße, weil er mit der rosa Wand arbeiten muss. Da bringt es auch nichts, dass Burak über das Rosa was drübergehängt hat und seine Fußballbettwäsche auf dem Bett darunter und der restliche Mist. Sieht man ja doch als Erstes das Rosa. Dabei ist das ein ganz simples Video, Bizepstraining, die Follower warten darauf, wenn er da erst die ganze Playlist vollständig hat, das ist nicht so ein Fit-in-den-Frühling-Scheiß, wie ihn dieser Justin macht, auf den alle so abfahren. Bei ihm sieht man wirklich, wie das geht. Und er labert auch nicht so dumm rum. Hundert Prozent Erfolgsgarantie, mindestens. Das sagt er in jedem Video. Ist ja auch wichtig, immer

zu motivieren. Das hat er von Kaan gelernt. Da bleiben die Leute dabei. So gewinnt man Follower und Abos.
Jetzt hat er die Kamera endlich richtig ausgerichtet. Nervt natürlich, dass er so nah ranzoomen muss, damit man Buraks Wand nicht sieht. Da kommen die Armübungen nicht wirklich zur Geltung. Breite Schultern, dafür braucht er breites Format. Wieder etwas rausgezoomt, wieder rosa Ecke.
Barış weiß gar nicht, wie seinen Eltern das passieren konnte. Dass Burak ein kleiner Pisser wird und kein Mädchen, das hätte man doch schon im Bauch merken müssen. Bei ihm ist ja schließlich auch keiner auf die Idee gekommen, seine Seite rosa zu streichen. Aber Burak war ja eh so ein kleines Püppchen, als er zur Welt kam. Oh, ist der süß. Was für lange Wimpern. Scheiß lange Wimpern hatte das kleine verschlagene Ding.
Also noch mal, etwas zoomen, alles startklar, das rote Lämpchen ist an. Jetzt ist zwar was von seinem Bett auf der anderen Seite der Wand zu sehen, aber besser als Rosa.
Barış kämmt sich wieder durch die Haare, rückt die Kette zurecht. Ist die Beleuchtung korrekt? Ja, passt alles.
Was er jetzt macht, hat er noch nicht hundert Prozent drauf, aber er wird immer besser: gucken wie Kaan.
Aufgepasst, Leute, heute zeige ich euch –
Nein, das klang scheiße. Ist nicht einfach, den richtigen Ton zu treffen. Aber wenn man's einmal raushat. Einfach lässig, einfach lässig gucken, Haare richten, Schultern nach hinten.
Hey Leute, heute zeige ich –

Hey Leute, ich bin Barış und voll die Schwuchtel, und ich zeige euch heute, wie ich meinen –
Verpiss dich, sagt Barış, aber Burak denkt gar nicht daran. Spastet auf seinem Bett rum und glotzt immerzu rüber. Hat sogar die Tür offen gelassen. Man hört, wie irgendwer im Hausflur einen Trolley über den Boden zieht.
Mach ruhig weiter, ich stör auch gar nicht.
Ich versuch, hier zu drehen, also verpiss dich.
Gib Kohle, dann geh ich.
Barış greift zur Hantel, der leichtesten, und wirft sie, na klar bringt das Armmuskeltraining was, ein schöner Bogen ist das, sie kracht auf das Bett, direkt neben Buraks Fuß.
Bist du behindert?
Burak hechtet rüber und versucht, ihm die Faust in den Bauch zu rammen, aber Barış kann niemand so leicht was. Er kennt Buraks Tricks. Hat er ihm doch selbst beigebracht. Damals, als er noch nicht so coole Freunde hatte, als er noch heulend auf seiner Mädchenseite saß. Und dann liegt die kleine Ratte schon mit dem Gesicht in den Teppichflusen.
Jetzt verpiss dich endlich.
Ich erzähl's baba, sabbert Burak in den Teppich und strampelt ein bisschen, und Barış lässt los, und da rennt sie, die Ratte.
Baba, baba, jammert Barış in die Kamera.
Das rote Lämpchen blinkt noch immer. Barış muss seine Haare neu machen. Und wohl ziemlich viel rausschneiden. Toll, wenn er das heute fertigkriegen will, hat er jetzt echt Stress. Aber seine Follower warten zu lassen, das geht gar

nicht, da verliert man sofort alle Abos. Weiß er auch von Kaan.

* * *

Stanca steht im Flur und weiß nicht, wie viel Uhr es ist. Die Uhr, die Küchenuhr, ist kaputt, stehengeblieben um drei Uhr fünfzehn in der Nacht, aber jetzt ist es hell, gleißendes Hell von draußen, und im Bad rauscht es.
Jonas hat die Badezimmertür nicht geschlossen. Wohl vergessen, das kleine, sorglose Jüngelchen. Bestimmt aufgewachsen irgendwo, wo man die Badtür offen lässt. Wo man den Vater und die Mutter nackt den Flur entlangwieseln sieht, die nackten Körper voller Stolz. Studierte Eltern bestimmt, so sieht das Jüngelchen aus. Aber selbst ganz große Augen, ganz große Ohren. Schleicht in der Wohnung rum, schleicht um alles herum und glotzt.
Vielleicht sind alle Männer so, bevor sie zu Männern werden. Erst alles glotzend in sich aufsaugen, und dann.
Entschuldigen Sie, wo ist denn das Klopapier?, fragt Jüngelchen.
Ob er auch ein großer Mann sein wird? Ein Mann, der ein Mädchen. Der ein Mädchen hierherbringt?
Alexandru hieß ihre erste Liebe. Auch noch ein Junge damals, auch so schlank, auch so glatte Haut, dunkle Augen, Zottelkopf, Segelohren zwischen den Haaren. Weil er Rumäne war, konnte das nichts werden. Und dann kam der Deutsche. Und dann kam Deutschland, Berlin. Das Kottbusser Tor, erst der Altbau, keine Toilette in der Wohnung, Putz, der bröckelte, Wände, die aussahen, als hätte da jemand. Und dann kam die Wohnung im NKZ,

die richtige, die, in der sie sterben wird, wenn es so weit ist. Sie denkt: Wenn ihre Eltern sie früher besucht hätten, nicht erst nach der Wende, als sie schon hier wohnten, im Neubau, dem riesigen mit der frisch gekachelten Toilette, ein echter Luxus, mehrere Zimmer. Die Eltern hätten nicht so geguckt. Die Eltern hätten sich nicht so fremd gefühlt. Die Eltern wären vielleicht auch umgezogen, nach Deutschland Deutschland Deutschland, wären nicht wieder zurückgegangen ins Dorf in der Nähe von Hermannstadt, in dem sonst keiner mehr lebte, alle waren sie ja nach Deutschland gegangen und dort gestorben. Ein Schlaraffenland, hatte der Vater gesagt, das runzelige Gesicht noch verzogen, runzeliger geworden im Angesicht von diesem wunderschönen Beton, diesem Lebensbaum in der Mitte vom Kotti. Schlaraffenland. Mädchen, hier gehörst du hin, hier hast du es gut. Heinrich hatten sie umarmt. Und er hatte sie herumgeführt. Hatte ihnen ein Gästezimmer organisiert. Natürlich, bei ihnen in der Wohnung zu wohnen, das wäre nicht standesgemäß, das machen die Deutschen nicht. Sobald die Eltern weg waren, holte er ihn wieder heraus, den roten Pimmel, so viel Arbeit, leg dich hin, Sabinchen.
Stanca, du kannst mich duzen, sagt Stanca zum Jüngelchen. Dass der so höflich nach einer Rolle Toilettenpapier fragt. Herzallerliebst ist das, der Knabe, blond wie sie früher. Na ja, nicht richtig blond. Die werden ja auch immer brauner, färben sich passend zu Berlin. Genau wie sie, farblos ist sie geworden wie der Beton, den sie so liebte, damals. Neben, auf, unter dem sie sich von Heinrich lieben ließ, sie weiß gar nicht mehr, was sie sich gedacht hat,

immer wieder, hach, hatte Heinrich da gelacht, mein kleines Sabinchen, da hab ich mir ja einen jungen Grashüpfer, so ein Mann wie ich.
Stanca, sagt Stanca, ich heiße Stanca.
Jüngelchen guckt ganz herzallerliebst, Grashüpfer, riesige Augen.
Bitte bitte, sagt Stanca, und: Da drüben sind sie. Da irgendwo.
Jüngelchen macht die Tür zu, diesmal richtig, sie hätte ja auch nicht gucken wollen, nicht bei so einem Jungen, wer ist sie denn. Ihre Zeit, längst vorbei. Älter als das Haus ist sie. Damit verwachsen. Wie ein Zehennagel eingewachsen, umschlossen von Haut, poröser Haut. Entzündete Zehennägel, an jedem Fuß hat sie einen. Zum Arzt ist sie ja nie gegangen.
Stanca steht im Flur und weiß nicht mehr, welcher Tag heute ist. Ach doch, ein Klopfen geht durchs Haus, langsam wie der Herzschlag. Heute ist Versammlung.

* * *

Heute ist sie ganz merkwürdiger Stimmung. Irgendwie grau, aber nicht mal das richtig, eher unentschlossen, als wäre selbst diese trübe Farbschicht nur oberflächlich aufgetragen, ist doch eh alles egal, so fühlt sich das an, scheiß auf jede Farbe, obwohl doch sonst alles Sonne ist und blau, Schwäne glücklich im Kanal, nicht am Rand. Am Rand dafür viele Touris, halbnackte Typen, irgendwo ein Ghettoblaster. Sogar die Omas, die mittags im Rewe einkaufen, waren besser gelaunt als sonst, minimal zumindest.
Ist vermutlich so, weil sie heute nicht in Onkel Mutlus

Laden gearbeitet hat, sondern nur im Rewe. Da piept es ja ganz anders, und andauernd kriegt sie Telefonnummern von irgendwelchen Hipstern zugesteckt, auf Kassenbons geschrieben und einmal sogar auf eine Packung Deutsches Rind. Sonst käme sie ja auch nicht dazu, ab und an mal woanders zu übernachten. Weg von Onkel Mutlu und den vielen Augen, die im Haus aus den Wänden starren. Aber nach den ersten Dates wird es immer schnell langweilig, darum macht sie so was nicht oft.

Aber so: An den Tagen, an denen sie nur im Rewe arbeitet, fehlt einfach was. Und da kriegt sie dann gleich so eine Wut, wenn am Kanal jemand denkt, er müsste mit seinem Ghettoblaster alle im Umkreis von tausend Metern mitbeschallen. Und dann fängt auch noch irgendein Volldepp an, Saxofon zu spielen. Aber selbst ihre Wut ist ja trübe. Irgendwo reinschlagen wäre jetzt gut, aber den Arm dafür heben: keinen Bock.

Wenigstens ist Burak nicht am Kanal, zumindest hört sie nirgendwo seine Stimme, oder sie überhört sie wegen des Saxofons. Dafür kommt ihr schon wieder so ein Milchknabe entgegen, gemächlicher Schritt in seinem Hipster-Parka, bleibt viel zu lange an ihr kleben mit seinem Blick. Dann erst sieht sie den Kinderwagen. Ach nee. Kind haben und dann trotzdem so gucken. Schaut zu ihr hin und dann wieder weg, während die eine Hand den Kinderwagen schiebt, als wäre der nur ganz zufällig da. Aus dem Kinderwagen ragt steil ein Bein heraus, auf dieselbe Art einfarbig und glatt, wie nur Kinderbeine es sein können, oder Schaufensterpuppen.

Der Typ ist fast bei den Stufen, der Fußweg dort ist eng.

Aylin geht etwas schneller, will vor ihm da sein, ein paar Äste knacken. Sie kann jetzt als fleischiges, rosa Etwas ein Gesicht hinter dem Netzstoff des Kinderwagens erkennen. Der Typ bleibt stehen, genau da, wo der Weg am engsten ist. Vorbei kommt sie jetzt nicht mehr.
Bleibt sie eben auch stehen, patt. Die Reifen des Wagens kratzen auf dem Boden herum, kratzen sich bedrohlich ihrem Fuß entgegen.
Hallo, sagt der Typ. Guckt immer noch so komisch. Er lässt sich Zeit beim Gucken, erst ihren langen, offenen Mantel runter, dann hoch. Dann zu seinem Kinderwagen zurück, als fiele ihm der erst jetzt wieder ein. Das Kind schweigt und glubscht daraus hervor wie eine Porzellanfigur.
Süßes Kind, sagt Aylin. Total schnuckelig.
Ja, äh, sagte der Typ, blonde Fussel von Bart sorgsam über das Gesicht verstreut. Das Kind, eigentlich eher Baby, hinter dem Sichtschutz bläst die Backen auf.
Tja, sagt Blondie.
Tja, sagt Aylin. Bisschen eng hier.
Also wenn ich dann –
Der Junge deutet an ihr vorbei.
Aha, na klar. Als ob sie jetzt zur Seite treten würde. Nee. Aylin rammt die Beine in den Boden.
Weißt du, sagt sie. Ich bin ja selbst, nun ja. Sie fasst sich an den Bauch, streicht einmal darüber, wie man das so macht. Der Typ checkt das natürlich nicht, muss mit seinem Blick erst ein paarmal ihrer streichelnden Hand folgen, hoch und runter, jedes Mal glotzen seine Augen etwas mehr heraus.

Ah, sagt er dann. Oh.
Ich überlege, ob ich – na ja. Ist ja schon schwer, eine Entscheidung. Man könnte es bereuen, wenn man das jetzt. Ist ja schon süß, also so ein – haaach, ich weiß doch auch nicht, was ich –
Ich wusste gar nicht, dass –, sagt der Junge und schaut zu ihrem Bauch unter dem Mantel, dann hoch bis zum Hals, wo der Mantel eine Naht zu ihrem Gesicht bildet, dann wieder zurück auf ihren Bauch.
Also, dass man das bei euch. Dass das erlaubt –
Ja, sagt Aylin. Ihr Bauchstreicheln hat wohl etwas Hypnotisches. Selbst das Baby stiert ohne Wimpernschlag durch den Netzstoff.
Dürfte ich vielleicht mal, fragt Aylin und deutet auf das Netz.
Oh, sagt der Junge. Äh.
Nur um zu schauen, wie –
Ja, sagt er. Ja klar.
Das königliche Baby trägt einen Baumwollstrampler und ein kleines Mützchen, das ihm wie eine Bratpfanne auf dem Kopf sitzt, und sabbert ganz unköniglich. Der Junge hält es ihr hin mit ausgestreckten Armen. Das Baby baumelt daran und sagt nichts. Lässt nur die Beine hängen. Dann sperrt es doch den Mund auf, gähnt.
Aylin stopft sich das Baby in die Armbeuge, wiegt es hin und her. Wow, sagt sie. Was da alles dran ist!
Stimmt aber auch wirklich. Und schwer ist das Ding. Dabei aber irgendwie leblos, wie ein Fleischsack, warm zwar und mit beweglichen Knochen, aber ohne Sinn.
Ja, haha, sagt der Typ und streicht sich über den Bart.

Nicht mal ein Knistern macht das wie bei einem richtigen Bart. Er kratzt sich hinter den Ohren. Noch blitzen seine Augen.
So mit allem Drum und Dran, sagt sie. Fantastisch!
Der Typ hat sich an ihr festgesaugt mit den Augen, oder an dem Baby, wer weiß das schon.
Aber braucht man das alles?, fragt Aylin.
Wie, äh?, sagt der Typ.
Na ja, gehen kann es ja ohnehin nicht oder, da sind doch die Beine im Großen und Ganzen. Kann man die abschrauben, ich meine, bis sie gebraucht werden?
Ah, haha, sehr witzig, sagt Blondie und lacht hysterisch. Ja, also ausprobiert hab ich's nicht, aber meine Freundin, also vielleicht, haha, abschrauben, witzig.
Sehr süß, sagt Aylin.
Die Augen vom Baby sind groß und viel zu farblos.
Und jetzt mach mal Ah, sagt sie zu dem Baby. Ah! Aylin bleckt die Zähne.
Das Baby spielt mit und sperrt den Schlund auf.
Äh, sagt der Typ.
Jetzt ist er also da, der Punkt, auf den Aylin gewartet hat. An dem die Stimmung kippt.
Die Augen fallen dem Typ fast heraus aus dem weißen Gesicht. Also ich muss dann, sagt er, tritt unbehaglich einen Schritt nach vorne.
Ja, du hast aber einen Riiiesenmund, sagt Aylin zum Baby. Was da alles reeeinpassen würde.
Das Baby lacht keckernd. Im Babyschlund sind keine Zähne. Fleischig ragt nur ein Vorsprung hinein, wo die mal rauswachsen sollen, eine fleischige Düne vor schwar-

zem Abgrund. Baby strampelt im Arm, will näher ran an sie mit seinem Schlund. Aylin lässt das Baby in ihren Armen wackeln. Das Baby kreischt vor Vergnügen.
Der Blonde guckt wie ein Fisch.
Aylin lässt ihn noch kurz zappeln. Dann sagt sie:
Hier hast du's wieder, und drückt dem Typen das Baby in den Arm. Muss los.
Sie lässt sich Zeit, sie spürt genau, wie sein erschrockener Blick ihr folgt. Der Dramatik wegen lässt sie ihre Haare ein wenig im Wind flattern. Sonne auf offenen Haaren, mit diesem Blick dran.
Mehmet sagt ja immer: Wenn du so was machst, Aylin, kriegst du das früher oder später zurück. Aber wenn sie Mehmet das von grad eben erzählt, der lacht sich tot.
Sie muss sich nicht umdrehen, sie weiß auch so, dass Bübchen glotzt, bis sie hinter dem nächsten Busch verschwunden ist. Gleich schon viel besser so ein Tag.
Aylin atmet Straßenluft und lacht.

* * *

Barış zoomt. Ist gar nicht so einfach durch das Fenster. Über die Balustrade hinweg. Vielleicht sollte er rausgehen, sich direkt dort hinstellen. Andererseits, am Ende kommt noch irgendein Spacko auf die Idee, ihm die Kamera abzuziehen. Für die hat er lange genug gespart. Okay, war nicht alles gespart. Er weiß ja, wo Aylin ihr Geld versteckt. Wird er natürlich zurückzahlen, Ehrensache. Wenn das YouTube-Geld kommt, das erste. Wenn er Anzeigen schalten kann, Product Placement. Wenn er 100 000 Klicks hat,

oder so, so wie Kaan. Wenn er ein Eightpack hat. Ein bisschen was sehen kann man ja schon.
Barış zoomt ran, erst auf den Alki, der schon wieder auf dem Dach der Bushaltestelle steht und rumgrölt, sein Bier auf Touris runterschüttet, die zurückweichen und dabei so tun, als mache ihnen das nichts aus. Nein, wir machen hier nen Bogen, weil wir sowieso lieber woanders langlaufen wollten.
Haha, Story.
Aber den Alki hat er schon mal hochgeladen, kam nicht so gut an, ist ja im Grunde genommen auch langweilig, wie der da oben rumspastet. Einmal hat er auf die Bushaltestelle gekotzt, die Kotze lief am Glas runter, bröckelige Bahnen, das hatte schon was. Geile Optik, hatte jemand in die Kommentare geschrieben, gerade mit den Stücken an der Parship-Werbung.
Barış zoomt direkt auf Buraks Hinterkopf vor den Hinterköpfen seiner Loserfreunde. Wie die da rumlungern, direkt in der Nähe von irgendwelchen Touris. Manchmal geht einer aus dem Pulk von Buraks Freunden hinüber, redet mit den Hipstern. Aber es passiert nichts.
Wenn nicht bald was passiert, wird das schon wieder kein guter Content. Genau wie das Video vorhin. Hat er immer noch nicht hochgeladen. Rosa Wand und so. Eh egal.
Barış filmt näher an Burak ran und wartet.

* * *

Ario mag das Gefühl, wie die Junkies zurückweichen, wenn er kommt. Tun die eigentlich bei keinem, außer bei der Polizei, ansonsten: stehen da und sabbeln ganz selbst-

vergessen ihre Geschichten in ihre Gesichter hinein. Dass man daran die Junkies erkennt, das wusste er schon als kleiner Junge. Auf die Wangenknochen muss man achten. Wusste er, bevor er überhaupt wusste, dass das so heißt: Wangenknochen.
Warum bei ihm, weiß er nicht. Merken wohl, dass ihm keiner dumm kommen kann. Dass er schon alles gesehen hat. Hat er natürlich nicht, aber ist egal, kommt drauf an, wie man wirkt. Weitere Lektion seines Lebens: Kommt immer drauf an, wie man wirkt.
Ario steht auf dem Platz, und die Sonne scheint, nur irgendwie hier nicht, Wolke überm Kotti. Ist grell trotzdem, graues Grell, spiegelt sich tausendfach im Beton. Beton ist sein Element. Grau und Beton, das ergibt eine Wörterreihe: grau, Beton, Ario. Ach Quatsch, Alphabet: Ario, Beton und so weiter. Alphabet, da denkt er immer an seine Grundschullehrerin, die einzige, die er noch vor Augen hat, Knoten am Kopf hinten, Brille ohne Rand, weiche Hände auf seinen Schultern. Wörterreihen schreiben, Schönschrift. Ario, Ario, Ario, Beton, Beton, Beton, Cent, Cent, Cent, Dach, Dach, Dach, Elektrozaun, Elektrozaun, Elektrozaun, Flur, Flur, Flur, grau, grau, grau.
Die U-Bahn reihert massenweise Touristen auf den Platz, und trotzdem war er heute noch nicht erfolgreich. Er hat kaum Geld übrig. Die letzten Tage, ein Jammertal. Da hat auch die Aspirin aus dem Café nicht geholfen. Die Ehrenamtliche hat ganz erschüttert geguckt. Wie siehst du denn aus? Soll ich den Arzt?
Bloß nicht, nein, nein, nicht so schlimm, hat er gesagt. Bin das ja gewohnt. Die schluckt echt alles. Nie ist er krank

gewesen. Mal abgesehen von dem einen Besuch in der Psychiatrie. Emmendingen. Der ganze Ort ist eine Psychiatrie. Erinnert sich an die weißen Gänge. An das Geschrei nachts am anderen Ende des Korridors. Irgendein Schizophrener. Jesusfantasien in der Mittagspause. Das ist der Herr Jesus, hat seine Mutter mal zu ihm gesagt, Kindheit, Kirche, Kruzifix, ein Holzjesus an der Wand. Das ist der Herr Jesus, genau in diesem Ton, eins der wenigen Dinge, die die Mutter mal gesagt hat und die er noch weiß. Und beim Mittagessen kamen zu ihm dann die Schizophrenen, auserwählt von Jesus, von Maria. Lange weiße Gänge, durch die die Erwählten schlurften, eine Reihe von Heiligen, braune Pantoffeln. Spitze Schuhe durfte man nicht tragen.

Gab eine hübsche Doktorandin in Emmendingen, immerhin. Blond, Grübchen in den Wangen. Einmal hat er sie in den Arsch. Hat sie aufgequiekt. Hat ihm fast eine gescheuert. Aber hat sie dann doch nicht gemacht, sah nur die kleine Hand zucken und der Mund, ein O. Ihm hat noch keine was. Dafür kann er zu gut zwinkern. Ups, ein Versehen. Hübsche Augen hast du.

Setz dich, Ario, hatte die Ehrenamtliche gesagt, ihn an der Schulter auf den Stuhl gedrückt. Setz dich, ich hol dir ein Glas Wasser.

Hatte die Aspirin für ihn drin aufgelöst, ihm Tee gebracht. Da war er natürlich schon weg. Hat nur von der Tür aus gesehen, wie sie dastand, den Pony vorm Gesicht, gebeugt über eine Schüssel, in die sie die Zitrone ausdrückte. Ein paar Kerne flutschten rein, und sie schaute, ob jemand hinguckte, dann pulte sie die Kerne aus der Schüssel heraus mit ihrer bloßen Hand. Dummes Ding. Aber niedlich.

Vor ihm unterhalten sich drei Engländer. Ario glaubt zumindest, dass es Engländer sind. Klingen so und sehen außerdem nicht dumm genug aus für Amerikaner. Andererseits, diese Frisuren. Fuchteln mit ihren Smartphones rum. Plötzlich hat er keine Lust mehr. Geht er sich eben bei Wolfgang durchschnorren. Den hat er auch schon eine Weile nicht gesehen. War ja ewig ausgeschaltet von der Krankheit. Oder was das war. Verschimmelte Paprika, pah, das hat ihn noch nie.
Ario will sich umdrehen, da sieht er ihn plötzlich, den Engel. Oder zumindest glaubt er das. Er hatte ja Fieber. Hat gedacht, er träumt. Kann sich an das Gesicht jetzt erst erinnern, wo er es sieht. Sonst: schwarze Fläche. Kennt nur noch die Stimme. Aber sie sagt ja gerade nichts, ihr Schritt ist schnell. Wird von allen angeglotzt.
Ario beschleunigt seinen Schritt. Ignoriert sogar das Smartphone, das dem einen Engländer keck aus der Arschtasche linst.
Wo will sie denn so schnell hin? Würde ein Engel nicht fliegen? Genau, flieg, Engel, flieg über das Kottbusser Tor, diesen Riesenklotz, dieses herrlich schwarze Loch von Berlin.
Dass Engel immer da sind, wo man sie nicht erwartet. Gab's doch in Freiburg auch manchmal. Ein Lichtschimmer hier, und die dummen Studenten da, die ihr Mensafutter immer nicht schafften. Dabei ist das doch, diese kleinen Studentenmägen, von ihren Mamis zu Walnussgröße zusammengeschrumpft. Da passt nur Müsli rein. Hat Alnaturagröße.
Da hat er sich immer hingesetzt an die gedeckten Tische,

wo noch die halbvollen Teller standen, und ordentlich zugelangt.
Der Engel geht tatsächlich zum Museum. Was er da will? Das Haar glänzt so schön. Links und rechts vom Eingang Müll. Im Museum war er auch schon. Klar war er da, gleich als Erstes, als er angekommen ist. Heimat ist immer da, wo man informiert ist. Über die Gegend. Und wo man weiß, wo man Wasser, Essen herkriegt, wo man ficken und schlafen kann.
Ario wartet vor der Tür. Will sie ja nicht verschrecken. Aber sie kommt nicht wieder hinunter. Kommt nicht rausgeflattert. Da oben ist irgendwas. Andauernd läuft wer an ihm vorbei, durch die Fenster des Glasturms sieht man sie die Treppe hinaufschnaufen. Das könnte sich lohnen. Drei fette Männer verschwinden in der Tür. Wo Menschen sind, da ist Geld, da ist Dummheit. Matheunterricht, weiß er auch noch: Menschen wachsen linear, Geld und Dummheit exponentiell.
Ario spuckt auf eine Taube und hält mit einem Zwinkern einer alten Trulla die Tür auf.

* * *

Mutlu macht sich auf den Weg.
Flur: oben kaputte Rundglaslampe, staubig, von unten sieht man mit verzweifelten Flügelschlägen Fliegen oder Motten oder Mücken gegen das Gehäuse klatschen. Surrende Geräusche, kaum wahrnehmbar, dazu sein eigener fester Schritt. Mutlu bleibt stehen. Seine Schritte verstummen. Das Sirren bleibt. Er hat vergessen, die Wohnungstür abzuschließen.

Tür: noch immer der Fußabtreter, das Willkommen, voller Flecken schon. Vages Licht darauf. Am Gangende die Fenster: schmierig, ölig, Blick auf das Kottbusser Tor. Kottbusser Tor, Kotti.
Gut sichtbar auf dem Platz die Jungsgruppe, Burak irgendwo darunter. Die Dämmerung hat noch nicht einmal begonnen, und trotzdem blinken schon die Werbetafeln, die Anzeigen. Sonne, Sterne, Mond überm Kotti. Das Licht auf den Köpfen der Jungs.
Mutlu steht da und hat einen Moment vergessen, wohin. Warum will ein Mensch sich selber quälen?
Mutlu hat damals gleich das Bad herausgerissen, die Kacheln, jetzt hängt dort Elektromüll aus den Wänden. Den Rest hat Mutlu so gelassen. Die ganze Wohnung ist ein Museum. Nur Barış und Burak, die altern, die werden immer älter, die verweigern sich dem Museum. Sind keine Exponate. Lassen sich nicht abstauben.
Neulich ist Mutlu nachts aufgewacht, weil sein Penis unter der Bettdecke hart geworden war, nach oben stakte. Er hatte dagelegen und sich nicht bewegt. Am nächsten Morgen ist er wieder zur Arbeit gegangen. Cemal hatte die Warenbestellung in den Sand gesetzt, und es gab schon wieder zu viele Aprikosen.
Die Versammlung fängt in zehn Minuten an, und Mutlu dreht den Schlüssel im Schloss. Er hat sich einen Zettel geschrieben, damit er nicht vergisst, was er sagen will. Den Stift hattest du immer im Schlafzimmer aufbewahrt. Weil Mutlu vergesslich ist. Lesen macht ihm Freude, aber zum Schreiben fehlt ihm meistens die Lust.

Bei meiner Grundsteinlegung war alles schon vorbei. Dabei war das Wetter so schön. Wo ich hinsollte, war ein Loch.
Schon wieder kamen Journalisten, aber diesmal hatten sie keine freudige Aufregung zu verbreiten, keine Utopie, sie sperrten ihre kleinen rosa Münder auf stattdessen, und die Sätze hatten sie schon vorgeschrieben, zu Hause in der Redaktion.
Man würde die Einwohner verdrängen! Luxus hieß es erst, dann Sozialwohnung. Ein Investor war dick, einer dünn. Man konnte Geld anlegen in mich. Die schöne Altbausubstanz, heulten die ersten. Dabei hatte Willy Brandt zehn Jahre zuvor noch unter Jubel verkündet, man dürfe kein Geld mehr investieren in überalterte Gebäude. Neu, macht neu, Genossen!
Das alles – das hatte nichts mit mir zu tun!
Man stopft Geld in etwas, immer mehr, und dann ärgert man sich, wenn unten Kacke herauskommt. Ich war ein Baby. Man hätte es wissen müssen: Mein Stillstuhl war aus Beton.

Die Stühle stehen richtig, Marianne ist zufrieden. Sind die Mikrofone eingeschaltet? Ja, die Mikrofone sind eingeschaltet. Wunderbar, wie das heute funktioniert, die Zusammenarbeit im Stadtteilmuseum. Das ist natürlich nicht immer so. Aber wenn es mit dem Kotti so schwierig ist, muss man zusammenhalten, irgendwas muss man schließlich tun dagegen, gegen die eigene Angst auch. Die wird ja gefüttert von Einsamkeit und Nichtstun. Hat sie neulich zu Günther gesagt: dass wir da jetzt eben alle zusammenhalten müssen.
Ob Günther zugehört hat? Das fragt sie sich in letzter Zeit häufiger. Manchmal schaut er einfach so vor sich hin. So wie jetzt. Er kommt ja immer, zu jeder Veranstaltung, zu jedem Bürgergespräch. Aber dann sitzt er da und hat so glasige Augen. Früher hätte er das nicht auf sich sitzen lassen, dass die ganzen Türken das Wort an sich reißen, die Versammlung dominieren. Wollen immer allen ihre Geschichte erzählen, wie schlecht es ihnen geht. Dem Handel. Die Verdrängung.
Da regt sich Günther ja schon drüber auf, abends dann aber erst. Was sollen wir denn da sagen? Werden wir etwa nicht verdrängt? Gab's hier nicht früher auch ein paar Läden, weißt du noch, die Metzgerei, andere, bevor die Gemüseläden kamen? Riecht unser Fahrstuhl nicht auch nach Pisse? Und was sollen wir überhaupt mit dieser

ganzen komischen Spitzpaprika? Wo ist die gute alte Paprika, die runde, hin? Wohl zu fein für die alte, immer neu, immer schick, und dann aber im Fahrstuhl in die Ecke spucken. Und dieser Uringeruch überall. Und vor allem im Fahrstuhl. Was man selber halt nicht braucht, bei sich hui, bei anderen pfui.

Ach Günther, sagt sie dann. Jetzt reg dich nicht so auf. Wir haben doch hier ganz andere Probleme. Und überhaupt: benutzen doch alle denselben Fahrstuhl.

Aber recht hat er ja, zumindest teilweise, auch wenn sie das jetzt nicht so negativ sehen würde. In Kreuzberg, da hat sich eben einiges verändert. Manchmal weiß sie schon gar nicht mehr, wie es früher war, so anders ist es jetzt. Aber da hilft ihr die Arbeit im Stadtteilmuseum, da sieht sie Bilder, ein ganzes Archiv voller Bilder, als schon blass gewordene Erinnerungsstützen für ein fast vergessenes Damals. Neulich erst hat sie darüber nachgedacht und eine Liste erstellt. Nicht in echt, also drüber nachgedacht hat sie schon. Einfach mal mehr aufschreiben. Die Liste gibt es bisher nur in ihrem Kopf, vorerst sozusagen. Aber ordentlich angewachsen ist sie bereits, ewig könnte sie Sachen aufzählen. Zum Beispiel.

Was es früher mehr gab als heute: Wurstständе waren anders, weniger Engländer, aber auch generell weniger Menschen, vor allem weniger Kinder und ganz vor allem weniger Jungen, Fässer zum Drauflehnen vorm Imbiss, nicht so schicki Alutische, Holzrollläden vor den Läden, nicht elektrisch. Straßen schmutziger und leerer, alles hatte mehr Platz: der Ort und die Menschen, und dann kam der Beton. Und die Türken hatten damals auch noch vollgestopfte VW-Busse, vollgestopft bis oben hin, und auf dem Dach die Koffer festgeschnallt für den Urlaub, das sah immer lustig aus und irgendwie heimelig, nicht wie jetzt glänzender Mercedes, hup hup, und dann ab mit Easyjet in den Urlaub.

Das Mikrofon knackt, die Bezirksbürgermeisterin hustet hinein, Günther schweigt.
Ach, da ist ja Mutlu, der Gute. Sitzt wie immer hinten, starrt auf einen Zettel. Sie darf nicht vergessen, wieder etwas zu essen vorbeizubringen. Einen Kuchen vielleicht. Himbeerschmand, den mochte er gern. Nicht dass er das gesagt hätte. Aber er und die Jungs, alles verputzt haben die, bis auf den letzten Krümel.
Die Meyer-Bonscheidt macht die Anmoderation, in der Hand Mariannes Artikel. Schon jetzt, du lieber Himmel, dermaßen ausgefranst. So ein Laminiergerät, das wäre wirklich eine sinnvolle Anschaffung. Gerade wo nun ständig solche schrecklichen Artikel, eine regelrechte Welle ist das ja. Das wird in ein paar Jahren wieder keiner glauben, was da los war. Hoffentlich zumindest, also wenn es dann wieder besser ist, denkt Marianne. Ob es das wird, kann man natürlich nie genau wissen, nur vertrauen, darauf vertrauen, dass es immer wieder besser geworden ist, in all den Jahren.
Jetzt liest Meyer-Bonscheidt die schlimmsten Zeilen vor, hat Marianne extra angemarkert. Das war kein Spaß, das alles noch mal zu lesen. Da wird selbst Günther unruhig, das lässt keinen kalt. Vorne lacht jemand. Sie beugt sich vor, um zu sehen, wer da so blöd. Aber ist natürlich doch

nur irgendein Punk. Dass die zum Bürgergespräch immer aus ihren Löchern gekrochen kommen. Für solche aus der Zeit Gefallenen, nein, extra in die Zeit Hineinstochernden, hat sie ja kein Verständnis. Damals, klar, wer da kein Punk war. Da hatte sie ja durchaus auch, ach, und Punkrock, was haben sie und Günther getanzt.
Jetzt hustet der Punk extra laut, damit man nicht hört, wie Meyer-Bonscheidt die Diskussionsfragen verliest.
Aus den Augenwinkeln sieht sie Aylin, die an der Wand lehnt. Dabei sind doch noch Stühle frei. Das macht so eine unangenehme Atmosphäre, wenn so viele Leute an der Wand herumlungern. Aylin ist nicht die Einzige, die sich nicht hinsetzt. Sind immer junge Leute, die lungern. Aylin trägt heute kein Kopftuch. Versteht sie auch nicht, nach welchem Muster Aylin das an- und auszieht. Mit zwölf ungefähr, da hat sie das das erste Mal bei ihr gesehen. War bestimmt der Einfluss der Mutter. Sind ja immer die Mütter, die religiösen. Das war bei ihr damals nicht anders, da will sie ja auch gar nichts gegen sagen.
Setz dich zu mir, winkt Marianne. Aylin schüttelt den Kopf, verschränkt die Arme. Dem Mädchen ist auch nicht zu helfen. Marianne möchte seufzen, lässt es sein. Die Diskussion beginnt.

* * *

So viele Menschen, die hier zusammenhocken, so viele Geldtaschen. Unruhe, die sitzt mit den Körpern auf den Stühlen fest, lässt die Beine wippen. Versteht er ja. Wenn einer Unruhe versteht: dann Ario.
Vorne sprechen Leute ins Mikro, es knackt und rauscht

und knackt. Klingt wie Knochenbrechen, so ein Mikro. Manche Knochen brechen leichter, seine sind aus Stahl. Harten Untergrund ist er gewohnt. Die Beleuchtung ist komisch. Alles ist gelb. Durchdringend gelb, die Gesichter sehen gleich aus, die Mäntel gleich, im Frühling noch Mäntel, da stecken die besonders Dummen ihre Geldbeutel vorne in die Taschen.
Seinen Engel sieht er nicht, sosehr er sich auch anstrengt. Also erst mal setzen. Ist ja auch nicht ganz uninteressant, was hier passiert.
Worum geht's denn eigentlich, fragt er die blonde Dicke neben ihm, pscht, sagt die blonde Dicke, und vorne redet tatsächlich eine andere blonde Dicke in das Mikro. Knack knack, ihre Stimme ist viel zu laut, in den vorderen Reihen gibt es schon wieder Unruhe, geht durch die Menge wie Wind durch ein Feld. Dass ihm noch immer so ländliche Vergleiche einfallen. Da merkt man den Landknaben, irgendwo tief innen drin. Das ist sein Liebstes, wenn in Berlin was aussieht wie Wind, der durch Felder kämmt. Gibt ja auch überall Wind. Wie schnell er als kleiner Junge war. So schnell kann er jetzt nicht mehr rennen, durchs Feld, dem Wind hinterher. Am Weiher entlang, in den Weiher, hinein in die Mückenlarven. Neulich wär's besser gewesen. Dann hätte er gar nicht erst aufs Revier. Aber ach was, einmal kurz geblinkert mit den Augen, dann geht es ja auch so.
Vorne brüllt einer rum: Was macht denn die Polizei hier?, was macht denn die Polizei hier?, das hier ist ein Bürgerdialog!
Eine blonde Dünne auf dem Podium guckt ganz böse.

Ach, eine Politesse. Heute mal in Zivil unterwegs. Oh, und da ist er ja, sein Engel. Lacht jetzt gerade, süßes Lachen, irgendwie feist im sonst so zarten Gesicht, gar nicht nett, wie sie jetzt so vor sich hin grinst, während doch die blonde Politesse da vorne fast zu weinen anfängt.
Darf ich mal?
Da steht plötzlich eine Frau neben ihm, ach, die kennt er doch, hat er schon mal gesehen mit ihrer Einkaufstasche, wohnt im NKZ, reicht ein Mikro über seinen Kopf. Geruch von Flieder. Die Dicke neben ihm fängt an, ins Mikrofon zu reden, jetzt starren alle in ihre Richtung. Ario nickt und lächelt, sieh an, jetzt hat sogar der Engel geguckt. Aber gleich wieder weggeguckt. Kennt er ja von Frauen, dass die immer erst mal nicht hinschauen wollen. Nicht interessiert, als ob. Er hat noch jede zum Zwitschern gebracht.
Die Frau neben ihm redet und redet, und in ihrer Jacke steckt ja tatsächlich ein Portemonnaie. Blitzt hübsch heraus. Aber so, wo alle zu ihnen schauen, eine Menge aus glotzenden Kühen, das ist ihm nichts. Man darf sein Glück auch nicht überstrapazieren. Junge, hat die Oma immer gesagt, man muss wissen: Wo Schluss ist, ist Schluss. Ario ist der Beste im Schlussmachen. Schluss und aus. Ach, noch so eine Erinnerung: Schultheaterstück. Er war ein Halunke, so wurde das genannt. Seine Mutter saß im Publikum. Der Scheinwerfer war ihr Gesicht, Applaus, Applaus, zu Hause gab es Haferbrei. Er dürfte das ja gar nicht, Schultheater, andere Kinder, zu unfein, zu unrein. Du kommst nach Hause, Ario, nur nach Hause. Landstreicher, Halunke, Dieb und Unhold. Unhold, das klingt gut.

Die Frau hört auf zu reden, endet mit einem Seufzen. Wir müssen uns den Kotti zurückholen von diesen –
seufz seufz. Wieder Applaus, noch mehr Applaus. Da ruft jemand in der Menge, wie Schafsblöken ist das. Bäh bäh bäh uns gehört bäh ist unser bäh bäh. Hach, wie hat er das geliebt, Gras hinein in die Hosen und in den Pulli und die Hände in die Erde und die Hände an Omas Rock abgewischt und auf zur Mutter nach Hause, schnell wie der Wind ist er, und Ario, der Halunke, schnappt sich das Portemonnaie.

* * *

Mutlu sitzt neben Cemal und Yussuf, und ein Geröll von Stimmen ist das. Hagelt alles runter, die Frauenstimmen hoch wie Windjaulen, dazwischen Yussuf, der sich immer wieder meldet, vom Gemüseladen erzählt, wie schlimm das doch alles. Dealer auf der Straße, Dealer am Kotti. Dealer, früher nicht, jetzt nur noch, und Kot und die Kinder auf den Spielplätzen spielen nicht mehr, weil die Eltern, alles Yuppies, alles Reiche, und wer räumt denn bitte die Spritzen weg, da kann man doch keine. Mutlu denkt: alles Bilder, alles wie Film.
Hilal, wie sie bei der Hochzeit neben ihm saß, Standesamt Kreuzberg, seine Hand schwitzig, ihre trocken. Vorher zog er sie in eine Einfahrt, ohne die anderen: Ich liebe dich. Wie sie sich beim Hochzeitstanz um sich selbst, wie sie wochenlang ihr Kleid. Sie war doch glücklich, war sie doch, sie war ganz glücklich, ganz sicher war sie das. Hilals Lippen waren immer weich beim Küssen, der Mund leer. Hilal steht mit Barış, dem Kleinen, den es jetzt nicht mehr gibt,

Barış, dem Baby, auf dem Spielplatz. Hilal guckt das Baby an, guckt sich um, schaufelt Sand, Barış lacht.
Sind ja doch nur Bilder.
Die Polizistin redet, redet immer lauter, ein Mann auf dem Podium schreit ihr entgegen, schreit ins Mikrofon, und Cemal: Unglaublich, unglaublich.
Mutlu: Pst, ich will da zuhören.
Aber die Polizistin vorne kommt schon wieder nicht zu Wort, diesmal ist es der Schuster von rechts neben dem Supermarkt, der brüllt: Wer hilft uns denn, wer? Niemand interessiert sich für uns! Die Politik schaut weg!
Cemal: Jetzt hör doch mal, pst, Mutlu, ich sag dir, die reden Unsinn, war schon immer so hier, war noch nie anders, regen sich jetzt auf wegen Spielplätzen. Da muss man mit seinen Kindern eben woandershin.
Es geht um Gastarbeiter, jetzt reden die Deutschen vorne über Gastarbeiter. Unsere Gastarbeiter, also die ehemaligen, unsere, wir verstehen uns ja so gut. Wenn nur nicht die ah Nord-a-f-r-i-k-a-n-e-r, diese ah äh oh A-r-a-b-e-r.
Mutlu meldet sich. Meldet sich eine ganze Weile, der Arm wird schwer, man sieht ihn nicht, so weit hinten sitzt er. Es gibt Geschrei wegen irgendwas. Ein Punk redet, Stimme wie ein Rülpsen.
Mutlu kommt nicht dran und lässt den Arm sinken. Yussuf ist dran, warum wurde der gesehen?, da hebt Mutlu gleich noch mal den Arm, und wieder Yussuf: Dealer und Polizei, wenn die nicht durchgreift, dann müssen wir eben selbst. Oh, Lachen im Publikum. Wir hier am Kotti, ist doch unsres, ja unsres. Unser.
Auf einmal ist Mutlu alles zu laut. Wieder der Schuster:

Damals, da hat sich auch schon keiner. Wer hört denn, wer macht denn, wer will denn.
Mutlus Hand zuckt ihm im Schoß, und im Raum ist Hitze.
Uns wurde immer geholfen, Hilal, nicht wahr? Die können sagen, was sie wollen.
Sie sagen, was sie wollen. Yussuf und Cemal und die anderen und ihre Münder sind immer voll.
Die Hitze ist in Mutlus Kopf, und Mutlu steht auf. Kein Blick folgt ihm. Mutlu geht einen Schritt, da ist plötzlich Stille im Raum. Wie vor einem Sturm: nichts, dann Gekreische. Setz dich wieder, Mutlu, sei kein Dummkopf.
Mutlu setzt sich wieder. Hebt den Arm.
Du hast meine Hand gesehen, nicht wahr, Hilal? Zu dir spreche ich noch.

Denkt ihr, eure Kontobewegungen interessieren mich?
Denkt ihr, eure Liebesgeschichten interessieren mich?
Oder wen ihr hasst und ob ihr etwas sagen dürft oder nicht.
Oder wem was gehört oder wer wem warum wann wie etwas gegeben oder nicht gegeben hat.
Oder wer warum wie wann von jemand anderem etwas bekommen hat oder nicht bekommen oder bekommen soll, will oder wollte oder dürfte oder musste oder müsste.
Was mich interessiert, ist, wie ihr kleine Scheinchen gegen große Steine tauscht. Wie ihr kleine Bälger gegen ältere Bälger gegen Erwachsene tauscht. Wie ihr mir Löcher in die Wand bohrt und Wände herausreißt und wieder hineinschiebt in mich, als könntet ihr euch alles erlauben.
Denkt ihr also, mich interessiert eure jämmerliche Geschichte der Kontobewegungen? Ihr habt mein Gesicht festgehalten und mich gezwungen hinzusehen: Wie ihr dort saßt in meinem Schoß, dem verstümmelten, und es ging um Konkurs, und Verträge wurden gemacht und nicht eingehalten, und ihr habt auf Böden getrampelt und auf Tische gehauen.
Ich habe versucht zu blinzeln, die Augen zu schließen. Und dann kamen mir die Tränen, und ihr schicktet einen Klempner und sagtet: Dieses Haus, dieses Haus geht vor die Hunde. Habt mich weitergereicht von einem Konkursverwalter zum nächsten. Konkurs, Schulden, ein Millionengrab, das waren eure Worte.

Warum warum warum seht ihr denn nicht, dass nicht ihr, sondern ich es bin, der blutet?

Aylin quetscht sich vorbei, tritt auf Jacken und Schals und dann in den Flur. Auch hier Menschen, stehen an der Wand aufgereiht wie hingestellt und gucken einfach nur geradeaus. Das Lautsprechergeplärre ist noch deutlich zu hören, man versteht jedes Wort, dabei wäre das echt nicht nötig. Dass die Leute nicht einmal zum Punkt kommen. Dass sie jeden Punkt immer dreimal wiederholen, sich wieder und wieder melden. Das ist schlimmer als an der Uni, wo immerzu alle nachfragen, ob das, was davor gesagt wurde, auch fünf Minuten später noch stimmt. Hinterfragen und hinterfragen, bis man hinter dem Hinter irgendwo Schaumstoff herauspulen kann, also: nein danke.
Aylin muss über ein Kind am Boden steigen, das seinen Schal um die Streben des Treppengeländers geflochten hat. Nicht zu fassen, wie weit man die Stimmen hört, vielleicht sogar Yussuf, kommt ihr zumindest vage bekannt vor, dieser Nörgelsingsang, genau wie bei den Teenachmittagen bei Onkel Mutlu, wenn sie dasitzen, diese alten Männer, und an ihrer Shisha nuckeln.
Draußen weht ein Wind, kälter als vorher, der Himmel ist zementgrau, und im Eingang vom Museum liegen ein paar zermatschte Blätter. Sie hat inzwischen eine Scheißlaune. Und schon wieder ist es jetzt spät, zu spät auf jeden Fall für die Algebraaufgaben, aber egal, Algebra ist eh langweilig.

Jetzt noch schnell was vom Chinesen, damit Onkel Mutlu was zu essen hat, wenn er nach Hause kommt, der vergisst sonst wieder zu essen. Schadet auch nicht, zu gucken, dass Barış und Burak keinen Mist machen und die Wohnung abfackeln oder so.

Aber natürlich: Wenn Mutlu nicht da ist, dann sind ihre Cousins auch nicht da, treiben sich irgendwo rum, um Unsinn zu machen, und da ist Burak ja auch schon. Sie hat zuerst gar nicht hingeschaut zu dem Auflauf dahinten, stehen ja immer Polizisten herum am Kottbusser Tor, häufig zumindest, umringen immer irgendwas, sie sieht gar nicht ein, dass sie da hinschauen soll. Aber beim kurzen Blick, der ihr doch ausgerutscht ist, hat sie Burak erspäht. Burak und zwei von den anderen Minigangstern, wie sie an die Hauswand gedrängt werden. Drei kleine Kinder, wie Schwerverbrecher, Hände an die Wand, Rücken zu den Polizisten, die wie immer von deutschen Schränken gespielt werden.

Hey, ruft Aylin und läuft schneller. Hey!

Niemand hört sie. Das ist das Problem am Kotti, hier hört man niemanden, hier ist alles Rauschen und Brummen und Rumgegröle und Männer, die glotzen, rotzen und spucken. Die Polizisten bewegen die Münder, und einer tastet Burak und dann die anderen ab.

Hey, sagt Aylin. Mit ein bisschen Schubsen kommt sie direkt in den inneren Beamtenring.

Gehen Sie bitte einen Schritt zurück, sagt ein Polizist links von ihr.

Das ist mein Cousin, sagt Aylin.

Gehen Sie bitte einen Schritt zurück, sagt der Beamte auf der anderen Seite.

Das ist mein Cousin, verdammt, sagt Aylin.
Und der Beamte vor ihr sagt: Stopp, Sie können jetzt nicht, gehen Sie einen Schritt.
Und ja ja, sie hat's ja verstanden.
Also steht sie da wie irgendeine x-beliebige Schaulustige. Hinter ihr taumelt einer besoffen gegen die Bushaltestelle, und die Polizisten schauen hin und wieder weg, und ein junger Beamter, schräg vor ihr, streift ihren Blick und zwinkert.
Was ist denn passiert, fragt Aylin, und der Junge lächelt sie an, ist eigentlich ein ganz Hübscher, braune Augen, kleines Bärtchen.
Die Jungs da haben wir erwischt beim, sagt er, zögert. Mehr darf ich dir nicht sagen. Er zwinkert. Aber warte doch kurz, ist ja gleich vorbei hier.
Und jetzt? Hier warten oder lieber Onkel Mutlu holen? Andererseits: Der hat schon genug um die Ohren. Aber wiederum, wenn Burak sich jetzt wirklich in die Scheiße. Mein Gott, und wann bitte soll sie endlich mal diese Algebraaufgaben machen?
Der kann was erleben, sagt Aylin. Die Ohren langziehen wird sie ihm.
Wie lange dauert das denn noch?
Klar muss sie jetzt ertragen, dass dem jungen Polizisten die Augen nach unten ausrutschen. Also wartet sie, und als er genug geguckt hat, sagt sie: Das ist mein Cousin, der Kleine mit dem blauen T-Shirt dahinten. Er ist erst elf.
Sorry, wirklich, aber warte doch kurz, sagt der Polizist zu ihren Brüsten.

Wenn ihre Brüste sprechen könnten, sie hätten Burak schon längst hier rausgeholt. Und die Profs würden ihr auch immer zuhören.
Aber Burak sagt ja nicht mal was, steht jetzt dort und wird abgetastet, und kann es etwa sein, dass er weint? Da klopft der Polizist ihm tatsächlich nicht nur die Beine ab, sondern auch das Wasser aus den Augen.
Mein Cousin, versucht Aylin noch mal, aber mit wem will sie hier überhaupt reden?
Hey, pst, sagt eine Stimme hinter ihr.
Den Typen kennt sie, vage, wie aus dem Fernsehen. Aber kann ja nicht sein, Fernsehen guckt sie selten, und wenn, dann wär der vielleicht höchstens beim Polizeiruf aufgetaucht. Als Opfer. So wie der angezogen ist. Andererseits, sehr gut aussehend. Kohlrabenschwarze Haare, blitzende Augen.
Was willst du?
Du kennst den Kleinen dahinten?
Na und?
Komm mal mit.
Er packt zu.
Fass mich nicht an, sagt Aylin, und der Typ lockert seinen Griff, gibt bestimmt einen blauen Fleck, aber er hat doch trotzdem die Dreistigkeit, seine Hand auf ihrem Arm liegen zu lassen.
Der junge Polizist hat sich wieder umgedreht und guckt ganz alarmiert. Ist alles in Ordnung bei dir?
Jetzt tritt er einen Schritt näher, auch zu nah.
Brauchst du Hilfe? Belästigt der dich?, fragt der Polizist ihre Brüste.

Nein, schon gut, sagt Aylin, wischt die Hand von ihrem Arm und geht einen Schritt zur Seite.
Fass mich gefälligst nicht an, kapiert.
Selbstverständlich, sagt der Typ.
Du kannst jetzt gehen, sagt Aylin, aber der Typ steht einfach weiter da und blitzt die ganze Zeit mit seinen Augen, als gäb's nichts anderes.
Ich glaube, ich kann dir helfen.
Ich glaube, du kannst dich verpissen, sagt Aylin.
Sie geht jetzt Onkel Mutlu holen. Soll der sich doch mit den ganzen Irren hier herumschlagen.
Einen kleinen Schubs gibt sie dem Typen noch, weil er einfach viel zu nah steht. Er stolpert wie getroffen. Stolpert zurück und lässt die Arme schwingen und die Zähne aufblitzen.
Ein guter Schlag, mein Engel, sagt er.
Boa. Verpiss dich, sagt Aylin und geht, und der deutsche Polizist glotzt ihr auf den Arsch, merkt sie genau. Der Assi-Typ ruft: Man sieht sich, mein kleiner Engel, und sie zeigt ihm den Stinkefinger. Und aus den Augenwinkeln, na toll, das also auch noch, sieht sie ganz genau, wie Burak, eingekreist von dieser Beamtenhorde, heult wie ein Baby.

* * *

Ach Gott, sagt Marianne, schau mal, Günther. Schau mal, die Nachbarjungs.
Mh, sagt Günther.
Im Hausflur riecht es nach Frittierfett.

* * *

Mutlu steht vor dem Polizeibeamten und sieht einen Mund, der sich bewegt, und einen Schnurrbart darüber, bewegt sich auch, wackelt, und Mutlu ist wütend. Ein Bersten ist das, von tief drin, ein Rauswollen, der Körper wie immer zu groß, eingezwängt von drei Beamten. Von Haut, von Haaren. Von Beamtenstoff. Dahinter steht Burak, das Gesicht zum Boden. Der Polizist redet weiter, eine Frau kommt hinzu, braune Haare, die gleiche Uniform, sie steht zu dicht neben Burak. Der Junge muss nach oben gucken, will Mutlu sagen. Die Wut lässt ihn nicht. Die Wut lässt ihn mit den Zähnen knirschen. Und Burak kriegt später Hausarrest. Und Barış kriegt ein neues Videospiel, das, das Burak haben wollte. Ich muss zurück in den Laden, sagt Mutlu. Tagesabschluss, Lieferung, Liefertermin, Sortiment, Auslage, ich bin der Chef. Was glauben Sie denn, wie so ein Laden läuft?
Ihr Sohn, so geht das nicht, Diebstahl, Drogen, Anzeige, Raub, Touristen, Anzeige, Diebstahl, was-soll-werden, Asoziale, sagt der Polizist. Ich war's nicht, baba, wirklich nicht, sagt Burak. Er schaut nicht nach oben, schaut auf den Asphalt. Wer ehrlich ist, schaut nach oben. Mein Sohn sagt, er war es nicht, sagt Mutlu. Außerdem: Liefertermin, Gurken, keine Zeit, mein Sohn, ein Missverständnis. Die Polizisten stehen stumm herum und sehen nicht glücklich aus. Es gibt Wind am Kotti, die Planen vom Laden flattern. Eine Physalis, neu im Angebot, löst sich aus der Auslage und rollt über den Steinboden, rollt dem Polizisten zwischen den Beinen hindurch, verschwindet irgendwo bei den Bettlern, den Junkies. Die da, sagt Mutlu. Gehen Sie doch die da fragen. Mein Junge ist

ein guter Junge. Und Burak schaut hoch, und sein Blick ist fest. Anzeige, sagt der Beamte, Straftat. Und Mutlu möchte dem Uniformierten den Zettel aus der Hand reißen, seinen Körper in den Boden stampfen, eine zweite Polizistenschicht über den Kottbusser-Tor-Steinen, das würde so passen, grün und grau und dunkel der Himmel und weiß die flatternden Planen seines Ladens.
Mutlu knackt mit seinen Knöcheln, es bleibt ihm nichts anderes übrig, als seine Nummer zu diktieren. Nummer und Adresse. Ach, Sie wohnen im NKZ, aha, aha. Zitternde Schnurrbärte. Ein rauer Wind heute.
Ich war's nicht, baba, sagt Burak zu Hause, und Barış schweigt und knibbelt an der Tischdecke herum. Aylin hat Essen in den Kühlschrank gestellt. Ich war's nicht, baba, ich schwöre es, sagt Burak. Ich schwöre es beim Schweiß vom deutschen Beamten. Du hast Hausarrest, ab jetzt für immer, sagt Mutlu. Das ist viel zu lang, sagt Burak, und Barış kichert, ganz kurz nur, dann ist er stumm, der Mund ein Strich, in dem noch die Gabel steckt. Ihr habt beide Hausarrest. Unfair ist das, jaulen die Jungs. Wir werden sehen, sagt Mutlu. Esst auf, räumt den Tisch ab. Ab jetzt: Handyverbot.
Vier Jahre bist du schon weg, Hilal, vier Jahre und elf Tage, sieh nur, was geworden ist. Was du angerichtet hast.

* * *

Später sitzen sie am Küchentisch, und Marianne hat Günther schon die Gurken halbiert. Bei jeder dritten isst sie auch ein Stück. Die Glühbirne über der Ablage ist kaputt, dringend müsste Günther da was machen. Aber das sagt

sie ihm jetzt besser nicht, wenn sie ihm abends so was sagt, macht er es erst recht nicht, Protest. Die Formen seines Protestes kennt sie ja zur Genüge.
Günther hängt seinen Gedanken nach, mit den Fingern tippert er dann immer auf dem Tisch herum.
Weißt du noch, die erste Mieterversammlung, sagt Marianne. Ganz anders war das damals.
Da waren damals nicht so viele Türken, sagt Günther.
Das ist doch aber was Gutes, dass sich so viele Leute interessieren mittlerweile, sagt Marianne. Damals saßen wir ja quasi alleine zusammen. Um diesen kleinen Klapprigen, erinnerst du dich?
Hat auch schon immer keinen interessiert, sagt Günther.
Ach Günther, sagt Marianne. Jetzt sei doch nicht so negativ. Ein paar Sachen haben sich bewegt, langsam, aber immerhin.
Günther schnaubt und isst seine Gurken.
Jetzt, sagt er. Jetzt ist das anders. Du hast doch gesehen, wer da kam. Die meisten wohnen noch nicht mal hier. Geschäftsleute sind das oder irgendwelche Jungen, die denken, sie könnten hier. Wenn man was bewegen will, braucht man auch die richtigen Leute. Das steht und fällt mit den richtigen Leuten.
Du hast ja recht, sagt Marianne. Da stimme ich dir zu.
Und Günther nickt und drückt mit den Fingern einen Brösel auf seinem Teller zusammen.
Sie schweigen, Günther schiebt krachend den Stuhl zurück, die Lampe über dem Tisch schaukelt. Günther geht in die Speisekammer. Salami holen, sagt er. Und Marianne sitzt allein im schwankenden Licht, und irgend-

wie kann man da ja nur melancholisch werden. Passiert ihr im Stadtteilmuseum auch manchmal. Wenn sie die Letzte dort ist, wenn sie da sitzt mit all den Kartons und Akten. Das ist wie ein ständiges Herumgraben in der Vergangenheit. Also zumindest in der, an die man sich noch erinnert. Das ist ja immer so merkwürdig mit den Erinnerungen.

Neulich erst haben sie sich alte Fotos angeschaut, von Sigrids Hochzeitsfeier, 1980 war das, sie beide junge Hüpfer, Günther, was sah er schick aus mit seinem Anzug. Aber das ist zum Beispiel etwas, das die Erinnerung ihr dazudichtet, denn auf den Fotos von damals sieht man ja kaum was. Die Fotos von damals sind klein im Album, und alles wirkt irgendwie entrückt. Und man sieht sie nur von der Seite, wie sie da nebeneinanderstehen, Arm in Arm. Aber an dieses Gefühl, sie mit Günther. Daran erinnert sie sich eben doch, wie stolz sie war, sie beide, ein Paar durch dick und dünn.

Die Mieterversammlungen, der Mieterbeirat, Günther, wie er abends auf der Schreibmaschine die Mahnbriefe an die Hausverwaltung schrieb. Aber sie war ja auch nicht untätig. Gut, das NKZ, das war immer eher Günthers Sache, aber bei der Lausitzer und so, da hat sie schon mitgeholfen.

Und wie da alles durcheinanderging in der Diskussion, nicht zum Aushalten, sagt Günther, rumpelt Günther vielmehr, die Salami in der Hand, im Türrahmen.

Auseinanderhalten muss man das, sagt Günther, setzt sich hin, die Salami klatscht er auf das grüne Plastikbrett. Das kann doch nicht so schwer sein! Die Junkies zum

einen und die ganze Dealerbande, die schlechte Hausverwaltung zum anderen, das Armutsproblem zum Dritten.
Du hast ja recht, sagt Marianne, aber.
Was denn, sagt Günther und schiebt die Salami ein Stück von sich wie angeekelt. Die Sachen müssen doch endlich aufgezählt und auseinandergehalten werden. Ich ertrag das nicht, wenn. Jeder schreit rum ich, ich, ich, und am Ende ersticken wir hier in Scheiße.
Günther!
Ja, gut, du hast ja recht. Aufregen bringt da nichts. Man müsste –
Günther schweigt. Die Küchenlampe flackert.
Marianne hat ein bisschen Bauchgrummeln von den Gurken, Rohkost verträgt sie neuerdings immer schlechter. Aber Günther sieht ganz zufrieden aus, gut, zufrieden eigentlich gerade nicht, irgendwo zwischen aufgebracht und schwerfällig hat sich sein Körper eingependelt, wie er jetzt dasitzt, nicht ganz so eingefallen wie sonst. Er hat das Messer in der Rechten, zieht ein bisschen von der Salamipelle ab. Gibt ihr ein Stück. Das Fleisch ist hart und trocken.
Weißt du noch Winter achtzig, oder war es einundachtzig?
Erst reagiert Günther nicht. Und sie denkt fast: Jetzt ist er doch wieder eingeschlafen. Beim Kauen sogar. Sein Kiefer mahlt zu gleichmäßig. Und dann, zwölf-zwölf-achtzig sagt Günther, man hört es kaum, dass er immer so nuscheln muss in letzter Zeit. Dabei sitzt das Gebiss doch fest, die Dritten, wie Marianne immer sagt, das klingt gleich viel freundlicher.

Da haben wir ordentlich eins auf die Mütze gekriegt, was, sagt Marianne und legt die Beine hoch, uff, meine Beine. Ganz schön anstrengend das Rumgelaufe in letzter Zeit, aber wenn sich sonst keiner um die Mikrofone, sie muss ja immer alles in den Raum oben schleppen. Dabei hat sie es ja nun auch schon seit Jahren mit dem Rücken.
Du musst dich schonen, sagt Günther. Lass dich bloß nicht wieder so einspannen das nächste Mal.
Da können wir doch mal einen Spaziergang hin machen, Fraenkelufer achtundvierzig, sagt Marianne, was, Günther, gucken, wie sich das verändert hat.
Ja, mal schauen, stimmt, sagt Günther, steht auf. Willst du noch ein Stück Salami?
Nein, danke.
Gut, ich geh ins Bett. Das war vielleicht ein Tag. Kommst du auch?
Ja, sagt Marianne. Noch kurz.
Sie seufzt in die leere Küche hinein. Jetzt, wo sie so ruhig sitzt, merkt sie wirklich, wie die Beine brennen. Und dazu diese Melancholie. Manchmal ist es schwer auszuhalten, das Leben.
Ich lass das Licht an, ruft Günther.
Ich komm gleich, ruft Marianne zurück.
Ich komme gleich.
Das Küchenfenster ist ein schwarzes Quadrat mit dem schwankenden Lichtpendel der Lampe als Auge darin.
Marianne räumt den Tisch ab.

Dabei hättet ihr mich lieben sollen. Ihr mich und ich euch. Das wisst ihr doch? Beton war nicht immer so unbeliebt. Beton war einmal edel. Vielleicht werdet ihr euch eines Tages wundern, und auch Gold wird nicht mehr das sein, was es mal war. Dann hängen euch allen kleine wertlose Figürchen und Schleifchen um den Hals und in den Ohren. Oder nehmen wir Nickel oder Chrom oder Silber. Wer hat sich denn da so einen hässlichen silbernen Pickel in seinen Intimbereich gepierct und in seinen Bauchnabel getackert?
Beton wurde erfunden, und zwar vom Menschen und nicht vom Beton selber. Ja, natürlich nicht, würdet ihr jetzt sagen, natürlich kann sich so ein Beton nicht selbst erfinden! Aber dann achtet mal darauf, wie ihr über ihn sprecht in euren Diskussionen: das Ungeheuer, das sich dort hingepflanzt hat. Ach, wär doch der Beton niemals gekommen! Hätte er uns doch nur in Ruhe gelassen!
Ihr Menschen habt es ja auch nicht so mit früheren Liebhabern. Schon beim Schlussmachen, wenn ihr da auf dem Bett sitzt und der letzte Sex war eigentlich nur noch Abarbeitung, ein letztes Vorspielen von Gestöhne, ein kalkuliertes Rumfummeln, ist euch der gegenüber peinlich. Jetzt, wo ihr einen Schritt zurückgetreten seid, seht ihr klar, ihr seht, was alle anderen die ganze Zeit schon gesehen haben, und ihr vergeht vor Scham.
Schon vor Tausenden Jahren liebte man den Beton, eure Römer, sie haben mit dem opus caementitium gebaut. Aber weil ihr ihn

erst im 19. Jahrhundert wiederentdeckt und ihm im 20. Jahrhundert gehuldigt habt, verbindet ihr ihn nur damit. Modernes Betonzeitalter. Der Beton der Moderne. Und die Moderne mögt ihr jetzt nicht mehr. Ihr seid darüber hinweg, denkt ihr. Aber so leicht wird man alte Liebhaber nicht los.

Mittwoch

»Auf der anderen Seite der Hochbahn, in dem großen Mietshaus an der Admiralstraße Ecke Skalitzer Straße kann man nachempfinden, wie sich das Drogenelend für die Mieter der Wohnhäuser anfühlt. Die Tür geht auf, wenn man beim Zahnarzt klingelt. In der 11. Etage ist es dunkel. An den Wänden sind Fragmente aufgemalter Blumen zu sehen, Reste eines Aktes der Verschönerung. Es ist dämmrig. Das Treppenhaus ist mit einer Holzplatte versperrt. Dahinter schreit jemand. Es klingt nach Schmerzen. Spätestens jetzt will man nur noch weg. Ein Stockwerk tiefer findet man Zugang. Die Flecken an den Wänden sehen nach Blutspritzern aus. Ein mittelalter Mann hockt auf den Treppenstufen und guckt verschreckt. Offenbar hat er Angst. Das ist eine eigenartige Erfahrung. Er ist doch derjenige, der Angst macht.«

Berliner Zeitung, 15.1.2016

Schon wieder aufwachen. Kann er gar nicht leiden, diesen Moment. Ist dann alles noch so undeutlich. Hat ja ne Sehschwäche, schon immer gehabt. Aber Brille. Braucht keiner. Ario sieht ja alles. Nur sein Geruchssinn ist abgestumpft mit der Zeit, kein Wunder, bei Wolfgang. Da zu übernachten ist kein Spaß. Also besser weg. Da ist er lieber wieder in die Halle. Bald ist es ja sowieso warm genug für den Unterschlupf, sein Nest, seine Bude, selbst gebastelt. Da hat man, wenn man aufwacht, was Grünes vor Augen, auch undeutlich, aber das ist was anderes, da fügt sich das zusammen zur Höhle, zu was Schönem, hier fügt sich gerade was anderes zusammen.
Ario setzt sich auf. Die Beine sind steif, er rutscht zum Rand. Harte Matratze, kann er gar nicht leiden, so was. Erst mal nen Kaffee. Der Sichtschutz nervt. Dass die einem hier so komische Gardinen aufstellen. Privatsphäre! Könnte laut lachen, aber dann wacht am Ende noch der Typ drei weiter auf. Nicht zu spaßen mit dem. Andererseits. Alle, die hier übernachten, sind irgendwie harmlos. Das bisschen Gerangel. Keine Cleverness. Wenn einer clever ist, dann er. Du bist ein cleveres Kerlchen, Ario.
Jetzt ist er wach, jetzt sieht er die Halle, überall Sichtschutz, helles Beige überall, und die Ehrenamtliche hantiert schon an der Kaffeemaschine, ein Geklirre, dann

Plätschern. Kann ich?, fragt Ario, und da zuckt sie zusammen, die Kleine. Sie haben mich ja erschreckt, huch.
Er wartet, die Maschine pullert in einen Becher, der Kaffee ist zu stark, kippt er runter, sieht er klar. Heute ist es kalt draußen, aber Sonne, guter Tag für Erledigungen. Die alte Mutter mit dem Zopf vom U-Bahnhof wollte ja wieder Windeln. Da steht sie auch schon mit ihren Bälgern. Hat sie immer eins dabei beim Betteln. Windeln, Windeln, sagt sie schon von weitem, winkt ihm. Und Zewa.
Alles klar, Zewa. Und bisschen Morphium für den Gatten?
Nein, nix Morphium. Nein nein nein.
War ja nur nen Witz.
Also ab in die U-Bahn. Kotti, da kann er alles in einem Rutsch, und mal wieder was verticken wär auch nicht schlecht, ticken, da war doch was, ticktackticktack tick tick tick.
Wenn das so rattert, schläft er gleich ein. Wenn alles so schwankt.
Am Alex steigt er kurz aus, da winken die Kaffeebecher. Pflückt er im Vorübergehen einem Touri aus der Hand. Gutes Gesöff. Und weiter geht's zum Kotti. Den Weg kann er im Schlaf, Türen zu, Kopf an die Wand, da rattert sie wieder, die U-Bahn. Windeln, wischen kann die Mama gefälligst mit Klopapier und Morphium, Morphium braucht er für sich, tut ihm alles weh, die Schulter, kein Wunder bei den Matratzen, was ist er froh, wenn er endlich in seinem Unterschlupf, braucht man: Zuhause. Da, wo man wischt. Da ist zu Hause.
Aber die Kontrolletis, die finden das gar nicht witzig. Sie

haben ja schon wieder keinen Fahrschein, ja ja, natürlich nicht. Sechzig Euro Strafe. Ach was, ach was. Wissen die selber, kennen ihn ja schon, dass er eh nicht zahlt.
Also muss er laufen, macht ihm nix, läuft er schnell, fliegt er fast. Die Kontrolletis brüllen in der U-Bahn einfach den Nächsten an und ihm hinterher: Das nächste Mal lassen wir dich nicht laufen.
Er ist eh fast da. Moritzplatz, dass er nicht lacht, einmal die Oranienstraße runtergeflogen, vorbei an den Touris, an den Geschäften, ach, noch son Kaffee.
Ario fängt zu pfeifen an, als er in der Entfernung schon die Kotti-Schilder sieht. Möbel Olfe.
Ach, da kann einem ja nur das Herz aufgehen, der Kotti tritt die Tür zu seinem Herzen immer einfach ein, und innen drin wird's ganz warm und mit Wind, bald ist Sommer, im Torbogen vom NKZ steht noch eine Flasche Wodka mit Schluckresten.
Also, erst die Windeln, dann das Morphium, im Kaisers, ach Quatsch, Rewe passen sie ja gut auf, ist klar am Kotti, aber die Junkies sind eh alle zu fertig zum Klauen, schauen ihn so kuhäugig an, ein ganzer wankender Heuballen mitten auf dem Platz, und kann das wahr sein, da sieht er den Engel, schon wieder der Engel, tritt die Tür vom Herz auf den Boden, der Engel, und nanu, steht vorm Rewe und raucht, die Uniform ein rot-weißes Gefieder. Wenn das mal kein Zufall ist.
Er winkt dem Engel, aber der Engel tritt die Zigarette aus und geht hinein.
Nichts wie hinterher, nur die Ampel stoppt ihn. Mit langsamen Reifen fährt ein Polizeiauto an ihm vorbei. Wie-

der winkt ihm keiner zurück. Die Beamten haben Steingesichter. Der Polizeiwagen hält an der Ecke.
Ario nimmt den letzten Schluck Wodka und fliegt über die Straße.

* * *

Das ist das Erste, was Barış am Morgen sieht. Und dabei sieht er es ja gar nicht richtig. Also schon, mit seinen Augen ist natürlich alles okay, aber er guckt hin, und erst als der kleine Pisser drüben aufwacht und rumnölt, weil früh und alles und baba an die Tür klopft, merkt er, dass das echt eine beschissene gottverdammte Zweitausend ist, die er da sieht. Zweitausend Klicks. Und das alles für Buraks dumme Aktion (ohne Buraks Geheule, das hat er weggeschnitten, will ja keiner sehen). Nein, zweitausendeins. Zweitausendzwei. Zweitausenddrei. Er wird berühmt. Fuck!
Baba klopft noch mal an die Tür, aufstehen, Schule. Baba geht weg, klar, muss man ja nur warten, ist dem doch egal, ob Schule oder nicht. Zweitausendvier. Zweitausendfünf. Zweitausendneun. Burak wirft ein Kissen rüber, und Barış wirft sein iPhone aufs Bett und ja, er lacht.

* * *

In der Wohnung riecht es jetzt nach Gras, da kann Jüngelchen lüften, wie er will. Kaum war er weg, ist sie zum Zimmer gehuscht, und tatsächlich, da auf dem Nachttischchen, ganz schlecht versteckt von Jüngelchen, und sie wollte ja nur mal gucken, nur mal sehen, wie viel, und Peer, die Misttöle, natürlich gleich die Chance gewittert, gleich

hinein in die gute Stube, in seine, das Vieh weiß ja nicht, wo die Grenzen sind, wo seins aufhört und endet, wo der Raum für fette Hundekörper aufhört und endet, wo man einen Kackhaufen und wo nicht, also einfach hinein.
Hinein in die gute Stube, das hat Heinrich auch immer gesagt. Das war das Erste, was er gesagt hat, als sie in die Wohnung kam. Was hat sie gedacht? Sie weiß es nicht mehr. Wie er immer die Gäste umarmt hat, so herzlich, das hat ihr gefallen. Die roten Wangen noch röter vom Alkohol. In diesem Zimmer hier, in dieser Ecke hier. Die Beine auf dem Sofa hoch. Aber kiffen, Sabinchen, nein, das brauchen wir nicht. Nur wenn der Dolf da war, eigentlich Adolf, Nazieltern aus Wiesbaden, kaum zu glauben, was, wir hier in Deutschland, alle nen Knall, der Dolf, der kifft gern, da sitzen sie, Heinrich und Dolf, und Stanca sitzt daneben, und es riecht nach Gras, und klar, ab und zu hat sie auch mal.
Peer, das Mistvieh, schon ab in seine Ecke in Jonas' Zimmer, ab da in die Ecke und Beine breit, und da hilft's auch nicht, den Besen zu holen, zu spät, zu spät, da kann sie wischen, so viel sie will, das riecht man. Aber Jüngelchen wird schon nichts sagen, und was soll er auch sagen, und die Miete hat sie ja schon.
Stanca hat die Scheine alle schön beisammen ins Kopfkissen geschoben, und jetzt schläft sie drauf, und wenn sie jetzt all die Briefe, Rechnungen, wenn sie die jetzt alle dazutäte, ein richtiger Packen wäre das, ein ganzer Korb voll Papier, so viel wie sie vollgeschrieben hat beim Üben damals, als Heinrich ihr die ganzen Blöcke.
Einen Knall, das haben die Deutschen, sagt Heinrich auf

dem Sofa, oder Sabinchen? Sagt man das auch auf Rumänisch, einen Knall haben? Wer hat denn damals sein Kind noch Adolf genannt, kein Wunder, dass dem Dolf da die Pumpe.

Aber mittlerweile kann sie fast gar kein Rumänisch mehr, man verlernt ja, man lernt neu, all das Papier, und schreiben kann sie auch nur auf Deutsch, hat sie alles überschrieben, und von ihren paar Verwandten in Rumänien, ob die tot sind oder nicht, was weiß sie schon.

Stanca räumt die Papiere zusammen, ordnet sie, was muss zuerst, so hat Heinrich das gemacht, immer der Priorität nach, immer schauen, wer kann noch warten. Die Hausverwaltung hat schon zum dritten Mal geschrieben, die Miete, die reicht schon seit Monaten nicht mehr, Mahnung Mahnung Mahnung, und Heinrich, was hätte der gelacht, gehustet, die Miete, Sabinchen, die ist wichtig, die muss immer zuerst, da können die Schulden, die Wettschulden, die Schwarzmarktschulden und was zum Geier. Keine Miete, keine Wohnung, das wollen wir doch nicht, oder? Da passen wir besser auf, aufgepasst! Das ist deutsche Bürokratie, das ist nicht Transsilvanien, wo du mal kurz dem Bullen nen Bestechungsscheinchen, das ist deutsch deutsch deutsch.

Aber was weiß sie schon davon, die Rechnungen bezahlt hat immer er.

Und plötzlich, sie wollte ja gerade, die erste Rechnung. Und da geht die Tür, und Peer, der winselt, aber zu spät, hätte er mal nachdenken sollen, die Töle, bevor er in Jüngelchens Zimmer, und wenn Jüngelchen jetzt sauer wird, dann kommt doch noch der Besen, aber nicht zum

Saubermachen, da kann das Mistvieh was erleben, und da steht Jüngelchen auch plötzlich, als hätte der gehört, als hätte der schon gerochen von weitem, was Peer, die kleine Kanaille, und käseweiß ist der Junge im Gesicht, und Blut, und Peer winselt, und Jüngelchen sagt gar nichts, und kein Wunder, dass ihm da der Geruch gar nicht auffällt, wo das Blut auch auf den Teppich tropft, und Stanca stopft die Rechnungen zurück in das Kopfkissen und knöpft das Kopfkissen zu, und Jüngelchen weint fast, rot das Gesicht und das Blut. Und Peer, das Mistvieh, schlabbert in der Pfütze rum.

* * *

Dosentomaten, piep, Klopapier, piep, Kiwi, tak tak tak, nee, die werden nach Stückpreis abgerechnet, aha, dann nicht? Okay, ach so, na wir sind jetzt bei drei Euro achtundsiebzig. Ja, okay, ich nehm die Tomaten raus, zwei Euro neunundneunzig bitte, ja, danke, Bon, Wiedersehen, Tampons, piep, Weißwein Tetra Pak, piep, ja welche hätten Sie denn gerne, Marlboro gold, okay, mit Karte? Okay, danke, auf Wiedersehen, ach so, äh, sammeln Sie Treuepunkte?

Die Schlange nimmt kein Ende, und dann steht da plötzlich niemand mehr. Ist immer so im Rewe, anders als in Mutlus Laden. Im Laden steht immer jemand, wartet immer jemand, ein oder zwei Mütter, ein Kind mit Gummischlangen, hier sammeln sich die Alkis, und ganze Hipsterkolonnen kaufen ihr Sterni. Und wenn nicht, dann stehen die Regale alleine herum in diesem Neonlicht, als wären sie in einem Dritter-Weltkrieg-Bunker.

Frau Çelik, kannst du mal zum Leergut.
Aber da kommen schon wieder welche?
Geh mal Leergut, Frau Çelik-Mäuschen.
Kommen Sie bitte zu mir, Kollegin macht Kasse zu, blökt Frau Bauer.
Ich mache die Kasse zu, sagt Aylin zu der Hipster-Gruppe.
Aber wir sind zu zehnt. Können wir nicht?
Nee, können wir nicht, ruft Frau Bauer von drüben. Die Kollegin muss ins Leergut.
Da mault die Gruppe und sammelt sich bei Frau Bauer, die ganz zufrieden wie eine Kröte in ihrem Drehstuhl hinter der Kasse sitzt.
Piep piep, na, das is alles?, hört Aylin. Piep piep, drei Euro fuffzig dann bitte sehr der junge Mann.
Wie das Piep-Piep sie in ihre Träume verfolgt. Das Piep-Piep verfolgt sie so, dass sie sogar manchmal tagsüber denkt, sie würde träumen. So wie jetzt, wenn das Neonlicht sich plötzlich so schummrig anfühlt, wenn die Gänge zu wanken scheinen. Der Fußboden sieht so nah aus, dabei ist sie doch groß.
Beim Leergut ist eine lange Schlange, im Regal daneben wühlt ein Mann nach Coladosen.
Komme schon, sagt Aylin in die meckernde Menge.
Ich hab schon drei Mal geklingelt, sagt ein Mann. Drei! Mal! Immer dasselbe hier. Da will man einmal, ich kauf ja auch hier ein, ich lass schon das Geld, und dann, ne halbe Stunde steh ich hier, immer, mindestens.
Er redet weiter, Aylin geht, ein paar Schritte, dann ist sie im Leergutraum. Auf dem Band stapeln sich die Flaschen. So muss sich ein Roboter fühlen, Kiste runter, weg, Kiste

runter, weg, draußen das Plärren der Menge, wieder klingelt jemand, ich mach ja schon, brüllt Aylin. Ich mach ja schon, Minuten später, Kisten weg und weg und weg, und dabei piept es die ganze Zeit in ihrem Kopf weiter.
Endlich rattert das Band, und die Flaschen purzeln durch die Öffnung. Geht wieder, ruft jemand von draußen, das Murren wird nicht leiser, vermutlich geht es jetzt erst richtig los: na endlich, was für ein Saftladen.
Aber ehrlich, sagt Aylin in den Lagerraum mit den Flaschen, und man könnte meinen, dass die Flaschen irgendwas dazu zu sagen hätten, aber nein.
Jetzt da rausgehen: keine Chance. Aylin setzt sich auf ein paar Kästen, in einer Mate-Flasche ist noch die Hälfte drin, räudig, na klar, aber den Schluck kann sie jetzt echt brauchen. Hat sogar Kohlensäure. Pisser, die erst ewig die Kasse blockieren, um sich eine Mate zu kaufen, und die dann nicht mal trinken.
Blöd, dass Wodka und so kein Pfand hat. Wenn Onkel Mutlu sie jetzt hier sitzen sehen könnte. Der hat ja von Anfang an gesagt, dass sie nur im Laden arbeiten soll, nicht im Rewe. Aber ganz ehrlich, eine Einzimmerwohnung im NKZ kostet eben Geld, und das ständige Essen für ihn und die kleinen Stinker. Und renovieren müsste man ihre, und erst recht deren Wohnung auch mal, da legt sie schon seit Monaten immer wieder was zur Seite. Onkel Mutlu hat ja das Bad ruiniert, warum auch immer, Tante Hilal hätte bestimmt einen Herzinfarkt bekommen.
Eigentlich könnte sie das Geld auch gleich sparen, um mal was Größeres oder so zu suchen. Für Onkel Mutlu und die kleinen Knallköpfe gleich mit. Andererseits: Es ist eben

Zuhause, hier, am Kotti. Ja ja. Jetzt grübelt sie schon wieder, ohne Sinn.
Aylin steht auf, und der Kasten fällt beinahe um. Sie muss weiterarbeiten. Grübeln ist scheiße.
Das Band beim Pfand bleibt stehen, die letzte Flasche ist schon vor einer Minute oder so eingeflogen. Aylin macht trotzdem nur vorsichtig die Tür auf. Und: War ja klar, da lungert einer an der Wand herum und kramt in seinem Beutel.
Macht sie eigentlich sonst nicht: Kopf senken, aber heute muss sie schauen, dass sie nicht zu viel sieht hier. Wenn sie später schläft, dann will sie es wenigstens richtig tun.
Was warn da los im Leergut?, ruft Frau Bauer von der Kasse.
War total zu, schreit Aylin. Hier muss sie sich wenigstens nicht anstrengen, freundlich zu klingen.
Räumst du Regale, Frau Çelik, ruft Frau Bauer zurück und lächelt ihr Hausmutter-Lächeln zum Typen vor ihr. Der kommt ihr irgendwie bekannt vor, ist aber kein Wunder. Sehen alle gleich aus hier.
Die meisten Gänge sind leer, ist abends immer so, und es ist so hell, dass einem die Augen weh tun. Bei den Tütensuppen fängt sie an, die fallen ihr andauernd entgegen, Sternchensuppe, Buchstabensuppe, Hochzeitssuppe, Mischung für Chili con carne, alles, was Sie brauchen für das perfekte Ragout. Aber ist noch gut befüllt das meiste, da reicht ein bisschen vorziehen, also weiter zum nächsten Regal.
Aus den Augenwinkeln sieht sie eine Bewegung. Wenn man schon so lange in Supermärkten arbeitet, erkennt

man sofort, wenn was nicht stimmt. Oder wenn jemand ein Penner ist.
Das kann doch nicht wahr sein, wie blöd muss man sein, dass man versucht, sich drei ganze Packungen Windeln unter die Jacke zu schieben?
He, du da!
Der Typ zuckt nicht mal zusammen, schiebt nur die Windeln unter der Jacke zurecht, dreht sich um.
Ach nee, der schon wieder. Versucht es mit seinen blitzenden Augen. Aber so nicht.
Leg die Windeln zurück. Hallo, hörst du mich nicht?
Hallo Engelchen. Willst du eine? Ich hab supersoft und superdry und extra reißfest, sagt der Typ und hält ihr mit einem Grinsen eine Packung hin.
Bist du bescheuert? Leg die scheiß Windeln zurück.
Ist ja gut.
Der Typ zwinkert ihr doch echt zu. Irgendwas an dem ist ganz und gar merkwürdig. Die Jacke: total Penner. Aber wieso Windeln? Und sein Gesicht hat irgendwas, nicht die blitzenden Augen, der Rest, der Mund, die Wangen, irgendwie wirkt der fast schon wie gezeichnet oder so, alles so fein, so schön, und dazu hat er immer so einen Gesichtsausdruck, der damit gar nicht zusammenpasst. Ach, keine Ahnung, sie will ja nicht zu viel nachdenken, und der Typ kommt auch schon wieder viel zu nah an sie ran.
Jetzt leg die Windeln weg, ich ruf sonst die Security.
Klar, Engelchen.
Tatsächlich legt er die Windeln zurück, sortiert sie sogar seelenruhig ein, guckt immer wieder hin zu ihr und sagt: Superdry, saugfest, reißfest, superreißfest, dry saug.

Aus irgendeinem Grund kann sie nicht wegschauen.
War für ne Freundin, sagt er. Wollte ich bezahlen, ehrlich. Ich bin ja kinderlieb.
Na klar, sagt Aylin und dreht sich um. Schnell weg hier, der Typ ist nicht ganz normal, braucht sie nicht, sie kennt schon genug komische Typen.
Hör mal, sagt der Typ. Wie geht's denn deinem Bruder? War doch neulich dein Bruder oder?
Weiß nicht, was du meinst, sagt Aylin und biegt in den nächsten Gang. Jetzt ist sie gleich wieder beim Leergut, aber da steht jetzt zum Glück keiner. Vermutlich sollte sie noch mal in den Leergutraum gehen und gucken, ob da wirklich alles in Ordnung ist und dann gleich auch ein wenig den Kopf gegen die Wand lehnen. Ein bisschen Ruhe. Mann, könnte sie das jetzt brauchen.
Na, der Kleine, der Superdry-Drogenkurier, sagt der Typ, und als sie sich umdreht, grinst der sie an mit seinen weißen Zähnen. Schon wieder komisch: Wieso hat der so weiße Zähne, wenn der ein Penner ist? Und viel zu gut rasiert ist er. Und jetzt spürt sie auch noch seinen Atem, so nah ist der, und gut riechen tut er auch. Ein bisschen nach Wodka.
Laber keinen Scheiß.
Aber so war's doch neulich, sagt der Typ. Als die Bullen um die Knirpse rumstanden, du warst doch da, Engelchen. Die armen kleinen Bürschchen. Drogenkurier, klauen, ich hab's genau gesehen.
Erzähl nicht so einen Scheiß, sagt Aylin.
Aber, aber, Engelchen, ich hab's doch gesehen.
Da platzt ihr der Kragen. Hinter seinem Kopf sieht man

das Leergutloch, die schwarze Bahn, die in den schönen, einsamen Raum hineinführt, am liebsten würde sie ihn da reinstopfen, Kopf voran. Dieses Grinsen, dieses Augenblinkern.
Ich hol gleich echt die Security, sagt Aylin. Kann sein, dass sie ihn etwas zu fest gegen die Leergutwand drückt. Es scheppert.
Frau Çelik, ruft Frau Bauer von irgendwo. Wasn das fürn Lärm dahinten? Allet klar im Leergut?
Jaha, ruft Aylin zurück, und zum Typen sagt sie: Jetzt zieh Leine, Wichser.
Ich heiße Ario, sagt der Typ und verbeugt sich.
Und dann schlendert er tatsächlich einfach davon. Und wie in so einem richtig klischeehaften Film hat der plötzlich einen Apfel in der Hand, beißt rein und zwinkert ihr über die Schulter zu, während ihm der Saft das Handgelenk runterläuft, wie in Zeitlupe, und in diesen Dritter-Weltkrieg-Bunker tropft, als wäre das normal. Er biegt ums Eck, und Aylins Blick gleitet ab, hin zu dem Korb, an dem er gerade vorbeigelaufen ist: Galaäpfel nur zwei Euro neunzig das Kilo.

* * *

Marianne ist sauer. Und das will etwas heißen. Sauer, wütend, solche brutalen Gefühle, das passt gar nicht zu ihr. Wenn, dann ist das Günther, oder Günthers Freunde, auf jeden Fall sind es immer Männer, die so empfinden. Aber jetzt, was soll sie machen, das ist doch wirklich unfassbar hier, das ist doch wirklich nicht normal, einiges hat sie ja mitgemacht bisher, immer wieder Junkies ver-

trieben, Spaß hat das nicht gemacht, wirklich nicht, aber sie hat's ertragen, auch die Angst, die ja immer dazugehört, das Unbehagen, dieses stetige Gefühl des Unheimlichen, aber gut, war ja ihre eigene Entscheidung in Kreuzberg, also hier am Kotti, zu bleiben. Also Günthers eigentlich, aber ihre eben auch. Nur in letzter Zeit, das ist einfach zu viel. Schluss, Schluss, Schluss! Es reicht! Später, da wird sie mit Günther, genau, einen ordentlichen Schlachtplan, so wie früher. Was früher ging, das muss doch auch heute noch funktionieren. Das vertreibt ihm vielleicht auch mal diese blöde. Schon wieder hat Birgit ihm SMSen geschrieben, heute Morgen erst, und Günther, dreist, einfach dreist der Mann: Ich geh jetzt mal zum Minigolf mit den Männern. Sie hat nichts gesagt, wer ist sie denn, und jetzt gibt es schließlich auch dringendere Themen. Wenn er später wiederkommt, er ist auch sauer, das hat sie neulich genau gesehen, gemeinsam könnten sie ja vielleicht, so wie früher. Aber eins nach dem anderen, ganz so wie früher kann es natürlich auch nicht sein, erst mal die Sauerei.
Mit einer Plastiktüte läuft sie das Treppenhaus entlang, dass sie hier immer schnell geht, daran ist sie gewöhnt, unangenehm ist der Geruch ja meistens, nicht dass sie das groß bemerken würde nach all den Jahren, aber jetzt, wo die Plastiktüte so raschelt und dazu ihre Schritte und irgendwo türkische Musik, da achtet sie drauf, und beinahe ohnmächtig wird man bei dem Gestank. Früher war es natürlich noch schlimmer, das muss man auch sehen, als sie nur den einen Hausmeister hatten, nur einen für all die Blöcke, der arme Mann, wie der immer geschwitzt hat. Natürlich hat sie ihm da was Kaltes zu trinken ange-

boten, aber der wollte ja nie, klar, hatte ja auch keine Zeit, da kann man sich nicht einfach mal ruhig hinsetzen. Aber manchmal saß der dann doch seelenruhig da auf seinem Klappstuhl in der Sonne, trank Kaffee aus seiner verbeulten Thermoskanne, da hat sie sich schon häufiger gefragt, was der da eigentlich so tut. Wenn man schon nur einen Hausmeister hat.

Da ist sie wieder, die Sauerei. Bei dem Erbrochenen fängt sie gar nicht erst an, wer ist sie denn, dass sie das jetzt wegwischt. Aber die Spritzen, da kann sich jemand dran verletzen. Gefährlich ist das. Was macht eigentlich dieses Drogenmobil? Gibt's das noch? Oder wenigstens diesen Automaten für Spritzbesteck könnten sie wieder einführen, das muss sie auf die Liste setzen für den nächsten Bürgertreff. Früher hat man wenigstens so getan, als würde man sich dafür interessieren, was mit diesen Leuten passiert. Sieht sie genau vor sich, wie die da immer versucht haben, die benutzten Bestecke rauszuholen aus dem Automaten, falls noch was dran sein sollte an der Nadel. Diese armen Menschen, keine Perspektive, interessiert niemanden. Fahrlässig ist es, die sich selbst zu überlassen. Aber muss das am Kotti sein?

Dabei sind die Junkies gar nicht mal das Schlimmste, sind ja meistens harmlos, arme Gestalten, aber was mit denen kommt, das ganze Drogenkartell, das kriminelle Milieu, der ganze Schmutz. Die Angst, die sich hier so einnisten konnte am Kotti. Das geht doch so nicht. Hier wohnen schließlich auch Menschen, Kinder, viele sogar, und sie schon seit, ach, da kann sie gar nicht zählen. Und dass jetzt hier dieses Erbrochene schon halb eingetrocknet

ist, ist einfach nur. Am Kotti trocknen die widerlichsten Dinge ein, und keiner merkt es. Jeder stampft das Zeug nur tiefer in den Boden ein.
Ab in den Abfall mit den Spritzen, da geht sie lieber nach draußen zu den Abfallbehältern, so was kommt ihr nicht in den Hausmüll.
Als sie wieder im Haus ist, stinkt es fast noch schlimmer. Wahrscheinlich wegen des Kontrasts. Nicht dass es draußen so viel besser riecht, aber das ist der Kreuzberg-Geruch, den kennt sie ja, den hat sie im Blut, mal abgesehen von der Kindheit in Buckow war sie doch immer hier, das ist also was anderes. Und diese türkische Musik, irgendwie mag sie das ja nach all den Jahren nach wie vor sehr.
War das ihr Name? Oder hat sie schon wieder was an den Ohren? Dabei ist das doch Günthers Problem, dass der immer nicht zum Arzt. Hörgeräte, genau, sie sollte ihn an diese Idee erinnern. Alleine kommt der nur auf schlechte Ideen, sieht man ja, Thema Birgit. Aber doch, da war er wieder, ihr Name, und jetzt erkennt sie auch die Stimme. Von Stanca hat sie schon seit Ewigkeiten nichts mehr gehört. Ist ihr auch nicht ganz unrecht. Die paar Jahre Abstand waren wirklich nötig, nach dem ganzen Drama, das sie da miterleben musste. Sie hilft gerne, aber jeder Mensch hat seine Grenzen, seine unverschiebbaren.
Und da steht Stanca tatsächlich, direkt vor ihrer Tür, und neben ihr, nanu, ein junger Mann, sehr jung sogar, ein wirklich hübscher Junge, aber kalkweiß im Gesicht, woher kennt denn Stanca den, die ist doch sonst immer so allein,

bis auf ihren Dackel natürlich, dieses mickrige Tier. Und dann sieht sie das Küchenhandtuch um die Hand des jungen Mannes, und es ist rot.
Um Gottes willen, was ist denn passiert?
Stanca guckt nur wieder so komisch, wie die immer guckt mit ihren hervorquellenden Augen, wenigstens was anderes anziehen hätte die sich können, und der junge Mann ist noch weißer und sagt: Ich habe in eine Scherbe gefasst, unten im Treppenhaus, da waren, er stottert was von Spritzen, von Glasscheiben, der arme Junge, und endlich sagt Stanca auch etwas: Ich hab kein Verbandszeug.
Oh je, schnell, kommt mit, sagt Marianne, und da wird ihr erst klar, was dem armen Jungen wirklich passiert sein muss, meine Güte, kein Wunder, dass der so kalkweiß ist im Gesicht. Lässt sich von ihr in die Küche bringen, ab auf einen Stuhl mit dem Armen, sitzt da mit erstarrtem Körper, einem Gesicht wie festgefroren. Da kommen die Muttergefühle sofort hoch bei ihr, das ist ja immer so. Ist keine Gegend, das Kottbusser Tor, für so junge Leute, also für die Empfindsamen, die den rauen Ton nicht so aushalten, vielleicht sogar vom Land kommen, ganz aufgeregt nach Berlin ziehen, alle wollen sie ja immer in die Großstadt, stellt sich Marianne zumindest so vor, sie als Großstadtpflanze. Aber dann direkt Kotti – das ist nichts für schwache Gemüter.
Zeig mal her, sagt sie, und schlimm sieht es zum Glück nicht aus, ein tiefer Schnitt in der Handfläche, aber eine Tetanusspritze, die muss sofort her.
So geht das wirklich nicht weiter, sagt Marianne, und wären da nicht die Muttergefühle, da wäre sonst nur Wut.

Wenn Günther später kommt, dann wird sie mit ihm gemeinsam, wie in alten Zeiten, sie werden sich hinsetzen und überlegen und egal, was da sonst gerade vor sich geht in seinem Dickschädel, diesmal wird er ihr zuhören, und dann werden sie etwas tun. Weil etwas getan werden muss. Weil schon immer sie es waren, die etwas taten. Weil dieses Unbehagen, was sich eingeschlichen hat bei ihr und was sie sonst immer ignoriert – weil: Ist ja halt Kreuzberg – weil das so nicht geht, weil: So! Geht! Das! Nicht!
Ich kümmere mich darum, sagt sie zum Jungen und streicht ihm einmal über das struppig gegelte Haar. Und ein klein wenig lässt er sich gegen sie sinken. Was für ein netter junger Mann. Nur schade, dass die jungen Leute heutzutage nicht mehr so viel Schmackes haben. Aber sie kümmert sich ja drum. Hat sie immer.

* * *

Und da sitzt Mutlu schon wieder und schaut auf einen Mund. Cemal und Yussuf reden und reden, und der Çay ist kalt. Mutlu ist der Einzige, dem das auffällt, Mutlu: Der Çay ist kalt, Yussufs Mund: Es passiert nichts, wir werden vergessen, nur die Touristen, um die, und wir, die Gewerbetreibenden, Dreck am Stecken, alle anderen, Kot und Urin überall, wegen der Junkies, wegen der Dealer, Nordafrikaner überall, und habt ihr gehört: Dem Kurdenverein ist das Klo explodiert harharhar.
So viel hat die Versammlung also bewirkt, denkt Mutlu und trinkt einen Schluck und schluckt schnell und ist froh, denn gleich ist die Mittagspause vorbei, dann muss er Hatice ablösen vorne im Laden, draußen steht Mustafa

gerade ganz alleine beim Gemüse und sie hier hinten im Lagerraum. Yussuf: Es muss was passieren, selber durchgreifen, meine Kinder, die können, Mutlu, sag doch du auch was.
Und Mutlu schaut auf den Boden mit den Kisten, auf denen sie sitzen, und dann sagt er: Stimmt.
Und Cemal sagt nichts weiter, und dann sind sie wieder beim Gemüse, und Cemal: Dahinten schon wieder ein Student, der nur ne Gurke kaufen will, gehst du machen?
Und Mutlu geht hin und klebt dem Studenten den Preis auf die Gurke (Student: Krieg ich die Gurke billiger? Die ist viel kleiner als die anderen! Mutlu: Kosten alle gleich viel, die Gurken. Student: Aber ich brauch doch bloß so ne kleine. Mutlu: Achtzig Cent, jede Gurke gleich), und später, dunkel ist der Himmel, und der Mond ist nicht zu sehen, schließt er den Laden ab. Cemal sagt nichts, Cemal schweigt, und Yussuf spuckt aus, als sie an den Junkies vorbeigehen, und eine halbe Stunde später nur ruft Cemal ihn zu Hause an und sagt: Mutlu, ich wollte es nicht vor allen sagen, aber dein Sohn, schau mal auf YouTube.
Und Mutlu: Was, YouTube?
Und Cemal: Ich wollte es dir vorhin nicht sagen, aber du musst da durchgreifen. Man kann alles sehen. Wie sie deinen Jungen.
Und Mutlu:
Und Cemal: Ich hab dir einen Link geschickt.
Cemal hat ihm einen Link geschickt, und alle anderen werden das auch sehen können, und alle anderen sehen das vielleicht gerade. Und Mutlu sitzt im Wohnzimmer, und Barış ist direkt nebenan, und Burak ist schon wieder

nicht da, aber auf dem Bildschirm ist er da, Bildschirm von Hilals altem Laptop, Mutlu hat keinen, Hilal war ja die, die schrieb und Facebook und alles, die hätte gewusst.
Und Burak im Internet ist ein anderer Burak, ein kleines Männchen in einer Gruppe, die Kamera wackelt, oder ist das Buraks Hand mit dem Tütchen, die da wackelt, oder ist das Mutlu auf dem Sofa, das Sofa wackelt auch.
Und Hilal, sieh nur, unser Junge ist im Fernsehen, im Internet, man sieht ihn genau.
Kannst du ihn sehen?

Beinahe hätte sich die Sache von alleine gelöst, die Sache mit euch und mir. Fast wäre das Leid vorbei gewesen, damals. Ich habe ganz stillgehalten, als ich sie sah, 29. März 1986, die Bombe im Plastiksack. Ich war der Einzige, der hinschaute. Ich sah genau, was geschah, bevor es passierte: Ein Junge stand in der Teeküche und machte Tee, die anderen stritten im Vorraum der Deutsch-Arabischen Gesellschaft. Erster Stock war das, mein erster Stock, meine Kniekehlen, die Bombe riss mir Löcher in die Haut. Dem Jungen fielen die Teeblätter aus der Hand, bevor es passierte, das Geschirr klirrte, er kniete sich hin. Bumm, da riss er auf, der Beton, es spritzte, wir und ihr, wir spritzten gemeinsam durch den Raum.
Im Stockwerk drüber sprangen die Bilder von den Wänden. Gab Glas nach, bekam Beton Risse. Die kleine Merve sagte später in der Zeitung, sie habe Fernsehen geschaut, als das Gerät zu fliegen begann, auf sie zuflog, wie man das sonst nur im Fernsehen sieht. Aber der Fernseher flog tatsächlich, zack, eine Sekunde dauerte das, aber angefühlt habe sich das wie Stunden. Weil sich Schreck immer ausdehnt, die Zeit in die Länge zieht. Didi Hallervorden habe sie geschaut. Vielleicht hat sie gelacht, zuerst.
Dass der Fernseher flog, das stimmt. Und die Zeitung schlitterte vom Couchtisch, und dem Couchtisch knickten die Beinchen weg. Bei Joanna, der Spelunke eins drunter, krachte die Decke herunter, beinahe wären sie hindurchgefallen, die Jungs von der

Deutsch-Arabischen Gesellschaft, wie kleine Puppen hindurchgeschleudert, durch die Gegend gewirbelt, das, was übrig blieb von ihnen. Auf Knien rutschten sie zur Tür, die greinenden Menschen.

Wir haben so geblutet, ihr und ich. Aber endlich einmal gemeinsam. Das war das erste Mal, dass ich lachte.

Die Nacht ist schwarz. Immer ist die Nacht schwarz. Immer ist die Nacht kalt, und wenn der Alkohol alle ist, merkt man das. Immer nachts ist es so, als gäbe es kein Oben und kein Unten. Nein, kein Links und kein Rechts. Ario hatte da schon seit jeher eine Schwäche. Weiß er noch: wie er versucht hat, links und rechts auseinanderzuhalten als Kind. Das hat ihm seine Oma, links und rechts, kleiner Ario, nein, nicht nach links, nach rechts, aber wenn doch beides gleich aussieht, links und rechts Felder, links und rechts Wälder, Schwarzwald links und rechts, Psychiatrie Emmendingen links und rechts. Gott habe die Oma selig. Liegt auf der Wiese, unterm Gras, kein Name links und rechts oben unten.
Da sitzt Ario also im Wald, und ihm ist kalt, und der Wald ist gar kein Wald, sondern aus Beton und bewegt sich. Glaubt er zumindest, aber nein, ist ja Beton, steht stramm, was liebt er diesen Beton, strammer geht's nicht. Das erinnert ihn an was: strammgesessen, strammgestanden, was hat er gelacht, als sie ihn einziehen wollten zum Militärdienst. Was hat er gequiekt vor Freude beim In-den-Becher-Pullern, beim Überpullern, beim Hinhalten des Bechers, was hat da der junge Mann gequiekt, nie wieder haben die sich gemeldet bei ihm. Die Oma war schon tot. Kein Wald konnte ihn mehr halten.
Und jetzt also dieser Wald. Kesselt ihn ein, macht ihn

schweigen. Ario will ja gar nicht stillsitzen, aber war zu viel heute, zu viel Zeug, zu viel Aufregung, zu wenig Engel, zu wenig Essen.
Ario sitzt still, schweigt still, müde, so müde, aber der Beton bewegt sich. Der Beton flüstert viel zu laut, immer noch Hunger in seinem Magen.
Her damit, da hat er einem Touri doch gleich die Pommes abgeschwatzt. Kalte Pommes, in Bier getunkt, Bier ist jetzt alle, alles ist alle. Nur schlafen will er. Aber wo?
Komm jetzt, komm jetzt, hat der Typ gesagt, Typ in Uniform. Typ von U-Bahn, drei waren's am Ende, vier, fünf, wollten ihn tragen, mussten ihn tragen, kam nichts aus seinem Mund raus, und seine Beine.
Draußen hingesetzt, bisschen weitergekrochen, aber so kann man ja nicht schlafen, riecht ja schlimmer hier als, kalte Pommes. Ario muss gehen. Muss weg. Vielleicht Piotr oder Wolfgang, irgendwer halt. Der Wald ist dunkel, das Neonlicht im Gang ist kaputt, der Gang ist eng, man stößt immer gegen die Wände, wie das wackelt.
Ario wackelt, der Gang wackelt, der Gang wird enger, schließt sich, oben unten links rechts nur Gang, wie kann das sein, immer enger, ist doch Beton, ist doch, stramm und stramm, und Ario wird ohnmächtig, aber nur kurz.
Dann sieht er den Engel, denkt er an den Engel, muss er weitermachen. War da nicht vorhin eine Idee? Genau, er braucht neue Scheine Scheinchen Schweinchen, sagt Ario, ihm ist kalt, Ideen, Wald, Beton, Ario steht wieder und stemmt sich gegen die Wände.
Die Wände ächzen, wollen nicht weichen, wollen ihn ver-

schlingen. Der Beton ist ein Monster, und der Torbogen zieht sich zu. Die Nacht wird dunkler. Aber Ario ist stark.

* * *

Peer winselt, zieht an der Leine. Dass er überhaupt rauswollte bei dem Wetter. Aprilwetter ist das, das Kottbusser Tor gesprenkelt von den vielen Pfützen wie Altersflecken, Muttermale. Ein großer schwarzer Körper ist das. Man fühlt sich ganz klein, wenn man am Fuße des Hauses entlangläuft. Da kann das dumme Vieh noch so ziehen an seiner Leine, vergrößert ja auch nicht, was sie sind: alte Frau, hässlicher Hund, alte hässliche Leine. Aber Peer, der Unbelehrbare, lernen tut der es nie, denkt ja auch immer noch, Jüngelchens Zimmer sei seins, denkt, er kriegt weiter das gute Essen, das sie damals vom Ersparten, aber jetzt, Peer, der winselt und schnuppert herum in der Luft, rennt nach links und rechts, zerrt an der Leine. Peer fiept. Ist ja gut, meine Güte, sagt Stanca.

Fast kein Mensch mehr unterwegs, das passiert hier selten, ist zu spät oder zu früh, eine Zwischenzeit, genau wie Peer so ein Zwischending, genau wie sie. Aber Peer hatte ja gejault, war auf ihr Bett gesprungen, hatte ihr beinahe den Nachthemdsaum abgebissen. Um vier Uhr morgens mit der Töle raus, zwei Stunden früher als normal, aber Peer hatte nicht lockergelassen.

Peer reißt schon wieder an der Leine, zerrt sie in den Bogen des Hauses, in den dunklen Gang, dunkel und schwarz, hier und da nur fällt das Licht schimmernd auf eine Pfütze. In der Luft liegt der bittere Geruch von Urin. Nicht dass ihr das so auffallen würde. Berlin ist ja aus Urin gemacht, Beton und Urin. Keine Wiesen, keine Weiden, kein Pferdedung, keine Kühe und Hühner, und damals im Laden, da hat es sowieso meistens nur nach Putzmittel gerochen. Aber im Nachhinein: Immer noch wacht sie nachts auf, und da ist Pferdedung, mein kleines Landmädchen, sagt Heinrich, mein kleines Land-

Peer hechelt herum, drückt seine Schnauze in die Pfütze. Sieht zumindest so aus, sie kann das haarige Büschel ja von so weit nicht mehr so gut sehen. Kommt zu ihr zurück, fiept wieder. Wenn er so nah kommt, ist plötzlich viel zu nah, viel zu groß für so ein kleines haariges Ding, seine hechelnde Zunge. Seine dunkle Schnauze, dunkel von der Pfütze, von was auch immer.

Pfui, Peer, du Drecksvieh, sagt Stanca, das hallt im Durchgang, Torbogen des NKZs, genau wie Peers Gefiepe. Peer zieht sie weiter hinein, sie tritt in eine Pfütze.

Was machst du für einen Unsinn, sagt sie.

An der Seite, an der Mauer, türmt sich was, sieht aus wie ein großer Haufen Müll. Peer will hin, Peer will schnuppern und fressen und pinkeln und sonst was, das Vieh will immer alles. Eine Dose Fanta ist aus dem Haufen herausgerollt, liegt, in ihrer Bahn gestoppt, in der Pfütze. Peer steckt wieder seine Nase in den Haufen. Aber jetzt reicht es, sie muss dem Vieh ja nicht auch noch seine perversen Gelüste, nein, wirklich nicht.

Komm jetzt mit, du, sagt sie, zerrt Peer aus dem Durchgang, auf den Platz zurück. Muss sich richtig dagegenlehnen, winselndes Mistvieh, jetzt auch noch Gekläffe. Will zurück in die Gosse, die Gasse. Soll er doch endlich in die Ecke oder an einen Baum, damit sie wieder hochkann.

Heinrich hatte recht damit, dass er keinen Hund wollte. Kein Hund und kein Baby. Damit ihm ja keiner seine.
Pfui Peer, völlig verdreckt ist das Vieh. Sieht man erst richtig bei der Straßenlaterne, im Platzlicht, ganz verschmiert. Stanca muss nah rangehen, um sehen zu können, was das ist. Die Schnauze, das Fell sind rot.
Vor Schreck lässt sie fast die Leine los. Mein Herz, mein Herz. Sieh nur, wie mein Herz klopft, mein Sabinchen, hat Heinrich immer gesagt, die Hand, ihre Hand auf die Brusthaare gedrückt, weich war das und zottelig und bald schon grau. Seine Hand auf ihrer Brust, Brüste, weich müssen sie sein und so groß wie meine Hand, hat er gesagt, hat er gedrückt, und darunter das Herz, ihr Herz Herz Herz, versucht anzukommen, versucht rauszukommen.
Was ist das, Peer? Woher hast du das?
Auch ihr Fuß ist rot, die Plastiksandalen, vollgeschmiert, auf dem Boden eine rote Bremsspur davon.
Und Peer, das untreue Mistvieh, mit einem Ruck hat er die Leine los, schießt kläffend in den Gang zurück.

* * *

Es ist Nacht, und Aylin sitzt auf einem fremden Mann. Gut, so fremd ist der nicht, ein paarmal haben sie sich schon getroffen, das erste Mal in einer Bar, sie wollte eigentlich gerade gehen, als er kam.
Er stöhnt auf eine Art, die sie anmacht. Bei manch anderem findet sie das ja nur bekloppt. Seine kurz geschnittenen Haare gefallen ihr, Borsten, aber weich. Seine Adlernase gefällt ihr und die buschigen blonden Brauen. Sein Arsch gefällt ihr.

Ihr gefällt das Ganze hier gerade sowieso ganz gut. Auch wenn sie mit ihren Gedanken nicht so richtig da ist, weiß sie selber.
Er packt sie fester, hebt sie hoch. Sie tut ihm den Gefallen und wird schneller.
Er kam wie immer gleich zur Sache, als sie vorhin in die Wohnung kamen, oder sie, egal, auf jeden Fall mussten sie sich nicht erst peinlich anstarren oder auf dem Bett oder in der Küche sitzen.
Willstu nen Wasser oder äh – Wein?
Nein, danke.
Bei ihm ist es klar: Sie sehen sich, purer Zufall, mal wieder in derselben Bar, und dann kann es losgehen.
Sie mag seine Wohnung. Auch am Kotti, aber andere Seite. Große Fenster. Als sie das erste Mal bei ihm war, ist ihr das gar nicht so aufgefallen, aber man sieht von hier den ganzen Kotti und das NKZ. So genau schaut sie sich das von außen ja nie an, weil sie immer drin ist, aber der Typ schaut da den ganzen Tag drauf.
Der Typ fasst nach ihren Brüsten, das mag sie nicht so gern, er ist zu grob, sie haut ihm auf die Finger, aber gerade stört das Handyklingeln sowieso mehr. Ihr Handy spielt seinen Jingle jetzt bereits zum dritten Mal wie blöde.
Der Typ stöhnt genervt, er ist schon fast wieder weich geworden, egal, sie macht weiter.
Kannst du das Handy nicht ausmachen, verdammte Scheiße?
Liegt dahinten.
Aylin zeigt hinein in die Nachtlichter bei den Fenstern.

Die Vorhänge sind offen. Vielleicht kann sie jeder im NKZ so sehen, oben ohne, auf dem Typen.
Und trotzdem fühlt es sich an, als seien sie gerade meilenweit entfernt vom NKZ.
Der Typ zieht sie runter, leckt ihr über den Hals, in den Mund hinein.
Sein Schwanz flutscht aus ihr raus.
Scheiße!
Er schlägt auf die Matratze.
Das Handy klingelt schon wieder.
Scheiß Handy.
Reg dich ab.
Aylin schubst ihn zur Seite, geht zum Fenster.

Mehmets Name steht auf dem Display. Das ist doch merkwürdig, immer steht da in genau denselben unscheinbaren Buchstaben irgendeine Buchstabenkombination, und jedes Mal fühlt sie was ganz anderes. Wenn da *baba* steht, dann geht sie meistens nicht ran – ist sowieso nie ihr Vater, sondern nur die Mutter. Sie hat in letzter Zeit immer weniger Lust, mit ihrer Mutter zu reden. Einmal die Woche, das ist ja ausgemacht, muss reichen.
Für Mehmet sollte sie mal den Klingelton ändern. So was wie Crazy Frog wäre angebracht.
Aber sie kann jetzt eh nicht rangehen. Mehmet ruft meistens an, wenn es gerade gar nicht passt. Eigentlich trifft das auf alles zu, was mit Mehmet zu tun hat. Aber was soll man machen, er ist quasi Familie, irgendwie. Und ihr einziger Freund. Zumindest ungefähr.
Machst du endlich das Ding aus?

Klappe.
Mach aus.
Mehmet, ich kann jetzt nicht sprechen, ich ruf dich später an.
Sie sagt es ins Handy, während sie über die Schulter schaut, grinst. Der Typ auf dem Bett verdreht die Augen, grinst aber auch. Nackt und ausgebreitet liegt er da, die Arme über den Kopf. Der Schwanz eine kleine Nudel an seinem Oberschenkel.
Aylin, es geht auch ganz schnell, ich wollte dich nur fragen –
Ich ruf dich später an.
Sie legt auf. Mehmet ist manchmal wirklich wie ihr nerviger kleiner Bruder. Als hätte sie nicht schon genug kleine Brüder!
Komm wieder ins Bett. Bitte, komm.
Sie liebt es, wenn der Typ bettelt.
Aber der Blick zum Kotti zieht sie magisch an. Wie hell es draußen ist. Wie anders man sich fühlt mit diesem neuen Blick. Sie hasst diese Melancholie. Das ist es nämlich, was übrig bleibt, wenn man nicht mehr ständig hin und her rennt.
Diese Seite vom Kotti ist so anders. Unten Frauen mit Kinderwagen. Aber alles ein bisschen verspiegelt, weil hier drinnen noch eine Lampe brennt.
Sie bückt sich nach dem Schalter, findet ihn nicht.
Ich will die Lampe ausmachen, sagt sie zum Typen, der jetzt sein Handy in der Hand hat.
Nackter Typ mit blinkendem Handy. Er lacht über irgendwas auf dem Display.

Neben ihr auf der Glatze des Lampenschirmes sitzt eine Fliege und zwirbelt ihre Beine. Aylins Fingernägel sind nur kurze Stummel, deswegen gelingt das Schnipsen nicht so recht. Da haben's ihre Cousinen, die Hohlköpfe, einfacher.
Der Brummer ist fett und setzt sich einfach ein paar Zentimeter weiter wieder hin. Das macht sie wahnsinnig. Am ganzen Körper fängt es da an zu kribbeln.
Sie erinnert sich an dieses eine Mal, im Streichelzoo, damals mit den Eltern, mit der ganzen Familie war das, zumindest denen, die hier in Berlin lebten, Barış war noch ein kleines Etwas und Burak nicht auf der Welt, Mutlu war noch kein Schatten seiner selbst, sondern lachte immer laut, richtig dröhnend konnte er lachen, und ihr Vater war noch der große Mann mit den schönen schwarzen Haaren, der sie, wenn er sie umarmte, an seinen Bauch drückte, kalte Jacke an ihrer Wange.
Da waren überall Fliegen auf den Schweinen im Gatter, auf den starren Augen, wenn sie blinzelten, flogen die Fliegen weg, nur um sich gleich wieder hinzusetzen, oder krabbelten am Augenlid entlang, verfingen sich mit ihren Zwirbelbeinen in den Wimpern, die wie Büsche die großen leeren Seen der Augen umkränzten.
Aylin setzte sich neben das Gatter, während die Familie picknickte, und riss die Augen auf, saß da und wartete, dass eine Fliege kommen würde. Es kam natürlich keine. Nicht mal in ihre Nähe. Und dann zog ihre Mutter sie schon an der Hand zum Picknicktisch: Immer träumst du in der Gegend rum, mach dich nützlich.
Jetzt komm schon wieder ins Bett, zweite Runde und so.

Der Typ wird langsam ungehalten. Das Handy hat er weggelegt. Seine Hand streichelt träge seinen Schwanz.
Draußen Polizeisirenen.
Noch ein wenig hierbleiben, noch ein wenig freihaben, denkt Aylin. Aber ohne diese Scheißmelancholie.
Die Fliege brummt ihr an den Ohren vorbei, findet einen Platz auf der Fensterscheibe.
Okay, sagt Aylin, dreht sich weg vom Kotti-Fenster. Überlegt es sich dann anders, zieht die Vorhänge zu.

* * *

Es ist dunkel im Zimmer, und Marianne kann nicht schlafen. Günther kann meistens schlafen, sein Körper ist ein schwerer dunkler Berg, zur Wand gedreht. Eine Decke hat sich zwischen ihnen aufgetürmt, ob das ihre ist oder seine, passiert in letzter Zeit ganz automatisch. Je älter man wird, desto mehr Platz braucht man auch, in der Wohnung, im Bett, der Radius um den Körper wird immer größer und der Körper auch. Marianne horcht auf die Atemzüge von Günther, ganz tief, leichtes Stottern aus der Nase, ein Rumpeln dann irgendwann aus dem Bauch, wenn sie nicht wüsste, dass das immer so klingt.
Günther räuspert sich im Schlaf, und dann rumpelt es schon wieder, aber irgendwie anders, nicht aus Günther, eher so um Günther herum, und draußen die Polizeisirenen, was für ein Krach, und geräuschvoll knallt irgendwo eine Tür im Haus. Das ist so seltsam manchmal in diesem Haus, diese Stille mitten in der Nacht, wenn alle schlafen außer ihr, na gut, was weiß sie schon, Mutlus Jungs hören ja auch andauernd Musik, oder diese Familie

eins drüber, ein Geschrei ist das, aber sonst nette Leute, sehr nett sogar, grüßen immer.
Schon wieder knallt eine Tür, und Günther dreht sich auf den Rücken und liegt da wie ein Toter, der vom Wind geschüttelt wird (wegen des Schnarchens, ansonsten bewegt der sich ja nicht, die Hände links und rechts, wie tot, wie leblos. Unheimlich, dass er nachts aussieht wie eine Statue). Und dann ist da diese Stille, genau, das war der Gedanke gerade eben, dass man in diesem Haus immer alles hört, zumindest wenn man mal länger im Gang ist, als würde das leben, als würde das atmen, das Haus, und dann plötzlich, mitten in der Nacht, diese Stille, wenn sie manchmal wach ist.
Was man immer denkt, in so einer Stille, denkt Marianne, dabei hat sie ja wahrlich genug anderes zu bedenken, aber bei diesem Lärm, der da jetzt, Getrappel durchs Haus, unten schreit jemand, dann wieder Stille, da wird man verrückt. Marianne schlägt die Decke zurück, wo sind die Hausschuhe? Ihr wird fast ein bisschen schwummerig, jetzt, wo sie sich bückt. Und dann hat sie sie endlich, aber zu spät, die Füße sind schon ganz kalt, und es ist auch ziemlich stickig hier drin, aber das Fenster aufmachen, da kann sie dann erst recht nicht schlafen.
Marianne zieht die Vorhänge zur Seite, und da blinkt unten schon ein Polizeifahrzeug, blau bebt das ganze Haus, der Beton leuchtet.
Ach Gott, sagt Marianne, und Günther macht: Mhm. Und da ist tatsächlich noch eines, lauter Polizeiautos, mit Sirenen, und dann hören die Sirenen auf, gerade als Günther sagt: Wasn das fürn Krach um Himmels willen? Und

zurück bleibt das blaue Leuchten, und Marianne sagt: Du, ich glaub, da ist was passiert. Und Günther sagt: Passiert doch dauernd was.
Aber schau doch mal, sagt Marianne.
Und jetzt ist da wieder nur Stille, blaues Licht, blaue Stille also, und Günther hustet, weil er sich zum Bettrand wuchtet, das Bett knarrt, Günthers Füße patschen auf den Boden, das sagt sie ihm immer wieder, dass sie das nicht mag, patsch patsch, wie im Schwimmbad.
Komm schon zurück ins Bett, sagt Günther und legt ihr das Kinn auf die Schulter.
Sein Kopf ist ganz schön schwer, das Kinn nicht mehr so spitz wie früher, jetzt nimmt er sie sogar in den Arm, kurz wenigstens.
Lass uns doch schnell nachschauen, sagt Marianne.
Ach Marianne, sagt Günther und hustet wieder.
Und dann folgt er ihr doch zur Haustür, zu den Schuhen.
Dein Morgenmantel, so kannst du doch nicht rausgehen, sagt Marianne.
Im Hausflur ist es hell, da sieht man erst, wie schwarz es draußen eigentlich ist, immer noch diese Grabesstille.
Aber dann hört man unten eine Tür, und dann hört man den Fahrstuhl sirren, doch nichts passiert. Gerade als sie an der Treppe sind, gehen die Lichter im Treppenhaus wieder aus.
Unten stehen vier Polizisten, und einer spricht in ein Walkie-Talkie, einer raucht.
Auskunftsfreudig sind die nicht gerade, keine Neuigkeit, einer geht sogar ganz frech weg, als sie ihn fragt, fragen wird man ja wohl dürfen, aber Günther, ein Glück, ist

endlich aufgewacht, und der faltet die Bullen ordentlich zusammen, wir als Hausbewohner und dieser Lärm, Günther poltert, und Marianne schaut über die Schulter des rauchenden Polizisten und, oh Gott, ist das dahinten Blut?
Haben Sie was gehört?, fragt einer, zückt sein Zettelchen.
Wir haben geschlafen, was ist denn nun überhaupt passiert?
Ich möchte Sie ja nicht beunruhigen, sagt ein Polizist. Wie lange wohnen Sie hier denn schon?
Schon immer, sagt Günther. Kommt mir so vor.
Dass er in solchen Situationen noch Witze machen kann, das hat sie schon immer bewundert an ihm.
Na, dann kennen Sie das ja schon. Bandenkrieg, Dealer, nur so ne Vermutung. Einen totgeschlagen haben die dahinten, Sauerei, da können Sie erst mal nicht lang, der Durchgang ist gesperrt.
Ach, dahinten beim Durchgang?, fragt Marianne.
Ja, sagt der Polizist. Also, Sie haben nichts gehört?
Nein, sagt Marianne, und Günther nickt, und sie schauen sich an, und der Polizist dreht sich um, und da sieht sie es endlich in Günthers Augen.
Was für ein Ding, was für ein Ding, sagt Günther.
So geht das doch nicht weiter, sagt Marianne.
Wem sagen Sie das, sagt der Polizist, hat ja doch noch zugehört, aber jetzt geht der wirklich weg, so breitbeinig, der hat auch so einen Raspelschnitt, wie das bei den jungen Leuten gerade Mode zu sein scheint, und Günther nimmt sie am Arm und sagt: Komm, und Marianne sagt: Günther, ich glaube, wir müssen was machen.

Und jeder andere Mann wäre da ja jetzt ausgerastet oder hätte geschwiegen, aber ihrer nicht, ihr Günther, da kann man sich drauf verlassen, ihr Günther nimmt sie am Arm, den ganzen Weg, macht ihr einen Tee, ist ja auch furchtbar kalt draußen, und sagt: Ich weiß.

* * *

Burak, schreit Mutlu, Burak, komm her. Und Burak kommt, hat einen Schlafanzug an mit Autos drauf, ist ihm viel zu klein, der Schlafanzug, das sieht und sagt Hilal in seinem Kopf, Mutlu sieht gar nichts mehr, wie eingequetscht ist sein Gesichtsfeld. Es flackert, es blitzt, Burak hat hängende Schultern. Burak hat raspelkurze Haare, wer hat ihm die geschnitten, wer hat ihm diese Hausschuhe, wer hat das, wer.
Barış, schreit Mutlu, aber Barış kommt nicht, und dann kommt er doch und hat schon wieder sein Handy dabei und starrt darauf, und Mutlu: Tu das Scheißteil weg, und Barış schaut auf, und dann schauen sie ihn beide an. Sehen sich so ähnlich, die beiden, wie Zwillinge, nur einer ist klein, der andere groß, und Burak hat Hilals Augen, diese Augen, und Mutlu weiß nicht, was er sagen soll, er muss doch was sagen, er hat Hilals Laptop auf dem Tisch, und er zeigt auf den Laptop, und die Jungs gucken, und das ist der Schlaf, der sie so gucken lässt. Kleine Lämmchen. So kleine Köpfe. So klein alles an ihnen. Mutlu ist riesig in diesem Zimmer, ein riesiger Mann, du Riese, du Mutlu, du Mann. Sag doch was, Hilal, sag doch was.
Was soll ich sagen, sagt Mutlu. Was soll ich tun, dass ihr? Burak, schau mich an!

Und Burak schaut auf den Boden, und sie kommen nicht, die Worte. Und da steht Mutlu, der Mann, der Riese, und Hilal wüsste, was tun. Aber sie ist nicht da, und die Jungs gehen wieder ins Bett, und Mutlu schaut sich das Video an wieder und wieder und wieder, und dann wird es hell und grau, und wenn man nicht schläft, dann erkennt man sich selbst in diesem Grau noch viel schlechter. Warum warum warum muss ein Mensch sich selber quälen?
Es klopft, einmal, zweimal, dann erst kommt es bei Mutlu an, Mutlu, ruft jemand von außen, Mutlu, bist du da, und ja, das ist er wohl, er spürt das Sofa und den Teppich unter seinen Füßen, Hilals Teppich, Mutlu mag ja gar keinen Teppich, Tapete und Wände und Bilder von Hilal, Mutlu mag ja gar keine –, und draußen: Mutlu, hallo? Und Mutlu: Wer da?

Ich wünschte, wenigstens du würdest mir zuhören, Mutlu. Aber gehört hast du noch nie gut. Und ich erzähle ins Leere.

Donnerstag

»Samstagnachts, wenn die Straßen von Kreuzberg leuchten und die Parks und Hinterhöfe in Dunkelheit liegen, prallen am Kottbusser Tor die parallelen Welten des Stadtteils aufeinander. Die Frauen in den weißen Gewändern wollen es so. Wenn sich die Drogendealer im Schutz der Dunkelheit postieren, nehmen die Frauen ihre Taschenlampen und verlassen für ein paar Stunden ihre Männer und Kinder.

Die Frauen leben seit vielen Jahren in Kreuzberg, eine von ihnen wurde hier geboren. Ihre Familien kamen aus der Türkei, um für die Kinder ein besseres Leben zu finden. Aus den Kindern wurden Mütter, und sie wollen nicht fortgehen, um für ihre Kinder ein besseres Leben zu finden. Sie haben ›Dealer raus!‹ auf ihre Gewänder geschrieben.«

Der Spiegel, 23.12.2005

Ich schwöre, die da is ne Schlampe, sagt Mario und zeigt irgendwo in eine Mädchengruppe.
Die sind als Gruppe unterwegs, das ist scheiße, sagt Barış. Dass Mario das immer noch nicht gecheckt hat, sie machen das jetzt doch schon zum dritten Mal. Gruppe bedeutet doch bei der Art Mädchen Getuschel, Gezicke, entweder Rumgekicher oder ne ordentliche Zickenabreibe. In so ne Gruppe reinzuwollen ist, als würde man gegen ne Riesenwelle anlaufen.
Hast recht, sonst gibt's wieder Schelle, sagt Mario und versucht, besonders Ghetto zu klingen dabei, aber was soll man machen, man hört eben doch noch, dass der mit seiner Mutter erst vor zwei Jahren vom Rosenthaler Platz hergezogen ist, zu seinem neuen dummen Stiefvater. Warum auch immer. Marios Mutter ist der reinste Wahnsinn, die hätte jeden haben können.
Ist aber auch egal, die Videos kommen ganz gut, und Mario macht wirklich jeden Scheiß mit. Und dann muss Barış nicht selbst küssen. Würde er natürlich schon machen, wenn er müsste, aber wenn er ehrlich ist: dieses Gefühl von schleimig-klebrigen Mädchenlippen, wie Nacktschnecken irgendwie, mit Lipgloss als Schleimspur, igitt. Einmal hat er's gemacht, musste er ja, weil Mario sich sonst verarscht gefühlt hätte, hat sich abends ordentlich den Mund ausgewaschen. Er hatte aber auch ne

besonders klebrige erwischt. Sicher, wenn's drauf ankäme, klar würde er das hinkriegen, er kriegt alles hin, hat Kaan mal gesagt in nem Video neulich: Man kann alles schaffen, lebe deinen Dingsda, Traum und so.
Die da, sagt Mario, was ist mit der?
Er zeigt auf eine viel zu Heiße, älter bestimmt, knallenge Jeans. Lange schwarze Haare und riesige Lippen, rot glänzend, kann man schon von weitem sehen. Aber voll Solarium alles.
Willst du ne Oma küssen, oder was, fragt Barış, aber Mario ist schon los. Jetzt komm, mach Kamera!
Da bleibt ihm ja auch nichts anderes übrig, ist eh Marios Blamage, wenn er das will.
Hey äh, sagt Mario, du bist voll schön, äh, darf ich dich, äh, küssen?
Mann, was macht der Idiot denn, normalerweise legen sie einfach so los. Das ist doch gerade der Witz bei Boy meets Bitch. Welche Frau lässt denn so was mit sich machen, welche anständige? Aber fragen, da kann er sich auch gleich das Hirn wegschießen. Oder Eigenkastration mit Küchenschere oder so.
Was jetzt passiert, war so was von klar, aber Mario hat es ja so gewollt, also hält er knallhart drauf auf die Blamage.
Du bist so dumm, Alter.
Und Mario schmollt rum, fast hätt's geklappt, ich schwör's, wie die geguckt hat. Die fand mich geil, ist richtig feucht geworden.
Gleich hinterher versucht er's noch mal bei einer, klappt wieder nicht. Diesmal kriegt er echt eine geklatscht. So richtig Klick-Material ist das nicht, kennt man schon,

kommt auf die Mischung an in so nem Video. Und so wird das bestimmt nichts. Da hätte er auch gleich zu Hause bleiben können, hat sich einfach null gelohnt bisher. Und dafür hat er sich rausgeschlichen. Allerdings war's nicht sonderlich gefährlich, baba hat sowieso nichts gemerkt, wie ein Zombie, mega gruselig, was soll's.

Komm, lass nach Hause gehen, sagt Barış.

Bei der Nächsten klappt's bestimmt. Die war eh voll hässlich. Aber geile Tittis.

Mario redet weiter, aber Barış hört nicht mehr zu. Sein Handy hat eine Nachricht angezeigt, nix Neues, kommt ja ständig was, aber diesmal, er kann's gar nicht glauben, was da steht, also er sieht es schon, schwarz auf weiß, aber der Name, der Absender, da fängt es sofort an, vor seinen Augen zu flimmern, als hätte er Drogen genommen oder so, und er bleibt so plötzlich stehen, dass er gegen Mario knallt, der immer noch von irgendwelchen Brüsten labert.

Guck mal, die dahinten, die nehm ich, sagt Mario, hallo, jetzt halt doch mal drauf, du Wichser, guck nicht nur Handy.

Nices Video, hat Kaan geschrieben. Schick mal mehr.

Schick mal mehr? Ach du Scheiße, Kaan hat ihm geschrieben, direkt in die Kommis, jeder kann das lesen, dass Kaan mehr will, dass Kaan ihn –

Kaan hat mir geschrieben, sagt Barış fast, aber nee, das sagt er jetzt nicht, er will ja nicht wie ein Fanboy wirken. War ja auch nur eine Frage der Zeit, dass Kaan ihm schreibt. Also, versucht er sich einzureden. Keine große Sache. Und wär jetzt ja auch irgendwie mega uncool,

sich deswegen so aufzuregen, der schreibt bestimmt andauernd wem.
Mario würde ihm eh nicht glauben. Also bis er's selber sieht. Ist ja öffentlich und so. Aber nee, lieber kein Ding draus machen jetzt, cool bleiben. Denkt er, sein Herz rast aber, sogar seine Hand zittert voll.
Du bist komisch heute, sagt Mario.
Kein Bock mehr, sagt Barış, ich geh nach Hause.
Das ist das Gute an Mario, wenn man echt nicht mehr will, dann motzt er auch nicht rum.
Na gut, aber lass mal bald wieder machen.
Klar, sagt Barış, einmal Schulterklopfen, und schon ist er ihn los.
Und dann steht er plötzlich allein da, und krass, wie ihm das Herz geht, noch mal den Kommentar anschauen, wie seine Finger zittern. Soll er gleich antworten? Soll er überhaupt antworten? Moment, jetzt fängt er schon wieder an, sich Gedanken zu machen. Wie macht man das denn als Star, wie macht man sich denn keine Gedanken? Und was macht er dagegen, wie sein Herz jetzt, so als würde er gleich sterben, bis zum Hals.
Erst mal setzt er sich hin, starrt auf Kaans Namen. Er ist der Größte. Er hat es geschafft. Und das alles wegen Burak, dem kleinen Pisser. Wenn er nicht so ein Pisser wäre, würde er ihm jetzt glatt nen Game oder so kaufen. Das wird er, genau, von seinem ersten YouTube-Geld, wenn es so weit ist.
Mit immer noch zitternden Fingern, aber egal, drückt er auf Antworten.

* * *

Man sieht, dass Mutlu schlecht geschlafen hat, dunkle Ringe unter den Augen, nicht dass das so sehr auffallen würde bei ihm, ist ja eh alles ein bisschen dunkler, aber so unrasiert, wie der aussieht.
Ja?, sagt Mutlu.
Entschuldige, dass wir stören, sagt Marianne. Hast du es schon gehört?
Mutlu schweigt, guckt auf den Boden.
Ach, entschuldige, Mutlu, sagt Marianne, wir kommen später wieder.
Also wirklich, wie der aussieht. Erst dachte sie ja, dass wäre vielleicht doch das Licht, sehr unvorteilhafte LEDs hat Mutlu da im Flur, aber so. Hilal, die Gute, Gott habe sie selig, hätte das bestimmt nicht gewollt, dass er sich so gehenlässt. Aber natürlich, so ohne Hilal, man hat ja auch nicht so leicht Zugang zu solchen Familien. Als sie früher ab und zu auf die Jungs und Aylin aufgepasst hat, da war das noch ganz anders, aber da waren die ja auch klein, je älter die Jungs werden, desto.
Kommt doch rein, sagt Mutlu.
Und da sitzen sie dann also in Mutlus Wohnzimmer um diesen Couchtisch herum, und es hat sich hier ja wirklich gar nichts verändert. Nur Blumen haben hier früher gestanden, da hat man eben doch gemerkt, dass Hilal, also Hilals Einfluss im Raum, die war ja auch eine, die wusste, wie man es schön macht, schöner Teppich, schöne Bilder, Blumen. Eine sehr schöne Frau auch.
Jetzt liegt auf dem Couchtisch nur ein Laptop und darunter eine türkische Zeitung, wie eine Junggesellenbude, so stellt sich Marianne zumindest eine vor, damals hat

Günther ja noch im Hausprojekt gewohnt, so klassisch war das bei ihnen nie.
Marianne und ich haben gesprochen, sagt Günther, guckt sich dabei um. Günther, man würde es gar nicht denken bei so einem Mann, hat ein Auge fürs Detail. Der sieht alles, wenn's drauf ankommt. Nur dann allerdings. Aber wenn er mal hinguckt, dann richtig. Gerade bleibt er mit den Augen etwas zu lange auf dem Foto in der Ecke hängen, fast das einzige Persönliche hier. Die Jungs und Hilal, wie aus einer anderen Welt.
Hast du das gestern Nacht mitgekriegt, Mutlu? Schon wieder ein Bandenkriegsopfer, sagt Marianne. Wahrscheinlich ist bei den Nordafrikanern und den osteuropäischen Banden jemand zwischen die Fronten geraten. Totgeprügelt. Ganz zermatscht, stand heute im Internet. Gesehen haben wir's nicht, Gott sei Dank.
Marianne und ich haben gesprochen, sagt Günther, wir haben überlegt, so kann das nicht weitergehen.
Findest du auch, dass es so nicht weitergehen kann, Mutlu?, fragt Marianne. Erst gestern stand wieder in der Zeitung, die Zahl der gewaltsamen Auseinandersetzungen habe sich in den letzten Jahren verdreifacht.
Aber Mutlu sagt gar nichts, der starrt sie an, als sähe er sie zum ersten Mal. Vielleicht hat er das auch mitgekriegt mit dem Toten, vielleicht hat ihn das an. Oh mein Gott, ist das etwa eine, wie nennt man das, posttraumatische Belastungsstörung?
Wir können auch später wiederkommen, sagt Marianne.
Wir hatten eine Idee, sagt Günther.
Ach Günther, Auge fürs Detail hin oder her, bei Menschen

merkt er ja manchmal nichts, da sieht der nur seinen eigenen Kopf, seinen eigenen Dickschädel. Sieht man doch, dass Mutlu nicht ganz bei sich ist.
Wirklich, Mutlu, wir dachten nur, dass du vielleicht auch, wegen der Jungs, wenn einer von den Problemen betroffen ist, dann du, sagt Marianne. Aber wir kommen einfach später.
Nein, bleibt, sagt Mutlu. Einen Kaffee? Oder einen Tee?
Wir sind nicht gekommen, um Tee zu trinken, Mutlu, sagt Günther. Wir wollen endlich handeln.
Ich hätte gerne einen Tee, mit Zucker, sagt Marianne, lacht Marianne, Gott, das können wir brauchen. Günther, nimm doch auch einen Tee. Den hast du doch früher so gern getrunken, diesen extra starken Çay.
Mutlu schaut sie ganz leer an, wirklich leer, so ein leeres Gesicht, das hat sie schon lange nicht mehr gesehen, nur früher, wo sie ja noch ehrenamtlich in der Obdachlosenstätte gearbeitet hat, und Mutlu hat eben auch so ein Gesicht, auch wenn er nicht obdachlos ist und recht ordentlich gekleidet, immer wenn sie ihn sieht, ist er das. Beinahe als wäre Hilal noch, Mutlu nickt, nickt ein paarmal, und sein Gesicht bekommt langsam wieder Farbe, und dann steht er auch schon auf, und im Zimmer tickt eine Uhr, ganz ähnlich wie bei ihnen in der Küche.
Günther legt die Hände auf die Knie, klopft einen Takt, und dann kommt Mutlu auch schon mit dem Tablett und einem kleinen Kännchen.
Also, sagt er.
Also, sagt Günther und beugt sich vor, und sie möchte ihm jetzt gerne über den Rücken streicheln, das überkommt

sie ganz plötzlich, diese Zärtlichkeit. Dieser Rücken, wie früher, über die Tische gebeugt, hier habt ihr die Plakate, sagte Marianne immer, wie gestern kommt ihr das jetzt vor, frisch vom Drucker, und sie beugten sich drüber oder über Pläne, Bebauungspläne, Protestpläne.

Klar hatte sie damals auch Angst, das hat ja immer dazugehört, aber es war eine Aufregung darüber, die Angst war fast ein Motor, ein gewollter Antrieb für schnellere Bewegungen. Das hat sich verändert über die Jahre, ist zu Stillstand geworden, auch wenn sie sich immer zurückgesehnt hat, immer vor Augen hatte, wie es sein könnte. So wie jetzt.

Wir haben einen Plan, sagt Günther und lehnt sich vor, und Mutlu lehnt sich zurück in seinem Sessel, als wollte er fliehen vor Günthers Blick, aber das kann ja keiner, konnte noch nie jemand, nicht, wenn Günther richtig loslegt.

Okay, sagt Mutlu, und seine großen Finger legen sich um das kleine Teeglas. Gut. Das ist gut.

Du hörst mir noch immer nicht zu, Mutlu. Dabei solltest du. Ach, ach. Sie machen das mit Menschen, was sie auch mit Häusern machen. Ich sehe Günther noch genau vor mir: damals, der erste Mieterstammtisch. Da saßen sie in einem meiner Räume und jammerten, genau wie heute, sie hatten ein paar Ideen, sie schrieben ein paar Briefe. Sie suchten Anwälte. Weil die Heizkosten zu hoch waren und weil ständig die Zwangsverwalter wechselten und weil sie entscheiden wollten, wer in das Haus ziehen darf. Da saßen sie, die paar Deutschen am Kottbusser Tor, und wollten bestimmen, wer in mir nistet. Das war ihre Hauptforderung, direkt nach den Heizkosten. Dich hätten sie bestimmt nicht ausgewählt. Ganz sicher nicht. Hilal hätten sie ausgewählt, eine Quotentürkin, na ja, solange sie noch keine Bälger, hätten sie gedacht, vielleicht auch gesagt, je nachdem, sagt man ja ungern so was, aber die Gedanken sind frei. Aber du und deine Jungs, ha. Und jetzt kommen sie zu dir und erzählen dir genau dieselben Sachen: dass man was machen muss am Kotti, dass das Haus vor die Hunde, dass die Dealer und die Kosten und die Zwangsverwalter und der Dreck und die Spritzen.
Ja, das seid ihr, die ich meine. Ihr, die ihr für eine offene Gesellschaft eintretet, während ihr in euren Türen dreifach den Schlüssel herumdreht, während ihr eure Taschen an euch drückt, die Hand schützend auf der Hosentasche, wenn ihr die Straßen am Kotti quert, die ihr Angst habt, euch könnte jemand etwas wegnehmen.

Ihr, die ihr Einladungskarten verschickt, auf denen Offenheit steht.
Ihr, die ihr »Tretet ein« auf eure Türmatten schreibt und nicht öffnet, wenn ihr den, der davorsteht, nicht kennt.
Nichts ist so gut verschlossen wie eure Offenheit.

Und da sitzen sie also, die ganzen Germanisten, und glotzen auf ihre Tablets. Aylin hat kein Tablet, aber sie ist ja auch kein Germanist. Das hat sie also davon, dass sie dieses Studium generale mal ausprobieren wollte. Immer noch kein Tablet, und dafür quadratischer Uniraum.
Der Dozent redet und redet und macht dann Pausen und schaut in die Runde, wartet in das Schweigen, aber das ist so dick wie der dicke Dennis (der allerdings hat immer geschnauft beim Rummachen), es bleibt still, nicht mal Klackern, Tablets haben ja keine Tasten. Der Dozent stellt Fragen, die keine sind, aber am Ende des Satzes geht die Stimme hoch, und dann guckt er wieder in den Raum, wo die anderen natürlich nicht zurückgucken, und irgendwann guckt er gar nicht mehr, sondern redet einfach, und manchmal unterbricht ihn so ein langer Dünner vorne und spricht mit näselnder Stimme, und dann nicken die anderen Germanisten mit Blick auf ihre Tablets vor sich hin.
Aylin packt ihre Sachen zusammen, also viel ausgepackt hat sie ja eh nicht. Auf ihrem Tisch vibriert das Handy, Tschuldigung sagt sie, und jetzt glotzen sie alle zu ihr hin. Aber eigentlich gucken die gar nicht richtig, das sind Blicke wie von Schildkröten, die Hälse vage zwar in ihre Richtung gedreht, aber die Augen blind und wie zugeklebt.

Ihr Handy brummt noch mal, und wenn man vom Teufel spricht, hat doch der dicke Dennis ihr tatsächlich gewhatsappt.
hast du das schon gesehen deine blöden cousins lach mich tot mal wieder treffen
Kein Satzzeichen passt ins Leben von Dennis, da hat nur der kleine Schwanz zwischen seinen Beinen Platz (gerade so).
Was meinst du?
Na video kennst du nich
Da ist ein Link, der in der nächsten Nachricht blinkt, Aylin stellt den Ton aus, klickt drauf.
Der Dozent hat einen Hustenanfall, auf dem Video sieht man Burak mit ein paar großen bulligen Typen reden, und das kann doch wohl nicht wahr sein, was für ein Scheiß ist das denn, man sieht ganz genau, wie Burak das Zeug entgegennimmt, hinten in die Arschtasche, und einer der Typen klopft ihm tatsächlich auf die Schulter und schubst ihn ein Stück zurück.
Aylin knallt das Handy auf den Tisch, der Dozent hört auf mit Husten, als hätte er gar nicht wirklich gemusst, einfach so weg, der Husten, und Aylin steht auf, und der Stuhl kippt nach hinten. Entschuldigen wird sie sich jetzt bestimmt nicht. So ein Penner, und die anderen Schildkröten schauen ihr hinterher, aber eben doch nicht, und die Tür hat irgendwie so einen Dämpfer drin, dass sie gar nicht richtig zuknallt, und vermutlich muss sie jetzt in Zehlendorf paar Straßenlaternen vermöbeln, so wütend ist sie.

* * *

Pochendes Herz, darüber nichts als Krepppapier. Das ist es, was sie sieht, wenn sie in den Spiegel schaut. Spiegel, überall Spiegel in Deutschland, das war das Erste, jetzt weiß sie es wieder, das Erste, was sie dachte. Das ist das Erste, was sie sah, als sie bei Heinrich zu Hause. Ich muss mal. Aber sicher, Sabinchen, aber sicher. Da stand sie im Bad, und der Spiegel, und wie sah sie aus, die Wangen so gerötet, zu Hause hatten sie nur diesen einen, in dem sie sich kaum, abends ja sowieso nicht, bei der gelben Glühbirne, die da immer drüberhing im Lampenschirm, und tagsüber, da war sie im Laden, und jetzt sieht sie plötzlich alles, die Poren, die Haare, blond, und die Wangen so rot, die Augen glänzend. Ein anderer Mensch ist das, als man sich fühlt, tief drinnen, und draußen hörte man Heinrich rumoren, denn Kuchen sollte es geben, wo der den herhatte, das war ihr schleierhaft. Den Kuchen hat sonst immer sie gebacken. Was war das ein Glück damals, war das ein Glück? Und jetzt: Der Spiegel ist klar, aber sie ist nicht da, faltige Haut ist da, und alles blass, so blass, und da steht sie nun in der Küche und backt Kuchen, und Jüngelchen ist in seinem Zimmer und hat die Tür zu.

Peer winselt vor der Tür, will pullern. Komm, Peer, ich hab hier was Feines.

Von ihrem letzten Geld gekauft. Stand sie vorhin am Kottbusser Tor, und der Mann sagte: Drei Euro fünfzig, nein, zwei vierzig hab ich nur, sagte Stanca, drei fünfzig, sagte der Mann, zwei Euro vierzig, sagte Stanca, und dann sagte der Mann: Dann die Erdbeeren nicht. Und da backt sie jetzt also Sandkuchen, herrlich, dieser Sandkuchen, herrlich herrlich, aber ein paar Erdbeeren dazu, das wär

was gewesen, was Feines, wir lassen es uns doch gutgehen.
Damals, da ließen sie es sich gutgehen, wie sie einmal beim Juwelier, na, was siehst du da, siehst du da was, was dir gefällt, ich möchte doch, dass du's schön hast, und als sie letzte Woche beim Pfänder war, meinte der nur: Das ist ja schon angelaufen, das ist alt, das nehm ich, aber viel kriegen Sie dafür nicht.
Aber am Kottbusser Tor kommt man nur mit viel weit, und jetzt hat sie alles ausgegeben, das letzte Geld, für das schöne Leben, für keine Erdbeeren, aber ohne das andere kann sie morgens nicht aufstehen, hat sie zu viele Schmerzen, und am Kottbusser Tor kostet das mittlerweile das Doppelte. Wucherpreise, alles teurer, dieser Euro, der bringt uns noch um, die gute Deutsche Mark, deswegen war sie doch damals gekommen, wegen der guten Deutschen Mark, darum bist du doch gekommen, nicht wahr, Sabinchen, wegen der Mark, nicht wegen mir altem Mann, oder doch, kannst du einen alten Mann wie mich auch so lieben?
Nichts gesagt hat sie, genickt hat sie, und jetzt zeigt der Spiegel nur grau, und jetzt steht sie am Kottbusser Tor, und du musst zahlen, sagt der Mann.
Ich hab nichts mehr, sagt Stanca. Ich bin doppelt so alt wie du, aber ich hab nichts mehr. Dreifach so alt bist du, und du kriegst nichts mehr, sagt der Mann, mein Zeug ist mir zu gut für dich, hab genug Kunden, und jetzt backt Stanca Kuchen ohne Erdbeeren. Und auf dem Boden winselt Peer, sabbert auf den Brief der Hausverwaltung, Mahnung Mahnung Mahnung, soll er doch, die dumme

Töle, soll er doch, von dem Kuchen kriegt er bestimmt nichts. Das Wort Kündigung, das kann er haben, das Vieh, die viel zu lange Zunge, die kann er in das Ü und das U stecken, immer ausschlabbern, immer rein damit, Sabinchen, oh oh oh, so ist's gut. Fein, Peer, fein.

* * *

Mutlu sitzt noch immer da, jetzt alleine, und da, wo Günther gesessen hat, ist eine Kuhle im Sofa. Günther: Mutlu, hörst du überhaupt zu? Marianne: Sollen wir später? Es ist ja nur so eine Idee. Aber wir wären froh, wenn du mitmachst. Sofa: Zuhören kann er doch, der Mutlu. Reden tut er nie besonders viel, aber er hört ja zu, er versucht es ja. Und ständig klingelt das Telefon. Das Telefon klingelt im Zehn-Minuten-Takt.

Marianne: Willst du nicht ans Telefon gehen?

Jetzt ist die Tür hinter Marianne und Günther zu (überleg es dir, Mutlu, ruf einfach später an, wir würden gerne bald loslegen), und das Telefon klingelt noch immer. Nicht auszuhalten ist das, wenn das Telefon klingelt, Hilal war nicht ganz so geräuschempfindlich, aber Mutlu mochte es schon immer ruhig. Ruhig im Wohnzimmer sitzen, knackende Stille des Hauses, nachmittags klappert Hilal in der Küche, die Türen offen, man hört es fast bis ins Wohnzimmer, wenn sie Barış über die Haare streicht.

Jetzt geh schon ans Telefon, Mutlu, ruft Hilal, ich hab die Hände im Teig.

Mutlu Çelik, sagt Mutlu ins Telefon, der Hörer fühlt sich komisch an in der Hand, seine Hand ist zu groß, als wär sie gewachsen seit dem –

Hallo Herr Çelik, sagt eine Stimme. Hier Barz vom Jugendamt.
Mutlu: Jugendamt, wie?
Wir rufen an wegen Ihren Söhnen, sagt Jugendamt. Hätten Sie am Freitagnachmittag Zeit, wir würden gerne vorbeikommen.
Freitag arbeite ich, aber Sonntag hat der Laden geschlossen.
Ach so, na ja, also wir arbeiten Sonntag auch nicht, sagt Jugendamt. Aber wir können ausnahmsweise Samstag machen, zehn Uhr.
Aber ich muss, sagt Mutlu, im Laden.
Herr Çelik, das ist wirklich wichtig. Es geht ja schließlich um Ihre Söhne.
Immer geht es um die Söhne, wir haben gar keine Zeit mehr für uns, sagt Hilal, seit Burak, spätestens seit Burak nicht mehr, der schreit, ich halte das nicht aus, wenn der immer so schreit, und schon wieder klingelt das Telefon.
Mutlu hat aufgelegt.
Das Telefon klingelt, und Mutlu sitzt auf dem Sofa, und die Jungs sind nicht da, wo sind die Jungs?, klingelt das Telefon, wo wo wo.
Dann ist es still, und Mutlu wartet auf die knackende Stille des Hauses, stattdessen draußen Polizeisirenen. Es muss sich was ändern, sagt Hilal. So können wir doch nicht leben. So kannst du doch nicht leben, Mutlu. Lebst du denn? Du lebst doch, tu etwas. Und ein Ruck geht durch das Sofa, geht durch Mutlu.
Hilal muss ihm nichts sagen, er weiß selber, wann es Zeit ist, wann es zu viel ist. Er muss, er muss, er muss.

Da ist so eine Wut in ihm, schon die ganze Zeit. Etwas zertrümmern möchte er. Hineinschlagen in die Stille. In der Ferne Musikgedudel.
Er muss.
Und dann greift Mutlu wieder zum Hörer und sagt: Ich bin dabei. Wie auch immer wir es machen, ich bin dabei.
Und Marianne sagt: Ach Mutlu, wie wunderbar. Los geht es heute Abend. Bring mir die Jungs. Ich mache Stullen.

* * *

Kaan hat ihn nach Neukölln bestellt. Peinlich ist das, wie er jetzt hier steht und schwitzt wie sonst was. Seine Hände sind so richtig klebrig. Die ganze Fahrt war schon total so. In der U-Bahn ist er schwarzgefahren, klar, er fährt zum Treffen mit Kaan, da kann er schlecht wie son Streber ne Fahrkarte kaufen, aber an der Sonnenallee musste er den Bus nehmen, der Busfahrer hat nur so geguckt, und er hat seinen Schülerausweis gezeigt, und der Busfahrer hat weitergeguckt und dann den Kopf geschüttelt. Hinter ihm hat so ne Alte rumgekeucht, und die Leute haben ihn zur Seite geschubst, und er wollte ja nicht zu spät kommen, er kann Kaan nicht warten lassen, wo der sich einmal Zeit, also die Sache ist schließlich schon unglaublich genug, und die Scheißcents sind ihm alle aus der Hand rausgeflutscht, so sehr hat er geschwitzt, und nicht mal ein guter Spruch ist ihm eingefallen, als irgendein Spacko nen Kommentar geschoben hat. Und jetzt steht er hier, und wenn er schon die Busfahrt über wie son Schwein geschwitzt hat und sein Kopf irgendwie so komisch leer war, leer ist das falsche Wort, war einfach nichts los in

seinem Mund, da kam nichts, nicht ein Spruch, nicht mal zu der hübschen Blondine, die ihm zugezwinkert hat, und so oft passiert ihm das ja auch nicht mit den Blondinen.
Die Shishabar ist gegenüber, und die Scheiben spiegeln, deswegen kann er Kaan dahinter nicht sehen. Der kann ihn aber vermutlich schon sehen, deswegen steht er etwas abseits und reibt sich die Hände an der Jacke ab. An der Hose. Aber seine Scheißhände produzieren immer neuen Schweiß nach, und wenn Kaan ihn so sieht, dann kann er sich das Ganze genauso an die Hose. Und auf einmal fällt ihm ein, dass Kaan ja vielleicht gar nicht hinter der spiegelnden Scheibe sitzt. Weil, warum sollte der da eigentlich schon sitzen? Der hat ja bestimmt was Besseres zu tun. Der kommt bestimmt zu spät, und dann sieht der ihn hier schon von weitem nur so dumm rumstehen.
Also los, komm schon, erster Schritt in die YouTube-Karriere, los geht's, denkt Barış und läuft so schnell, dass seine feuchten Hände richtig Fahrtwind schmecken.
Die Tür der Shishabar quietscht, drinnen ist es dämmrig und rauchig, und es läuft Chartsmusik, aber nicht die neue, und es gibt nur einen kleinen Bartresen in der Ecke, hinter dem son Typ steht und ihn dumm anguckt.
In der anderen Ecke sitzt eine Gruppe Typen, vier Stück, und weil es so dämmrig ist und das Schwitzen jetzt überall ist, erkennt er Kaan erst beim dritten Mal Blinzeln. Kaan guckt nicht hoch, der lacht gerade, klingt in echt ganz anders als in den Videos, liegt aber bestimmt auch an der Chartsmusik.
Hey, du, ruft der Typ von der Theke. Bist schon achtzehn? Hey, hast du mich nicht gehört?

Da steht der Thekentyp plötzlich vor ihm, ganz schön groß ist der, ein richtiger Schrank, und über die Schulter sieht Barış, dass die Gruppe hinten nicht mal hochgeguckt hat.
Ich äh.
Hier Zutritt erst ab achtzehn, also du gehst besser wieder.
Ich bin schon achtzehn.
Verarsch mich nicht.
Ich bin mit Kaan verabredet.
Ja klar.
Ehrlich.
Der Typ schlägt sich ein Geschirrhandtuch über die Schulter, oder zumindest so was in der Art, dreht den Kopf zur Gruppe, dann zu Barış zurück, beugt sich ganz weit vor, der Atem stinkt, so richtig, nach Fisch und Alkohol, aber egal, richtig gruselig ist das: Der Typ hat eine Kralle auf seine Hand tätowiert. Die Kralle knallt schwer auf seine Schulter.
Du verschwindest besser, Kleiner.
Locker, Sebo, der Kleine gehört zu mir, ruft Kaan von hinten, oder glaubt er zumindest, dass das Kaan ist, wegen der Chartsmusik und so, und dann lässt ihn Kralle los, und das fühlt sich an, als hätte man nen Laster von ihm runtergenommen.
Ernsthaft? Alter, Kaan, sagt Sebo, die Kralle, und tritt zurück und guckt von ihm zu Kaan und wieder zurück, und Kaan sitzt lässig in seiner Gruppe, wie nur er das kann, und irgendwie hat sich die Gruppe gelichtet, also so, als wäre Kaan die Lichtung und die anderen die Baumstämme, die jetzt so links und rechts die Lichtung um-

rahmen, und was sind das jetzt eigentlich für Memmengedanken, und die Hände sind auch schon wieder total nass, denkt Barış.

Und Kaan winkt.

Na, komm her, nicht schüchtern. Also eigentlich sagt er schüüüschtan, und das klingt zum ersten Mal so wie der Kaan in dem Video, und wahrscheinlich klappt das deswegen, dass Barış' Beine laufen.

Wie hundert Meter kommt ihm das vor, und seinen Beinen kommt das auch so vor, die werden nämlich immer schwerer, noch ein Schritt, noch ein Schritt, wie bei beschissenen Bundesjugendspielen, wenn er gewinnen muss, wegen der Ehre und so, aber der dumme Frederick aus der 9 c immer vor ihm läuft, sieht er jetzt gerade so richtig vor sich, diese Sommersprossenbeine (der hat nicht mal Haare auf den Beinen) in so Strebershorts, und die trampeln vor ihm entlang, und er kann immer nur auf den Grasfleck auf den Strebershorts schauen, dabei gibt's doch bei Bundesjugendspielen kein echtes Gras, ist doch Kunstrasen, ist doch alles voll Attrappe, nicht mal echte Urkunden gibt's.

Und dann haben seine Beine es geschafft, nur weiß sein Mund immer noch nicht, was er sagen soll, und Kaan sitzt einfach da in seiner Gruppe von Baumstämmen und guckt ihn an.

Na, setz dich, Kleiner, sagt Kaan und klopft auf den Sitz neben ihm, und Barış versucht zu nicken, also lässig zu nicken, nicht wie ein Schuljunge, und das Kunstleder der Sitzbank ist knallrot und quietscht und ist viel härter, als es aussieht.

Willste, fragt Kaan und reicht ihm die Shisha.

Klar, sagt Barış.
Aus den Augenwinkeln guckt er, ob jemand ihm zuschaut, ob er das jetzt falsch macht, zu tief einatmet oder zu wenig tief, und seine Hand zittert, aber es guckt tatsächlich keiner. Es raucht auch keiner mehr Shisha, die Bäume reichen einen Joint rum, und Kaan hat sich zurückgelehnt, den Kopf in den Nacken, als würde er schlafen.
Die anderen reden, und Barış versteht kein Wort. Irgendwie lallen die auch so komisch, und manchmal sagt einer was auf Arabisch, und ansonsten geht es um Geld und irgendeinen Mustafa und irgendeine Cosima, und Barış guckt zu Kaan, aber der schläft immer noch, und dann setzt er sich plötzlich auf und lacht, als hätte irgendwer was Witziges gesagt, und vielleicht hat ja auch jemand was Witziges gesagt, und vorsichtshalber lacht Barış auch ein bisschen mit, und dann schlägt Kaan ihm auf den Rücken und sagt: Bist nen Korrekter, Kleiner.
Und er lässt seine Hand sogar kurz liegen, als wären sie Freunde oder so, und aus irgendeinem Grund hören Barış' Hände zum ersten Mal auf zu schwitzen. Nicht dass das viel helfen würde. Er sitzt ja immer noch hier wie ein Idiot, er hat keine Ahnung, was er sagen soll. Er ist froh, dass er überhaupt weiß, wie man atmet.
Also, sagt Kaan und beugt sich vor. Cooles Video.
Danke, sagt Barış, mehr ein Krächzen ist es, aber egal, kann man nix machen.
Ich finde deine Videos auch echt gut.
Lässig, genau, denkt Barış. Wenn man einmal drin ist, dann läuft das, so ist das nämlich mit der Lässigkeit, genau so.

Find ich richtig gut, sagt er deswegen. Gerade die Vlogs, richtig gut gemacht alles. Was benutzt du für Schneidesoftware?
Ja, na ja, sagt Kaan und lehnt sich wieder zurück. Ich verrate dir mal eines meiner Erfolgsgeheimnisse. Die Leute lieben die Videos. Wenn man es richtig draufhat, das sag ich dir, dann ist der Rest auch egal. Hauptsache, der Content stimmt.
Ja stimmt, sagt Barış, wie ein Vollidiot jetzt doch.
Aber hey, ich find's echt gut, was du machst, ich hab mir gedacht, vielleicht hast du Bock, mal was zusammen zu machen?, fragt Kaan.
Er sagt es mehr so in die Luft rein, vielleicht redet er auch gar nicht mit Barış, aber Barış' Herz dröhnt, als hätte Kaan das direkt in seinen Körper reingebrüllt.
Ja, äh, klar.
Ich hab über eine neue Reihe nachgedacht, alles ganz locker, total easy, aber du würdest voll gut reinpassen vom Konzept her.
Äh, was denn für eine Reihe?
Ist Geheimnis, klar?, sagt Kaan, beugt sich wieder vor. Zwinkert. Dass ihm Kaan mal zuzwinkert, das hätte er nie gedacht. Passt ja auch gar nicht zu Kaan irgendwie, ohnehin der ganze Tonfall, total anders als in den Videos, aber andererseits, alles passt zu Kaan, er ist der Boss von Kreuzberg, wenn einer, dann er.
Klar, bin dabei, sagt Barış wie so ein Vollidiot.
Ich geb dir die Adresse, du kommst hin, morgen, zehn Uhr, okay?
Klar, ja, auf jeden Fall.

Super, sagt Kaan. Und nicht schüschtan, wir machen einen Star aus dir.
Jetzt klingt er doch wieder wie auf YouTube.
Okay, sagt Barış.
Das ist mein Mann!
Die Hand auf seiner Schulter. Sein Herz prallt fast dagegen.
Na gut, Jungs, müssen los. Kaan klatscht die Hände auf die Knie.
Die Bäume maulen auf Arabisch, klingt zumindest so, dann wird das Gras zusammengeräumt.
Hier, kannst noch aufrauchen, sagt Kaan und legt ihm den Joint auf den schmierigen Glastisch. Wenn Sebo fragt, du gehörst zu mir, dann passt das schon.
Klar.
Also dann. Schon wieder seine Hand auf Barış' Schulter, viel leichter fühlt die sich auf einmal an. Überhaupt, jetzt wo Kaan steht, er ist gar nicht so groß, wie er immer aussieht im Video.
Erinnerst mich an mich selbst, als ich in deinem Alter war, sagt Kaan. Also morgen, nicht vergessen, ich setz auf dich.
Ja, du kannst auf mich –
Kaan hat sich schon umgedreht und geht schulterschlagend mit den anderen zum Ausgang. Und dann sind sie draußen, und mit einem Mal fällt Barış auf, dass er nicht mal weiß, wie die anderen aussahen, würde die Gesichter nicht wiedererkennen auf der Straße, voll daneben, ist doch die erste Regel: immer genau wissen, mit wem und so. Er schaut durch das Glasfenster, aber die anderen haben so Gesichter, da rutscht man irgendwie gleich dran

ab mit dem Blick, und wahrscheinlich ist das auch immer noch sein Herz, was ihn stört beim Denken, weil ihm das irgendwie alles aus dem Körper rausballert.
Du verschwindest jetzt besser, sagt der Krallensebo und steht vor ihm.
Aber Kaan.
Verschwinde.
Ja, chill mal. Kaan hat gesagt.
Geh lieber nach Hause, Kleiner.
Sebo grabscht sich den Joint, auf dem Glastisch liegen Graskrümel, Sebo wischt sie auf den Boden, schmiert mit seinem dreckigen Lappen und seinen Krallenhänden Wasserschlieren auf die Glasplatte.
Na los. Ist nur nen guter Rat von mir. Ich kann ungemütlich werden.
Hab eh keinen Bock mehr, sagt Barış. Den Joint wollte er ja sowieso nicht, und hier mit Krallensebo alleine chillen? Ganz bestimmt nicht.
Hab zu tun.
Na dann.
Okay, tschüss.
Es kommt keine Antwort mehr, aber als Barış an der Tür steht, ist die Chartsmusik irgendwie lauter geworden. Sebo ist nirgendwo mehr zu sehen und Kaan auf der Straße zum Glück auch nicht. Zur Sicherheit drückt er sich trotzdem noch eine Weile auf dem Spielplatz herum. Sitzt auf der Bank und kann sein Glück nicht fassen. Bald wird jeder in Kreuzberg ihn kennen. Er braucht dringend eine bessere Kamera.

Ich habe eure Ideen so satt. Jede einzelne, die ihr hattet, jede andere Idee, die ihr dabei platttratet, über die ihr weggestolpert seid, ohne sie zu sehen:
2003 zum Beispiel, ihr habt es bestimmt vergessen, da hatten zwei von euch den Einfall, wie man doch noch zu Ruhm kommen kann, gegen das Vergessen, gegen das Versinken im Elend. Eures natürlich. Lasst uns das hässliche Ding umwandeln! Lasst uns was machen! Das NKZ ist ja nun mal da, kann man nix gegen tun, aber wir, wir retten die Gegend – wider die Umstände! –, wir retten uns.
Ein Kaufhaus sollte es sein, großes Haus, kleine Geschäfte, alles, was das Herz begehrt. Ganz aufgeregt wurden sie, die Männer, denn was hätte dort entstehen können: bunte Gewerbe, nicht nur diese Ketten, viele, viele Menschen, reiche auch, ein Dorf wäre es gewesen, ein großes, ein globales, eines mit Glitzer im Beton und Sonne in den Ohren, und grün hätte man seine Glatze dazu auch machen können. Aber das ist eine andere Geschichte.
Plätschernde Brunnen mit wasserspeienden Kampfhundimitaten laden zum Verweilen ein, habt ihr ins Prospekt geschrieben, Wolfgang und Richard, was für Namen. Vom Recycle-Design bis zum modernen Kristallglas, von Comicheften bis zu Fingerpuppen ist alles möglich, habt ihr euch gesagt, Hauptsache, schrill, Hauptsache, trendy. Trendy hat man damals noch gesagt.
Aber die Mischung muss stimmen, habt ihr gesagt, denn die

Mischung macht's. Und im Sommer eröffnet im Kaufhaus gleich schon mal ein Café, wo die Kuchenstücke nach Gewicht berechnet werden.
Die Männer gewannen den Existenzgründerwettbewerb des Bezirks.
In Berlin könne innerhalb kürzester Zeit ein Mikrokosmos aus seinen Problemen herausgehebelt werden und bekomme ein völlig neues Image verpasst – schrieben die Zeitungen. So als würde man aus einer Fixerstube einen Bogner-Shop machen.
Ja, ja, ja, habt ihr jubiliert, so kann man sich das vorstellen: Kreuzberg endlich wieder ein Touristenmagnet! Das könnte die Kehrtwende sein! Das Kottbusser Tor, nicht mehr bestes Beispiel für einen kaum reparablen Stillstand des Ideenmotors, sondern:
Die Geschichte ging nicht gut aus. Dabei kamen sie ja, eure trendigen Freunde, junge und reiche. Sie kamen, Jahre später, als das Kaufhaus längst Geschichte war, gescheitert, wie immer an anderen Menschen und an Geld.
Ich will nur daran erinnern, dass ihr es einst so wolltet, wie ihr es jetzt habt. Mit dem Kapitalismus wolltet ihr mich heilen, am Kapitalismus seid ihr gescheitert, im Kapitalismus badet ihr jetzt erst recht.
Die Website gibt es immer noch: www.kaufhauskreuzberg.de. Keine Ahnung von nichts, aber erst mal eine Website erstellen. Das seid ihr.

Ario braucht Geld, braucht Stoff, damit Geld, Scheinchen, Schweinchen. Nur, woher nehmen, wenn nicht stehlen? Haha, ganz genau, wenn der Himmel so blau. Die Sonne blendet, er kneift die Augen zusammen. Er schwitzt. Er schwitzt sich hinein in seine Idee, Ario, der Held und Dieb, der Hungrige, der Halunke, er muss. Immer muss man was. Aber er, er will.
Hinten steht der dünne Dealer schon und bewacht sein Versteck. Aber Ario hat ja gesehen, dass die Bullen am Eingang vom Park warten. Jeden Moment ist es so weit. Und dann kann er den Stoff.
Er braucht das Geld. Macht er ja normalerweise nicht. Sich einfach so was besorgen. Geht aber nicht anders jetzt. So auf die Schnelle.
Die wenigen Bäume hier stehen stramm und farblos. Die Büsche sind auch immer weniger geworden über die Jahre. Am Görli gibt's schon keine mehr. Erst kamen die Bullen mit den Schneidern, ritsch, ratsch, Büsche weg, und jetzt kommen die Bullen einfach so. Er kann eigentlich gut mit Bullen. Einmal mit den Augen geblinkert. Unschuldig schauen, das kann er auch.
Ario duckt sich und wartet. Drückt ganz schön. Er muss mal. Ario geht zum nächsten Baum. Ist noch kalt. Sein Pimmel sieht blau aus irgendwie, schrumpelig in seiner Hand, ein Schrumpfkopf. Es plätschert. Der Dealer guckt

rüber und nickt. Er kennt Ario nicht, aber er nickt, weil jeder nickt, wenn er Ario sieht. Seine Hand ist steif, da kann er kaum seinen Schwanz halten. Der Boden ist nass. Ein Spatz sitzt abseits und dreht zackig seinen Kopf.

Die Bullen kommen, man hört es am Pfeifen. Der Dealer scharrt im Dreck. Ist weg. Ario rennt.

Eine Mutter mit Wagen kreischt auf, das Kind zeigt auf ihn. Mist, er hat seine Hose nicht richtig zugemacht. Die Hose ist ihm in die Kniekehlen gerutscht. Er fällt, schlittert auf den Boden. Aber das Versteck ist hier irgendwo. Ist ja immer hier, immer Busch, immer lose Erde.

Keine Zeit, sich umzuschauen. Ameisen krabbeln über seine Hände. Die Sonne ist heiß hier am Hinterkopf, dabei ist er doch im Gebüsch. Er wühlt, greift Plastik. Die Sonne packt ihn im Nacken, zieht ihn hoch. Heißer Atem. Metallisch blinkt etwas. Hitze und Kälte in seinem Bauch, ganz plötzlich, immer tiefer, ein Schnitt. Das Messer ist lang und scharf und rot. Ario schubst sich frei. Der Dealer hat einen wütenden Mund.

Ario rennt. Rennt mit dem Plastik. Die Bullen sind blau und stehen bereits am Ausgang.

Ario zieht die Hose hoch, nass ist sein Hemd. Der Schmerz ist ein Messer.

Der Schmerz ist die U-Bahn. Blut ist auf dem Boden, Blut geht ihm voraus, folgt ihm. Er erinnert sich: mit zwölf oder elf oder dreizehn. Zeit ist ein Messer. Er hatte sich den Unterarm, genäht werden musste das. Seine Mutter weinte am Küchentisch. Seine Oma war einen Moment lang stumm. Seine Mutter sprach von Gott. Bete auch, Ario, damit du gesund –

Verflucht bist du, Junge, nur Gott darf sich nehmen, nur Gott, und Gott ist auch ein Messer. Ein Messer, mein Junge, ein Messer.

Ario steht endlich an der Kotti-Brücke, geschafft! Keiner so schnell wie er. Keiner so flott, so behänd. Blut auf dem Boden, seins, nur eine kleine Wunde, natürlich nur klein, er ist ja schnell. Scheiß Dealer, alles scheiße, im Magen rumort's ihm, er muss lachen. Und da ist Wolfgang. Tätschelt ihn, gibt ihm Bier. Ario, mein Bester. Wolfgang redet, immer redet der, seit dem ersten Tag, immer Wolfgang. Aber ist gut, so ein Reden, Plätschern gegen den Schmerz. Wolfgang darf Brötchen schmieren, fünf Euro die Stunde, Brötchen umsonst, sagt Wolfgang. Wär das nicht auch was für dich? Aber nein, was sagt er da, was lacht Ario. Er und Brötchen schmieren!

Wolfgang beißt in sein Brötchen, hustet, Bröckchen auf dem Kotti-Boden, hinein in die Blutstropfen, was für ein Bild.

Aber ist schon schön, Betonkunst, was, lacht Wolfgang. Aber was hastn du da gemacht, sage mal, du blutest ja!

Ist nichts, hört schon auf, sagt Ario. Und tatsächlich, kein Blut mehr.

Wenn nur der Schmerz, der Schmerz. Dumpf dumpf dumpf, und der Kopf.

Ist doch nicht schlimm, so ein kleiner Schnitt, von so einem kleinen Klappmesser, wie oft hat er so was schon selbst wem an den Bauch gehalten, an den Bauch, damit man es von weitem nicht sieht, oder wie damals, sich den Arm aufgeschlitzt, aber das war ja aus dem Küchenblock das Messer, das schönste, das größte. Brauner Küchen-

block so weit oben auf der Küchentheke. Darüber die Spitzengardinen auf der Hälfte des Fensters.
Es ist zu spät für Tauben, trotzdem sitzt da eine, schläft weiter. Hinten auch ein Junkie als Taubenhaufen auf dem Boden.
Wolfgang muss los. Die Arbeit ruft, sagt Wolfgang, lacht, hustet. Kippt sein Bier. Also dann, sagt Ario.
Nur mal kurz ausruhen, windgeschützt, denkt Ario. Kurz die Augen zu, kurz das Klappmesser weg. Ario schleppt sich über die Straße.
Da, wo der Beton sich links rechts oben unten faltet, da kann man die Augen zumachen, da ist man selig, ja, er weiß, was das ist, selig: Wenn alles still, wie tot, leer, wenn oben und unten Beton gespiegelt und man selbst selig dazwischen. Der liebe Herr Gott, der hat's gegeben und genommen, in sieben Tagen hat er die Welt, und am achten erschuf er den Beton, und da ist man selig, da kann ein Ario schlafen, nur ein Ario, ich nenne ihn Ario, ich taufe ihn auf den Namen Ario.
Ario schließt die Augen.
Gerade ist er fast selig, wartet, dass der Beton zu ihm kommt, näher rückt, da rammt ihm etwas die Schulter in die Wand. Aber es ist nicht der Beton, der ihn zu sich, nicht die Hauswand, die ihn oben unten links und rechts, es ist der Engel, schwarzes Haar wie Gefieder im Licht.
Du pennst jetzt nicht, sagt der Engel und schüttelt ihn, wach auf, wach auf, wach auf.
Mein Engel.
Das waren seine Worte. Wie aufwachen im Himmel.
Lass den Scheiß, wir reden jetzt.

Du redest doch, mein Herz. Du redest, du singst, ich schlafe im Himmel.
Du bist ja total stoned.
Der Engel hört mit dem Schütteln auf, lässt ihn los, wie im Himmel sackt er nieder. Die Wolken sind hart.
Los jetzt, du Penner.
Langsam wird wieder oben unten. Oben: der Engel, wütendes Gesicht. Unten: er, als Taubenhaufen.
Komm hoch, sagt der Engel, streckt die Hand hin, lässt ihn sofort los, als er steht. Klappt ganz gut mit dem Stehen, seine Beine sind Pfeiler. Sein Hemd ist noch nass.
Was ist schon der Schmerz!
Wie kann ich dienen, holde Maid?
Erstens, mach mich nicht an, oder dein Gesicht ist Brei.
Jawohl!
Na also, sogar das Zwinkern klappt wieder. Engel tritt einen Schritt zurück, wie geblendet.
Du erzählst mir jetzt sofort, was du weißt.
Ich weiß einiges. Was davon willst du wissen? Ich kann dir einiges, nicht alles für kleine Engelchenohren.
Noch einmal Engel, und du –
Ach, komm schon.
Der Engel weicht nicht mal zurück, als er ihren Arm. Der Weg zum Arm ist wackelig. Der Engel will mit ihm tanzen, hin und her schunkeln sie.
Was willst du wissen? Was auch immer du wissen willst, es soll dir gehören.
Du weißt genau, was ich wissen will.
Der Engel hat ihn gepackt beim Tanzen. Der Engel dreht ihn im Kreis. Fast auf den Boden geht die Tanzbewegung,

fast hinunter, hui, sie schunkeln, und jetzt wirft der Engel das Haar in sein Gesicht. Wie das riecht, wie das ein Paradies ist.
Was ist mit dir? Hallo, red weiter. Wer ist verantwortlich für diesen Scheiß? Wer macht das mit meinem Cousin? Wenn du nicht Klartext redest, reiß ich dir die Eier ab.
Aber aber aber, sagt Ario, seine Stimme irgendwo seitwärts von ihm. Nicht so grob. Tanz mit mir, mein Täubchen, und ich sage dir, wer dafür, wem du.
Der Engel ist überzeugt, er spürt es, wie der Griff immer fester, und dieser Duft und diese Stimme, es singt ihm im Ohr: Du darfst jetzt nicht ohnmächtig werden, hallo, wie heißt du noch mal?
Ario, sagt Ario. Am achten Tag erschuf der Gott den Beton, und Ario und die Tauben und die Engel und ein Klappmesser waren schon da. Aber das denkt er nur, er muss es nicht sagen, das weiß der Engel, ja, der Engel verdunkelt die Bühne, löscht die ewigen Lichter.

* * *

Schwarz, mindestens dunkelblau, ist die Nacht. Im Torbogen des NKZ sieht man die Sterne nicht, nicht das Möbel-Olfe-Schild, Mond überm Kotti, auch nicht die Baggerlichter. Mutlu hat Hunger.
Günther steht neben ihm im Torbogen und isst sein Brot, krümelt von der Aluverpackung auf den Torboden, kaut in die Kotti-Geräusche hinein. So stehen sie schon seit einer halben Stunde, und Mutlu versteht nicht, wieso die Deutschen immer Butter auf ihre Brote schmieren müssen. Er kann das nicht essen. Er kann das nicht ablehnen,

das Brot in seiner Hand, willst du nicht?, fragt Günther. Wär Zeit für eine Pause. Erstens, könnte Mutlu sagen: Pause erst nach der Arbeit, zweitens: Hilals Fladenbrot, das selbstgemachte, das es nicht mehr gibt. Ohne Butter. Was hätte Hilal gelacht, wenn sie das hier sehen würde, sie beide im Torbogen, Günther gekleidet in Schwarz, Regenjacke, für alle Fälle, Taschenlampe unter den Arm geklemmt.

Aber das ist egal jetzt.

Die Taschenlampe geht an beim Kauen, das Kauen schüttelt den ganzen Günther, der Lichtkegel zeigt nach vorne auf das Kottbusser Tor, wie ein Showlicht, nur keiner da für die Show.

Günther: Ups. Ist wohl ein Zeichen, was? Na dann mal los. Wir wollen die Marianne ja nicht enttäuschen.

Marianne, in der offenen Tür, vorhin: Dass ihr bloß aufpasst. Nur ein bisschen aufschrecken, ja? Ich weiß, Günther, du Hitzkopf. Mutlu, pass auf, dass ihm nicht wieder sein Hitzkopf.

Mutlu: Ja ja.

Marianne: Und vergiss dein Butterbrot nicht. Und die Jacke. Ist kalt draußen.

Und die Jungs: sitzen da und grinsen, beide grinsen sie, wie schon lange nicht mehr. Von einem Ohr zum anderen, vor ihren Butterbroten. Günther zieht die Tür zu.

Es ist nicht kalt, es ist warm draußen, Mutlu schwitzt.

Okay, sagt Mutlu. Los.

Seine eigene Taschenlampe lässt er aus, jetzt, wo sie am Kotti sind, ist ja hell genug. Die Kotti-Lichter sind direkt über dem Platz ein eigener Himmel, Günther und er stap-

fen unter dem Himmel, und Günther: Brrrrr, ist das kalt. Wo wollen wir anfangen?
Treppenhaus links, sagt Mutlu. Dann alle durch. Erst am Ende den Kinderspielplatz, Dresdner. Da sammeln sich die Verstreuten.
Ist eine Sauerei mit dem Spielplatz, sagt Günther, gerade da, eine Sauerei. Wie machst du das denn mit den Jungs? Dürfen die da noch hin?
Mutlu schweigt. Was soll er auch sagen. Die Jungs sind zu alt zum Spielen. Sie spielen Erwachsenenspiele, die selbst Erwachsene nicht verstehen. Dazwischen spielen sie das Drama der Pubertät, aber ohne Drehbuch. Die Jungs interessieren sich nicht für Drehbücher. In der Schule schlafen sie. Und das Telefon klingelt jetzt bei Mutlu.
Günther hustet in sein Schweigen hinein, dreimal.
Ach, was red ich denn, die sind ja schon echte junge Männer, Spielplatz, ha.
Ja, sagt Mutlu. Stimmt.
Guck mal, dahinten, sagt Günther.
Gebückter Schatten, das ist Günther an der Hauswand, und Mutlu: will gar nicht so schnell. Seine Taschenlampe ist jetzt auch an und tanzt dem Schatten von Günther hinterher. Dabei tanzt er nicht, also Mutlu, mag er ja nicht, nur einmal, lange her, auf der Hochzeitsfeier, Hilal wollte sich drehen, wollte gedreht werden im schönen langen Kleid, das ihm an den Knien entlangbauschte beim Drehen und nach jeder Umdrehung: Hilals Gesicht. Und dazwischen Farben und Geräusche, oder nichts.
Das ist so, das ist so bei allen Erinnerungen, es sind Drehungen, aber nichts ist dazwischen, nicht mehr zumin-

dest ist etwas dazwischen, Mutlu sitzt dazwischen. So ist das.
He!
Günthers Stimme. Laute Stimme, viel lauter als vorher.
Weg mit euch, oder wir rufen die Bullen. Oder Schlimmeres.
Mutlu steht neben Günther und fühlt sich klein. Günther wirft das Taschenlampenlicht einer zerlumpten Gestalt ins Gesicht.
Hast du mich gehört, du da!
Komm schon, Mutlu, sag auch was. Günther zischt.
Mutlu steht, die Taschenlampe in der Hand. Ich bin hier. Ich kann nicht sprechen.
Sagt er nicht. Denkt er. Er denkt, sein Taschenlampenkegel zittert auf dem Boden.
Mutlu hält den Kegel ins zweite Gesicht, das blinzelt, weiß wie Schnee.
Wir sind gekommen, um den Kotti aufzuräumen, sagt Mutlu.
Jawohl, sagt Günther. Jawohl.

* * *

Da liegt ein Kerl in ihrer Badewanne. Aber ihn ins Bett zu legen, kam ja auch nicht in Frage. Jetzt stinkt das Badezimmer, nach Alkohol, nach Pisse und nach Blut, und dazu dann noch dieser Männergeruch. Aber ernsthaft, ihn einfach so liegen lassen, das hätte sie dann doch nicht gebracht. Obwohl es vermutlich besser gewesen wäre. Ganz sicher sogar.
Aylin steht im Flur und bewegt sich nicht. Dass sie in

ihrer eigenen Wohnung steht und sich nicht bewegt, ist, als würde sie einen Film schauen und abwarten, was der Protagonist als Nächstes macht. Die Protagonistin. Und so was hasst sie. Hat sie nie die Geduld für. Und trotzdem passiert hier einfach nichts, ihr ist kalt, das passiert, und sogar im Flur riecht man den Alkohol. Aus den Augenwinkeln sieht sie sich selbst, wie sie da so blöd rumsteht und dabei viel zu angespannt die Schulter nach vorne gezogen hat.

Das ist doch lächerlich. Wieso hängt da überhaupt ein Spiegel? Zu Spiegeln hat sie auch so eine Hassliebe. Es gab eine Zeit, da hat sie Spiegel nicht mal wahrgenommen. Waren wie Wände. Und dann kam dieser beschissene Frauenbart, also, der war ja nicht das Problem, sondern diese blöde Kuh in der Grundschule, die sie drauf angesprochen hat.

Du, Aylin, du hast da was.

Was?

Ja, da. Du hast da so –

Ihre Mutter sagte: Jetzt ist es so weit, jetzt wirst du zur Frau.

Aus Protest ließ sie ihn stehen. Also eigentlich ist das gelogen. Natürlich stand sie mit der Nagelschere vorm Spiegel und dann mit einem Bindfaden, weil sie das so bei Tante Semra gesehen hatte. Natürlich starrte sie auf die kleinen schwarzen Härchen – natürlich hasste sie sich selbst und jedes einzelne Haar und hinter jedem einzelnen Haar wieder sich selbst. Sie war ein dummes Kind, das in einen Spiegel glotzte. Vermutlich genau in den, der jetzt hier hängt.

Sie wurde erwachsen, und ihr Protest war völlig umsonst, niemand beachtete ihren Frauenbart. Alle redeten immer nur davon, was für große Augen sie hat, dieses herrliche, satte Braun, diese langen schwarzen Wimpern. Was für schöne Lippen sie hat, diese Herzform, und diese natürliche Röte, ganz ohne Lippenstift. Wie die Urgroßmutter, die hatte auch keinen Lippenstift, ihre Lippen waren einfach so rot gewesen. Und die hat immerhin Urgroßvater Mohammed abgekriegt, dabei wollte den nämlich jede damals. Aber er hatte sie gesehen und wollte sie sofort heiraten. Mohammed, der nach Deutschland ausgewandert war. Nur wegen der roten Lippen ist Aylin am Kottbusser Tor gelandet.
Und nur deswegen hat sie jetzt sinnlos hier im Flur rumgestanden und gegrübelt. Als wäre das nicht genug, stöhnt der Typ im Bad vor sich hin. Wehe, der stirbt ihr weg.
Soll sie nachgucken oder lieber nicht? Oder vielleicht eher warten, bis er entweder tot ist oder es ihm wieder gut geht und er laufen kann?
Erst mal den Spiegel abhängen, beschließt Aylin, ganz schön schwer das Teil, schafft sie gar nicht alleine. Na gut, dann also doch nach dem Typen gucken.
Er hat sich in der Badewanne aufgesetzt und hält sich den Druckverband. Für den hat sie ewig gebraucht, und sein T-Shirt ausziehen musste sie dafür auch.
Kannst mir später danken, sagt Aylin. Hier, zieh das an.
Der Typ stöhnt wieder, fängt aber das T-Shirt aus der Luft (Mehmets T-Shirt. Selber schuld, wenn der sein Zeug immer bei ihr rumliegen lässt), drückt es sich an die Brust, über den Verband. Darunter kreisförmig ein rotes Mal. Saugt sich in das Weiß.

Autsch, sagt der Typ. Das erste Wort, das er sagt seit einer Ewigkeit. Hat ja auch geschlafen oder war ohnmächtig oder so. So weiß, wie der ist, vielleicht sollte sie doch den Arzt rufen.
Du blutest wieder, sagt Aylin. Ich ruf einen Krankenwagen.
Nein, nein.
Immer sagt der nein, nein. Versucht zu lächeln dazu. Na klar, keine Aufenthaltserlaubnis, irgendeinen Dreck am Stecken oder abgehauen aus der nächsten Irrenanstalt. Bist du aus der Klapse ausgebrochen, oder wieso hast du so Angst vor den Bullen?
Der Typ schaut sie an und blinzelt. Das Blut frisst sich weiter ins Weiß.
Egal, ich will's gar nicht wissen.
Er stöhnt wieder und zieht dabei die Mundwinkel hoch, versucht wohl zu lächeln, aber er schafft's ja nicht mal, den Blick scharf zu stellen.
Jetzt fühlt sie sich erst recht wie in einem Film. Sie steht neben sich, und der Typ steht auch total neben sich, und beide sind hier in diesem Bad, und beide denken nur so: Was mach ich hier? Wie komm ich zurück in meinen Körper und aus der Situation oder bringe den Körper in eine andere Situation, und wieso verdammt hat sie den Kerl nicht einfach liegen gelassen?!
Also gut, sagt sie. Ich verbinde dich neu. Und wenn du wieder gehen kannst –
Sie lässt den Satz so in der Luft hängen. Sie ist zu müde für weitere Beschimpfungen.
Der Typ wird schon wieder weiß wie die Keramik, schließt die Augen. Seine Hand liegt über dem Wannenrand,

schöne Hand, lang und kräftig, aber schlaff, rutscht ab, er sackt zusammen.
Hehehe, sagt Aylin. Setz dich auf, ich komm sonst nicht ran.
Mit geschlossenen Augen tut er alles, mit zusammengepressten Lippen, und erst jetzt, wo sein Gesicht so ruhig ist, hat sie das Gefühl, dass sie ihn richtig sieht. Das ist doch manchmal so bei diesen Irren, so verzerrt alles durch Bewegung und den Junkiescheiß, so verformt alles vom Leben, dass man gar nicht sehen kann, was da wirklich für ein Gesicht hintersteckt. Er nennt sie ja immer Engel, aber eigentlich sieht er selbst aus wie einer.
Er hebt die Arme, damit sie ihm den neuen Verband umrollen kann, und die Wunde scheint gar nicht tief, aber blutet eben wie Sau.
Was hast du denn da gemacht?
Messer, sagt Ario. Ario heißt er, hat er gesagt, und als hätte er sie denken gehört, sagt er: Ario ist mein Name, Engelchen.
Hör auf, mich so zu nennen, oder das Messer war noch harmlos.
Muss ihm schon echt schlecht gehen, wenn sein Gesicht weiter so ruhig bleibt, die Augen weiter geschlossen, die Arme nach oben, als bete er.
In was für einen Scheiß sie sich hier reinmanövriert hat, ist wirklich unglaublich, jetzt verarztet sie tatsächlich irgendeinen Irren und legt ihm sogar ein Handtuch unter den Kopf, als er wieder zusammensackt.
Piss bloß nicht in die Wanne, sagt Aylin.
Ario sagt nichts, lächelt nur, zumindest deutet sie das so.

Seine Augenlider flattern. Sie muss echt hart kämpfen, um dem Impuls zu widerstehen, ihm über die Haare zu streichen.
Ich gehe, sagt Aylin und zieht den Duschvorhang zu und schaltet das Licht aus.
Aber dann geht sie ja doch nicht, sondern wartet wieder nur im Flur und lauscht nach dem Stöhnen.

* * *

Die Jungs, was sind die groß geworden, sitzen in der Küche, und wie klein die Küche wirkt.
Als die beiden hier hereingetrottet sind (bitte, baba, wir wollen nicht! Wir können doch zu Hause bleiben! Und Mutlu? Mutlu hatte den Kopf geschüttelt mit eiserner Miene. Was für ein Mann!), da hat sie schon einen Moment gedacht, ob das so eine gute Idee ist. Sie musste Mutlu ja auch zuerst richtig überreden, dass er die Jungs hochbringt. Er hat dann natürlich schnell eingelenkt, als sie gesagt hat, dass die sonst draußen rumstromern und die ganze Aktion gefährden. Und hier oben kann sie auch wenigstens dafür sorgen, dass sie was Ordentliches essen. Wie Mutlu da geguckt hat. Das macht mir doch nichts, wie in alten Zeiten, hat Marianne gesagt. Und dann war Mutlu eisenhart und hat die Jungs zu ihr hochgeschleift. Und schon standen sie im Flur mit bockig verschränkten Armen.
Ihr bleibt hier!
Wir sind keine fünf mehr!
Ihr bleibt hier!
Jetzt lümmeln sie in der Wohnung, als wären sie hier zu Hause.

Wie ist der WLAN-Code?, fragt Barış, ein junger Mann, wie der fragt auch, dieser Blick, da könnte man meinen, der wäre schon achtzehn, so selbstbewusst. Aber sie weiß ja, wie das ist bei den Jungs heutzutage, also natürlich nicht wirklich, aber das sieht man schließlich auf der Straße, in der U-Bahn, die werden einfach früher älter, da schlägt die Männlichkeit früher zu, schlägt gnadenlos jede Weichheit aus den Jungskörpern heraus. Diese viel zu großen Klamotten und die Goldkettchen erledigen dann den Rest.

Damals, als sie manchmal nach unten ging zum Aufpassen oder die Jungs hochkamen, waren die beiden noch so süß und anhänglich, denkt Marianne und erinnert sich an Buraks Kopfflaum, so weich in der Hand, und an sie gekuschelt hat er sich. So ein warmer Körper vorm Bauch, so eine Weichheit im Arm. Das ist ein Gefühl, das vergisst man nicht.

Hast du Cola?, fragt Burak. Darf ich fernsehen?

Fernsehen, na gut, sagt Marianne. Aber erst, wenn ihr eure Stullen gegessen habt.

Aber dann seufzt sie nur. Burak trinkt den Apfelsaft in einem Zug und wirft die angegessene Stulle in den Plastikmüll, dabei steht der Bio doch direkt daneben, wäre ja nicht schwer gewesen, und Essen wirft man doch –

Burak, wir werfen Essen nicht weg, sagt Marianne.

Kann ich jetzt fernsehen, Oma?

Herrje, das hatte sie sich auch einfacher vorgestellt, und da ist Burak auch schon weg, nur Barış sitzt weiter am Küchentisch, guter Junge, aber die Stulle angerührt hat er auch nicht, tippt nur auf seinem Handy rum.

Iss dein Brot, sagt Marianne, vergebens, sie weiß, aber es wird auch wirklich mal Zeit, dass den Jungs jemand, dass da mal eine Frau, was macht denn Aylin eigentlich den ganzen Tag? Studieren, das hat Mutlu gesagt, Stolz in der Stimme, so groß ist sie schon, aber ihre Cousins einfach verwildern lassen, das geht doch auch nicht.
Aus dem Wohnzimmer kommt laute Musik, Burak lacht, heiser und laut, die Stimme kiekst, wasn das fürn Scheiß, habt ihr kein Pay-TV, ruft er rüber, und Barış schaut nicht mal auf, so versunken ist er, aber immerhin nach der Stulle greift er, und Marianne gießt ihm noch etwas Apfelsaft ein.
Danke, sagt Barış und hat tatsächlich kurz aufgeschaut. Müde sieht er aus, der Junge. Erwachsen und müde. Da merkt sie es wieder, das weiche Herz, ihr Herz, wie Butter, als hätte da jemand hineingedrückt.
Burak liegt auf dem Sofa und guckt Schlagerparade und lacht.
Boa, sagt er, Boa.
Na rück ein Stück, Burak, sagt Marianne und setzt sich dazu.
Wer guckt denn so was, sagt Burak und lacht, und das Sofa wackelt.
Wollen wir nicht ein Spiel, Kartenspiel oder so, spielen, mit deinem Bruder?, fragt Marianne, und Burak lacht einfach weiter. Und was soll's, sollen sie doch machen, was sie wollen. Wer ist sie denn.
Also sitzt sie da und schaut mit Burak Schlagerparade, und Burak lacht keckernd dann und wann, und Barış kommt nicht aus der Küche raus, man hört es nur plär-

ren von drüben, und weil Burak irgendwann endlich zu lachen aufhört, macht sie den Fernseher wieder aus, und Burak steckt sich seine Stecker ins Ohr, und na gut, kriegt der Lümmel eben ein paar Erdnussflips.
Sie bügelt und schaut nach den Jungs, aber die sind in ihrer Lümmelwelt wie gefangen, jeder für sich, nicht mal ansprechbar mehr ist Barış, als sie ihm auch Erdnussflips anbietet.
Und dann endlich, endlich kommen die Männer zurück. Günther schnauft, Mutlu schweigt.
Kann ich jetzt gehen?, fragt Barış. Darf ich gehen, baba, sagt Burak und ist schon an Mutlu vorbei.
Und Mutlu nickt, verspätet, Günther legt seine Regenjacke ab, stemmt die Arme in die Hüften und sagt: Wir brauchen mehr Leute, Marianne, das steht fest. Aber das kann was werden. Ein paar immerhin haben wir vertrieben heute, nicht wahr, Mutlu?
Und auch wenn Mutlu ja doch wieder nur stoisch nickt, kaum bewegt sich sein Kopf dabei, sieht man trotzdem, also das glaubt Marianne, dass da eine Energie ist, eine neue, dass er und Günther. Wie Freunde, alte Freunde, stehen sie nebeneinander.
Meine Kollegen, sagt Mutlu. Ich frag sie, ob sie –
Wunderbar, wunderbar. Und ich frag auch rum, sagt Günther.
Noch ein Absacker, Mutlu?
Und Mutlu schüttelt den Kopf, schaut den Jungs hinterher. Knallend hört man sie die Treppen hinunterspringen.
Und wer ist sie, dass sie Mutlu jetzt verurteilt, weil er seine

Kinder, sind ja auch schwierig, ist ja nicht leicht, gerade mit Jungs, gerade mit solchen.
Günther, ganz zufrieden vom Abend, das sieht man an seinem Gesicht, da hat er so was Rundes um den Mund immer, wenn er zufrieden ist, hat schon den Schnaps geholt.
Ach komm schon, alter Freund, einen nur, auf alte Freundschaft. Auf neue Ziele.
Und Mutlu steht da mit dem guten Schnapsglas in der Hand, und ja, denkt Marianne, da ist vielleicht auch was Rundes um seinen Mund. Auch wenn er ein letztes Mal den Kopf schüttelt. Und auch dann noch, als Günther den Schnaps schon längst eingeschenkt hat. Also ihr natürlich nicht. Sie kriegt von so was so leicht Migräne.

Freitag

»Befremden hat der Vorschlag von CDU-Fraktionschef Klaus Landowsky hervorgerufen, Wohngebäude wie den Schöneberger Sozialpalast und das Neue Kreuzberger Zentrum abzureißen. Landowsky hatte in einem Tagesspiegel-Interview den Abbruch dieser Großgebäude vorgeschlagen: Sie seien ›Kriminalitätszentren‹, die man nicht mehr in den Griff bekomme. (...) Die Kreuzberger Sozialstadträtin Ingeborg Junge-Reyer (SPD) erklärte, man könne ›soziale Probleme nicht durch den Austausch der Bevölkerung‹ lösen. Empört reagierte Stadtentwicklungssenator Peter Strieder (SPD): Landowskys Vorschlag sei ›absurd‹ und ›zynisch‹, erklärte er. Der CDU-Fraktionschef fordere die ›Sprengung‹ des Zuhauses von Menschen, die zu den Verlierern der Zwei-Drittel-Gesellschaft gehörten. Strieders Staatssekretär Stimmann hatte allerdings Landowskys Abriß-Idee im Tagesspiegel-Interview mit den Worten zugestimmt: ›Sie haben recht. Das ist ein Tabu-Thema, aber vielleicht sollte man das NKZ in der Tat abreißen, das versaut die Stadt‹.«

Der Tagesspiegel, 10.3.1998

Wenn ihr nur hinschauen würdet!
Wenn ihr es nur einmal so sehen könntet wie ich!
Die Eingangstüren sind gut gesichert, das Türholz ist solide. Zahllose Eingänge gibt es, es wird nie langweilig. Nehmen wir meinen liebsten: Drinnen ist die Wand fröhlich gelb und braun, eine Wandbemalung, die römische Säulen zeigt. Man kann einen Fahrstuhl nehmen (der ist etwas dreckig, das schon. Herausgerissen ist der eingebaute Stuhl zum Sitzen, auf dem Boden liegt stinkender Filz, und an den Rändern klirren liegen gelassene Schnapsgläschen beim Hoch- und Runterfahren).
Die Treppe ist verwinkelt, der Boden quietscht ein wenig, wenn Menschen mit Turnschuhen darüber gehen. Die Gänge sind recht eng, aber ausreichend, die Türen stecken heiter in den Wänden, sie warten. Dahinter sind die Wohnungen geräumig, die Fenster teilen das Licht. Eine Tür führt auch auf die Balustrade. Das Geländer ist stabil und kalt im Winter.
Der Kotti ist ein Wimmelbild.
Wunderschön bei Nacht,
wunderschön bei Regen
und bei Schnee,
und wenn die Sonne untergeht über dem Kotti.
So sehe ich das.

Kaan hat nicht so eine kleine Kamera wie er. Klar hat der keine kleine Kamera, der ist ja Profi, aber so ein Mörderteil hätte er trotzdem nicht erwartet. Auch nicht, dass da noch son anderer Typ rumlungert und die Kamera hält. Irgendwie sieht das immer so aus, als würde Kaan das selber machen, mit einer Hand oder so. Aber er hat ja auch keine Ahnung. Darum ist er schließlich hier. Wenn er von einem was lernen kann, dann von Kaan. Trotzdem, anders erwartet hätte er das schon. Schon von weitem hat er dieses Puschelding gesehen, das die beim Fernsehen auch immer haben. Und Kaan und das Puschelding sind irgendwie ganz geschäftig die Straße auf und ab, da kam er sich umso kleiner vor. Und jetzt steht er hier und hat die Hände in die Taschen geschoben, damit die nicht schon wieder was Komisches machen.
Kaan gibt dem anderen Typen Anweisungen, überprüft die Kameraeinstellungen, schmiert sich noch ein bisschen Gel ins Haar. Die beiden beugen sich über irgendein Blatt. Barış weiß nicht, wo hingucken oder wie stehen, auch wenn er das mit den Händen ja wenigstens geregelt hat, die schwitzen jetzt in seinen Hosentaschen vor sich hin. Und dabei hat er das geübt, das Stehen. Total peinlich, schon klar, aber es kommt auf die innere Haltung an, aus nem ganz frühen Video von Kaan hat er das, fake it till you make it, stehst du locker, bist du locker.

Okay, Kleiner, sagt Kaan und kommt rüber. Der andere Typ lungert hinten mit der Kamera rum. Ein Deutscher mit eckiger Brille, das ist sowieso das Merkwürdigste an der Sache.
Pass auf, ich hab was Besonderes geplant, sagt Kaan. Wir machen zusammen eine Serie über echtes Kreuzberger Leben, klar?
Klar.
Er schaut rüber zum Kameratypen. Der steht jetzt mit verschränkten Armen da und sieht so gar nicht Kreuzberg aus.
Ich wusste, du bist mein Mann, sagt Kaan, schlägt ihm auf die Schulter.
Klar, äh, klar.
Nur nicht schüschtan, klar?, sagt Kaan und klingt für einen winzigen Moment wie der Kaan aus den Videos. Aber dann setzt Kaan wieder diese andere Miene auf, wie neulich, der andere Kaan kommt zum Vorschein.
Das ist wichtig, sagt der andere Kaan, also versau es nicht, klar?
Klar.
Okay, pass auf. Wir machen es so: Wir drehen da vorne einen kurzen Ansageteil ab, dann läufst du so ein bisschen die Straße lang. Und siehst du das Auto da vorn?
Ja, sagt Barış.
Aber da vorne stehen natürlich ziemlich viele Autos.
Okay, hast du einen Schlüssel?
Schlüssel?
Ja, einen Wohnungsschlüssel oder so.
Ja klar.

Okay, also du gehst nach vorne und kratzt das Auto kaputt, klar? Aber so im Bogen. So wie hier.
Er zeigt Barış ein Blatt, darauf ein runder Bogen. Oben steht das Datum von heute.
Äh, was?
Mach dich locker, ist alles easy, okay.
Äh.
Jetzt komm schon, ist doch kein Ding. Einen Bogen kriegst du hin, oder?
Ja, äh, klar. Türlich.
Okay, also du zerkratzt das Auto mit dem Schlüssel, aber ganz lässig, klar?! Wenn es schön quietscht, ist geil, wenn nicht, aber auch kein Drama, können wir später drauftonen. Dann komm ich mit einem Auto angefahren, dann steigst du ein, dann nächste Station, klar?
Klar.
Na dann. Ist Kamera fertig?, ruft Kaan zum deutschen Typen.
Fertig!, ruft der zurück, dabei sieht man genau, dass die Kamera nicht an ist. Der Typ fängt schnell an, daran rumzufummeln.
Im Auto kriegst du dann dieses Cap hier auf, okay, sagt Kaan.
Äh, okay.
Gut, guck in die Kamera damit, ja? So, dass man die Schrift sieht. Warte.
Er setzt Barış ein Cap auf, dreht den Kopf. So.
So?
Ja, etwas mehr den Kopf drehen, perfekt.
Aber wieso?

Na, wieso, hab Vertrag mit denen, Junge, du musst viel lernen. Wenn du Kohle machen willst mit YouTube, brauchst du bezahlte Kooperationen, Mann.
Kooperationen, okay.
Genau, merk dir das. Also alles easy. Kann losgehen, ja?, sagt Kaan und ist schon weg. Schmiert sich wieder etwas Gel ins Haar.
Barış steht daneben, und diesmal wissen seine Hände, was sie tun. In seiner Tasche sucht er den Schlüssel, schaut auf den Schlüssel. Im Hintergrund hört er Kaans Ansage, irgendwas von Streife in Kreuzberg, merkwürdig, wie anders Kaan auf einmal klingt. Als hätte der einen kaanhaften Zwilling.
Aber er hat ja keine Ahnung, läuft wahrscheinlich einfach so im Business.
Der Schlüssel in seiner Hand wiegt schwer. Seine Hand wiegt noch viel schwerer mit dem Schlüssel drin. Er hat keine Ahnung, was das werden soll.
Aber wenn Kaan das sagt, egal welcher, wird es gut sein. Man muss vertrauen, aber nur den Richtigen, Bruder, weißt du, hat Kaan mal im Video gesagt, hast du Bauchgefühl und hast du die richtigen Leute, kann nichts schiefgehen.
Barış weiß genau, was er meint.

* * *

Stanca schwitzt, Peer schwitzt nicht, der wieselt, immer wieselt der, als wär das kein Hund, den sie da aus der Kiste, waren ja noch andere Hunde drin, hätt sie mal einen anderen, und jetzt zieht er sie weg von dem Haus. Selbst in die-

ser Herrgottsfrühe: Das Vieh weiß, was es will, wenn sie nur halb so viel, du weißt doch, was du willst, oder nicht? Frau Andrae, sagen Sie ja? Verstehen Sie mich, s-a-g-e-n S-i-e j-a, sagte der Standesbeamte laut, und was soll sie denn sagen, nickt sie lieber, nickt sie vor dem Haus, wie damals fühlt sie sich, die Hände so klamm, und unter den Armen ist es nass. Das Kleid, das schöne, schöne Kleid!
Peer will weg, er zieht, zerrt richtig, aber da lässt sie nicht los, hält den Brief in der anderen Hand, es muss getan werden, Stanca, hör mal, wie willst du denn in Deutschland ohne mich, mein Mäuschen, hast doch keine.
Die Miete, Heinrich bezahlt immer die Miete, genau, das wird sie sagen, dass sie ja, wo ihr Mann jetzt weg, sie macht das schon, also sie will ja die Miete zahlen, sie wird die Miete zahlen, und da sitzt die Frau in dem Gebäude hinter dem Glas und guckt, und Stanca klopft, und Peer winselt.
Da schaut die Frau auf: Ja bitte?
Ich hab einen Brief bekommen von Ihnen, sagt Stanca und zeigt den Brief hoch.
Können Sie Ihren Hund nicht besser?
Aus, Peer, aus, sagt Stanca, und was ist denn das, da ist es wenigstens einmal ruhig, das Vieh, weiß es vielleicht selbst, weiß, dass, aber da will sie nicht dran denken, wie eine Ratte sieht er aus, wenn er nass ist, nein nein nein, zurück in den Kanal will er auch nicht, da schwimmen die Ratten mit dem Bauch nach oben.
Ein Witz, haha, eigentlich, dass sie Peer am Kanal aus der durchweichten Pappe gezogen hat, durchweicht genau wie sie damals, wie Ratten ihre Haare links und rechts an

ihrem Gesicht, und da unten: die kleine, zitternde Hunderatte mit ihren kleinen, zitternden Freunden. Beide zittern sie jetzt, Peer die Schnauze, Stanca die Beine.
Worum geht es denn, sagt die Frau, und wenn Stanca besser sehen könnte, dann wär vielleicht alles klarer, sie wüsste vielleicht besser, was tun. Aber den Blick hinter dem Schreibtisch sieht sie auch so.
Na, setzen Sie sich erst mal, Sie zittern ja.
Hier der Brief, sagt Stanca, und die Frau hält den Brief wie ein totes Tier, lässt das Tier auf den Tisch fallen, reibt sich die Hände unter dem Tisch sauber, mh mh, sagt die Frau, und die Brille wird hochgeschoben auf der Nase.
Die Miete, sagt Stanca. Ich konnte nicht, aber jetzt, wirklich.
Sie sind im Rückstand, sagt die Frau, mehrere Monate, Frau, äh, Müller, das sieht nicht gut aus, ehrlich, wie wir Ihnen ja schon im Brief.
Aber ich kann jetzt zahlen, also bald, ich war nur kurz, mein Mann, der.
Hier steht: Sie wohnen dort alleine?
Mein Mann, ja, aber Peer.
Jetzt halten Sie doch mal den Hund ruhig.
Da sitzt Peer unter dem Tisch und zittert auch und wimmert, ruhig Blut, ganz ruhig, ich hab dich ja, komm ins Warme, weglaufen, durch die Stadt irren, du bist mir ja eine, so ohne Dach über dem Kopf, was willst du denn ganz alleine, bist doch mein Mädchen, mein Mäuschen bist du doch.
Hallo, verstehen Sie mich, sagt die Frau, sagt der Standesbeamte, sagt die Frau vom Amt.

Waren Sie denn mal auf dem Amt? So eine Zwei-Zimmer-Wohnung für Sie alleine, das ist doch ohnehin –? Haben Sie da mal beim Amt nachgefragt? Die könnten doch für Sie –
Kein Amt, sagt Stanca.
Ich will ehrlich sein, sagt die Frau. Frau, äh, Müller. Also. Sie sind im Rückstand, und der neue Hauseigentümer, der bald. Aber das ist ja noch nicht, wie sagt man, äh, spruchreif, nun, da sehe ich keine großen Chancen für Sie.
Pläne, hört Stanca, es gibt Pläne, was denn für Pläne? Hast du etwa geheime Pläne, fragt Heinrich, hintergehst du mich, gehst du, wohin denn, du hast doch, sie hat das Kissen, das hat sie in der Hand, sie hat den Ring am Finger, der glänzt so kalt, im Zimmer ist es warm, und Heinrichs Mund ist offen beim Schlafen.
Ich weiß von keinen Plänen, sagt Stanca, ich zahle doch die Miete.
Sie werden sich etwas Neues suchen müssen, sagt die Frau. Wir waren ja noch tolerant, aber wenn der Verkauf unter Dach und Fach –
Verkauf?
Ich darf das wirklich gar nicht erzählen, sagt die Frau.
Sagt der Mund der Frau, und es glitzert eine Plombe hinten im Mund.
Aber das ist doch mein Zuhause, sagt Stanca. Ich kann doch woanders nicht hin.
Es tut mir leid, sagt die Frau. Aber das bleibt unter uns, in Ordnung?
Unter uns gesagt, Sabinchen, was hast du für ein Glück, wenn ich nicht wäre, welch ein Glück ist das, dass ich dich wieder zurückgebracht habe, du allein am Kanal, was

wolltest du denn da, na was? Wir haben es doch schön hier, so schön, sag ja, mein Herz, sag ja.

* * *

Es gibt eine Mittagssonne heute, die so grell ist, dass er sich die Augen beschirmen muss. Es liegt auch in der Luft, etwas liegt in der Luft, Mutlu weiß nicht genau, was, aber das weiß er ja oft nicht, er merkt nur, dass etwas ist, merkt es, wenn Burak und Barış auf die Teller gucken am Morgen und sich unter dem Tisch gegenseitig treten, dass es knallt, und dieses Ratschen vom Fuß des einen am Hosenbein des anderen, merkt es, wenn Cemal und Yussuf so gucken, wenn die Menschen zu lange über die Melonen hinweg zu ihm herüberschielen.
Du bist paranoid, würde Hilal sagen. Aber Hilal hatte ein Händchen und ein Gespür für so was, und weil Hilal da war, wusste er auch, warum. Warum die Leute gucken oder nicht. Und seit Hilal weg ist, weiß er nichts mehr.
Aber das hat sich verändert. Das wird sich jetzt verändern.
Er sieht wieder mehr.
Er sieht: was sich verändert.
Er sieht ein Flackern in den Augen der Jungs und bei Cemal und Yussuf eine neue Härte. Er sieht, dass es wärmer wird, und er kann sogar im Dunkeln langsam wieder sehen. Und heute liegt was in der Luft.
Viel ist nicht los, sagt Yussuf und steht plötzlich neben ihm. Er hat die Melone in Stückchen geschnitten zum Probieren für die Touristen, am Ende stürzen sich doch nur die Junkies darauf, oder die Melonen warten alleine in der kalten Luft, und die Zeit arbeitet einen Pelz auf ihr

Fleisch. Die Sonne macht Yussufs Haare blau und seinen Bart etwas grauer.
Mutlu hat sich den Bart abrasiert. Heute Morgen, ein Versehen, er war so müde, und es gibt ja keinen Spiegel mehr im Bad, nur den im Flur. Mutlu schaut nicht in den Spiegel, damit der Spiegel auch nicht zurückschaut.
Was machst du, baba, hat Burak gesagt, und er musste Aylin rufen, die hat ihm das Gesicht gehalten und ein Pflaster auf die Wange, muss geblutet haben, aber Aylin, wer weiß, wo sie ist mit ihren Gedanken, wie Hilal sieht sie dann aus, vielleicht sehen alle Frauen so aus, vielleicht auch alle Menschen, vielleicht auch Mutlu. Mutlu sieht sich selbst nur manchmal im Schaufenster des Ladens, wenn er die Gefriertruhen abtaut und es draußen so dunkel ist. Mutlu hat einen Schatten, wegen dem man ihn leicht übersieht. Und er sieht sowieso immer nur den Laden, muss er ja, er als Ladenbetreiber, dass es sauber ist, dass alles da ist, sonst gibt es ein Gezeter, wenn die Aprikosen schon wieder zu früh aus sind oder schlecht, weil Cemal zu viele bestellt hat.
Mutlu zuckt die Schultern, Yussuf schüttelt den Kopf zum Himmel und kratzt sich den Nacken, und Cemal räumt hinten die Tüten mit den Ein-Euro-Resten raus.
Plötzlich steht Günther an der Seite, schaut sich die Gurken an, dann die Avocados, eine nach der anderen, hebt sie hoch und legt sie zurück, und Mutlu schaut wieder in den Himmel und dann zu den Ingwerknollen, die unter den Studentenhänden auf den Boden kullern.
Hallo Mutlu, sagt Günther und steht jetzt neben ihm mit eingezogenen Schultern.

Na, gut geschlafen?
Yussufs Blick: Kennst du den?
Mutlus Blick: wie immer viel zu langsam.
Aber Günther geht nicht weg, steht vor Mutlu, steht vor Yussuf, streckt Yussuf seine Hand hin. Lederhandschuhe hat Günther an, gegen die Kälte, Lederhandschuhe und die gleiche Funktionsjacke wie gestern Abend.
Günther Bachmann, sagt Günther, Mutlus Nachbar. Partner in crime außerdem, wenn man so will.
Günthers Hals lacht, sein Gesicht bleibt unbewegt, Günthers Hals hustet, vielleicht war's auch schon immer ein Husten.
Ja, gut geschlafen, sagt Mutlu. Und selbst?
Günther nickt.
Yussuf nickt auch, will sich umdrehen, Günther sagt: Und Sie? Wohnen Sie auch hier in der Nähe?
Yussuf nickt weiter und bleibt doch, Cemal ist auch in der Nähe, seine Miene sagt: Was will denn der Opa?
Dann kennen Sie ja die Probleme, sagt Günther.
Mutlu steht da, und seine Schultern hängen, und einen Moment ist er weg, wenig geschlafen hat er. Geträumt hat er viel, meistens erinnert er sich nicht, aber ausgezehrt fühlt er sich am nächsten Morgen immer. Er träumt zu viel, um es zu behalten.
Aber diese Nacht ist Mutlu aufgewacht, weil er etwas geträumt hat, an das er sich noch im Aufwachen erinnert, weil es eigentlich wahr war, was er geträumt hat, nur dass ihm das jetzt erst auffällt, wo es nicht mehr Wirklichkeit ist: Hilal, wie sie durch einen Raum geht. Einfach nur das, wie ein Raum sich verändert und wie Hilal geht, wenn sie

in einem Raum ist. Wie sie ihre Schultern trägt. Wie sie ihre Arme schwingt und die Hände dabei ein wenig ihren Körper streifen. Wie bei allen Menschen eigentlich, und das hätte Mutlu ja vorher auch nicht gedacht, dass es da Unterschiede gibt, dass da eine Grenze ist vom einen zum anderen, aber im Traum: Das war Hilal. Das war nicht nur Hilals Gesicht und Hilals Name in seinem Kopf und in seinem Herzen, sondern alles war Hilal.

Weil Hilal im Raum war, war der Raum Hilal.

Der Schmerz ist ein Stein mit scharfen Kanten.

Mutlu ist aufgewacht, und sein Gesicht war trocken, obwohl es sich anfühlte, als hätte er geweint, nicht geschlafen. Mutlu hat nach draußen geschaut, fast ohne zu blinzeln, die Vorhänge hat er ja auch abgerissen, schon längst.

Der Wecker klingelte, da war Mutlu schon in der Küche und machte Frühstück.

Mutlu steht am Stand, und er müsste da nicht mehr stehen, Cemal und Yussuf sind ja da, und Cemal: Wieso hast du das denn nicht erzählt, Mutlu? Natürlich sind wir dabei!

Erst neulich haben wir doch darüber gesprochen, und Mutlu: Ja ja. Ich hätte ja schon noch – Wollte nur mal schauen, wie –

Und Günther: Gleich heute Abend wieder? Je größer die Truppe, umso besser. Ne richtige Protestaktion haben wir da auf die Beine gestellt! Für die Verpflegung sorgt meine Frau, die Marianne, auch!

Und Mutlu denkt: Die Welt ist ein Schacht, in dem man leben kann. Der Gedanke kommt ihm einfach so, dabei denkt er ja sonst nicht so viel einfach so. Das kommt von der Müdigkeit. Und von diesem dumpfen Gefühl, das rauswill aus ihm, aber nicht kann. Und davon, dass es doch zumindest etwas besser geht heute. Atme, Mutlu, Atme.

Und ganz genauso hat die Geschichte ja auch angefangen. Am Anfang stand auch damals euer Protest. Damals, als ihr, die ihr studiert hattet, die ihr ja nichts brauchtet als eine Matratze auf dem Boden, Hauptsache, hohe Decken, als ihr das Alte wiederentdeckt habt. In Kreuzberg war viel alt, war viel verfallen. Was wegsollte, habt ihr flugs besetzt. Selbst umbauen wolltet ihr, instand setzen, reparieren, aus alt neu, aber ohne das neue Neu.

Lieber hohe Decken statt neuer Beton.

Das war der Protest, auf Luftmatratzen habt ihr geschlafen, zu acht in einem Raum. Plakate habt ihr gedruckt, nicht wahr, Marianne, bevor ihr dann doch zu mir kamt?

Wie so oft bei Protesten ging er auf in etwas anderes, wurde assimiliert, zusammen mit euren Protestgedanken, zusammen mit euren Luftmatratzen, die zu richtigen Betten wurden, die zu kleinen Kernfamilien wurden, die Zufriedenheit waren und Stuck an den Decken: Der Senat hat euch einfach recht gegeben. Ein Gesetz gab es extra für euch und Förderprogramme zur baulichen Selbsthilfe in der Altbauerneuerung. Euer Protest war nicht mehr kriminell, hatte plötzlich neuen Boden, staatsbezahltes Parkett. Ihr durftet selbst machen, selbst entscheiden. Das Neue war plötzlich das Alte, das Unselbstgestaltete das, was keiner wollte. Das für die Armen ohne Meinung.

Diese Protestgeschichte ist die Geschichte von Kreuzberg. Die

Geschichte von Schrei und Aufstand, der aufgenommen wurde im System und freundlich, dumm und milde darin aufging.
Keine Straßenkämpfe mehr.
Kein Geschrei mehr.
Keine Steinschleudern mehr.
Oder zumindest wenig.
Aber ich stehe noch hier, mitten in eurem Kreuzberg, hässlich wie die Nacht.
Und ich schleudere euch entgegen, ihr Hautgesichter, ihr weichen Säcke aus Knochen, aus Blut und Fleisch, so biegsam, so leicht zu kaufen:
Am Anfang ist es Protest. Gegen den Kapitalismus, gegen die Zerstörung, gegen die Unterdrückung. Am Ende ist es ein Fest, das myfest heißt und wo man Caipirinha kaufen kann für vier Euro. Eure Kinder sitzen auf euren Schultern, ihr schunkelt zur Musik des Protestes. Schunkelt hinein in die Abenddämmerung eurer Geschichte.
Das ist es, was von euch übrig bleibt.
Auch das ist ein Teil der Geschichte, die mich gemacht hat.

Birgit ist zu Besuch gekommen, ausgerechnet jetzt, ganz zufällig, hat sie gesagt, wie sie da in der Tür stand, lächerlich, denkt Marianne, so steht doch keiner in der Tür, also zufällig, so mit frisch geföhntem Goldhaar (wie dringend sie zum Friseur muss! Wenn's doch nicht immer so teuer wär!).
War in der Gegend, sagt Birgit, schnattert Birgit, dieser immer leicht überhöhte Ton, was Günther daran findet, weiß der liebe Gott. Aber er hat sich benommen, tatsächlich, das hat sie dann doch beschwichtigt, hat ganz überrascht geguckt: Ach, die Birgit, schau mal, Marianne, wer da hereingeschneit ist. Und in der Küche stand noch das Frühstück, und Birgit hat in der Küchentür gestanden und sich umgeguckt, diese Taubenbewegungen, die sie immer so ruckelig mit ihrem Kopf macht, die Handtasche in der Achsel, und Marianne dachte: Genau, sieh hin, wir haben's auch gut hier.
Also unter anderem dachte sie das, denn dann hat sie natürlich auch gleich das andere gesehen, die abgegessenen Brotreste von Günther, die Butter, die an den Rändern schon ranzig wurde, weil sie zu lange draußen war (sie sagt ja: in den Kühlschrank damit!).
Jetzt sitzen sie im Wohnzimmer, weil Günther unbedingt: ein Käffchen, Birgit?
Dabei hätte die ja auch gleich wieder gehen können, also

wenn's nach ihr gegangen wär. Wenn man spontan vorbeikommt, so auffällig zufällig in der Gegend ist, und dann dazu diese unzufällige Frisur, und richtig schick gemacht hat die sich auch mit den goldenen Ohrringen, dann will man ja was. Aber was? Den Kaffee bestimmt nicht. Und auch nicht die guten Kekse, die Günther jetzt rausholt, die waren eigentlich gedacht für, aber geschenkt, Birgit rührt ohnehin keinen an, aber Günther mampft (ach Günther), krümelt in die offene Hand, die er dann über dem Teller ausstreicht. Und obwohl sie da eigentlich direkt fuchsig werden könnte, plötzlich schon wieder so ein merkwürdiger Anfall von Zärtlichkeit.

Was bei ihnen denn so los wäre, fragt Birgit gerade. Sie hätte Günther gestern beim Bowlingabend vermisst. Bowlingabend? Davon hatte Günther gar nichts gesagt, ach was, winkt Günther gleich ab, also er sagt gar nichts eigentlich, er schüttelt nur den Kopf: Nee nee nee, Birgit, gerade nicht, weißt du, Marianne und ich, wir haben da ein neues Projekt am Laufen, so ne kleine Protestaktion, also nicht nur wir eigentlich, aber es war eben höchste Zeit.

Vom Abend mit Mutlu berichtet er, für Mariannes Geschmack ein bisschen zu ausführlich, ein bisschen zu begeistert für das runde O in Birgits Augen, aber so begeistert ist die gar nicht.

Mensch, das ist doch gefährlich, Günther. Ob das so eine gute Idee ist, Marianne? Diese Dealerbanden, da sollte man sich nicht mit anlegen, also mit so was, was man gar nicht durchschauen kann.

Ja ja, sagt Günther, nickt, komplizierte Strukturen sind

das, da steigt keiner durch, die Polente zuletzt. Aber den Haufen aufmischen wird wohl noch drin sein. Und es geht schließlich auch mehr um Abschreckung. Gestern zum Beispiel. Drei Junkies haben sie vertrieben (das ist Marianne neu, sie dachte: zwei). Klar, an die Bosse kommt man nicht ran, und das Problem los wird man nie, nicht, solange es Menschen gibt, sagt Günther, lacht (ach Günther), aber eben zeigen: Das ist unser Platz, das ist wichtig, den verteidigen wir.
Ja, sagt Birgit, ich versteh das schon. Ob man denn über einen Umzug nachgedacht hätte?
Umzug? Jetzt wird Günther sauer, und fast ein wenig Mitleid kriegt Marianne mit Birgit. Da hat man es gleich, wieder ihr weiches Herz. Wenn Günther erst mal wütend ist, das ist nicht leicht auszuhalten.
Aber Birgit lenkt eh schon ein. Eine tolle Aussicht habt ihr hier wirklich, sagt sie. Der Ausblick!
Und der Sonnenaufgang und -untergang, sagt Günther, das müsstest du sehen. Richtig golden wird es dann, als bade man in Gold, wie die Könige leben wir hier, die Marianne und ich. Wenn eben nur das andere nicht wäre, na ja. Es lohnt sich also zu kämpfen. Und sowieso, aus Prinzip. Wo kämen wir denn da hin, was, Marianne, gerade wir beide, früher Steine schmeißen und jetzt die Schwänze einziehen, nix da!
Und dann steht Günther plötzlich auf. Hat mich gefreut, sagt er zu Birgit, wie schön, du Gute, dass du vorbeikommst, aber eigentlich, so viel zu erledigen heute, du weißt, heute Abend, neuer Rundgang, neue Chance. Man braucht: bessere Taschenlampen, vielleicht was zur Ver-

teidigung, um Gottes willen, nein, doch nur zur Sicherheit, wirklich nur zur Sicherheit! Und da hat er sich eben vorgenommen: ab zum Baumarkt. Zum Sicherheitsbedarf. Und weg ist er. Weg ist auch die Zärtlichkeit, zumindest fast, ein bisschen ist sie nach wie vor da, ist der Kern von dieser neuen Aufregung vielleicht. Aber obwohl sie eigentlich froh sein sollte, dass Günther Birgit so abwatscht, ärgerlich ist das schon, dass sie jetzt hier alleine sitzt mit Birgit, und die hat den Kaffee noch nicht mal zur Hälfte aus, und Günther hat schon seine neue Jacke an. Das Schwarz steht ihm.

Er umarmt Birgit zu lange, und Birgit sitzt da, als wäre sie die, die warten muss, seit Jahren schon, die ein Anrecht hat, und guckt mit ihren blauumrandeten Augen ganz treudoof zur Haustür, der zufallenden.

Ich werd dann wohl auch mal, sagt Birgit hinein in den kalten halben Kaffee und schaut zu Marianne, und jetzt, wo Günther weg ist, hört man das Sofa knarzen unter ihrem knochigen Arsch.

Du willst schon?, sagt Marianne, steht auf. Aber wenn du noch einen Kaffee möchtest ...?

Das hat sie von ihrer Mutter gelernt, wie man Sätze in die Luft hängt, dass sie keiner mehr pflücken kann.

Ihre Mutter hat das ja viel mit ihrem Vater gemacht, bei Günther hat sie das nicht nötig, und überhaupt, ihre Mutter, nicht immer die beste Lehrerin, gerade in Liebesdingen, aber wie man Unerwünschtes vermied, darin die Beste.

Ja, also, sagt Birgit.

Und dann überkommt es Marianne. Das ist der Auf-

bruchsgeist vielleicht. Sie ist zwar nicht draußen wie Günther, ist eigentlich nicht so der konfrontative, der Typ für das Direkte, lieber ruhig, im Hintergrund, bedacht, aber andererseits: warum auch nicht. Die Sache einfach mal ansprechen, aus der Welt schaffen.
Weißt du, sagt sie, ich wollte da eigentlich auch noch was mit dir besprechen.
Ach, sagt Birgit, ein Flackern in den Augen.
Was denn?
Mein Günther, sagt Marianne, du siehst ja, wie beschäftigt er ist, also, das mit eurem Minigolf, vielleicht wird es jetzt etwas enger.
Ach?, sagt Birgit, die blöde Kuh, Augenbrauen hochgezogen, der blaue Glitzer fast an der überpuderten Stirn.
Und was soll denn auch dieses Rumgeschwätze? Da hat sie schon recht, man macht es, oder man macht es nicht, denkt Marianne: Sprich es einfach an, immer runter damit.
Ich weiß ja nicht, was du dir denkst, sagt Marianne. Aber der Günther und ich, also das ist für die Ewigkeit, also trotz des Nicht-Verheiratet, immerhin schon fünfundvierzig Jahre, viel erlebt zusammen, das kann man nicht einfach mal so.
Birgit unterbricht sie, mit einer Handbewegung nur, peinlich, wie sie stockt, sie weiß es selbst.
Ich glaube, du denkst da was Falsches, Marianne, sagt Birgit.
Das weiß ich doch alles. Günther und ich – das ist ja nichts, wir mögen uns nur, den Mann wegnehmen, also das würde ich wirklich nie machen, da kennst du mich schlecht.

Da kann sie nichts gegen sagen, natürlich kennt sie Birgit schlecht, gar nicht eigentlich, aber man kennt eben die Signale, man weiß, was man sieht, und in dem Alter allein sein würde sie auch nicht wollen, und Günther: ein attraktiver Mann, trotz Bäuchlein.
Natürlich, sagt Birgit, das gebe sie zu, drüber nachdenken tue man natürlich schon, aber sie hätte das sofort gesehen: von Günther kein Interesse, und dazwischendrängen, nach allem, was sie erlebt hat in ihrem Leben, inklusive Affäre vom Mann, und ja, sie hat damals auch Fehler gemacht, aber das, nicht noch mal, und sie möge die Marianne schließlich auch, das merkst du doch: Ich bin da ganz bei euch, wirklich. Sie habe natürlich gemerkt, dass da Bedenken wären, deswegen dachte sie schließlich auch, wenn man ganz zwanglos, einfach mal vorbei, Kontakte sind doch wichtig im Alter, gerade wenn man alleine, also nicht, dass sie damit unzufrieden wäre.
Und dann schauen sie sich an, und Marianne nimmt einen Schluck vom Kaffee, und ja, es ist besser. Schon irgendwie. Nicht dass es jetzt angenehmer wäre, wie Birgit hier sitzt, auf Günthers Sofaseite, also zum Nachmittagskaffee sitzt Günther immer da, aber doch, da hat sie was falsch eingeschätzt, vielleicht, vorschnell will sie schließlich auch nicht sein.
Wie schön, sagt Birgit, dass wir da so offen drüber reden können. Das macht wirklich froh, puh, also jetzt brauch ich doch einen Keks.
Und trotzdem ist Marianne dann erleichtert, als endlich das Telefon klingelt, als Birgit endlich wirklich neben der Tür steht und sagt: Vielleicht können wir beide uns auch

mal treffen, bisschen schnacken, abseits der Männer, was denkst du?
Dass jetzt einiges klar ist, dass Birgit wohl aus Norddeutschland kommt – schnacken! –, da war ja von Anfang an so was Steifes an ihr, so was Spitzfindiges, was sie nicht einordnen kann, denkt Marianne, und: trotzdem gut, dass sie es angesprochen hat.
Und dann ist Birgit samt Polyestermantel aus der Tür hinaus, und Marianne sitzt alleine mit dem kalten Kaffee vorm Sofa.
Als Günther nach Hause kommt, sitzt sie immer noch da. Günther erzählt sie natürlich nichts davon, aber einen Kuss gibt sie ihm, einen langen, obwohl er sich heute nicht richtig rasiert hat vor lauter Aufregung. Schau, was ich mitgebracht hab, sagt Günther. Heute Abend setzen wir noch einen drauf. Und: Gerade wieder Mutlus Kollegen gesprochen, die Verabredung steht weiterhin, das wird eine große Truppe.
Sie lachen zusammen, wie früher, und Günther nimmt sich einen Keks zu viel. Aber das, denkt Marianne, ist heute schon okay so.

* * *

Ich weiß, sagt Aylin. Weiß ich doch.
Am anderen Ende nur Rauschen und Knacken. Vermutlich isst ihre Mutter gerade irgendwas, wenn sie tippen müsste: Popcorn. Ihre Mutter ist süchtig nach Mikrowellen-Popcorn. Aylin erinnert sich nicht, wann das angefangen hat, also eine Mikrowelle hatten sie auf jeden Fall schon immer, aber eines Tages gab es wohl das erste

Mikrowellen-Popcorn (Amerika-Woche bei Lidl?), und ab da aß die Mutter das Zeug dann fast jeden Tag. Beim Nähen, beim Fernsehgucken (ihre Mutter liebt MTV), mit den Freundinnen, die nach und nach auch alle süchtig wurden. Als ihre Eltern zurückgingen in das Kaff, aus dem die Urgroßmutter einst fortgezogen war beziehungsweise aus dem sie der schöne (so sagt man zumindest, sie kennt ja nur das Foto mit dem dicken Schnauzer), der schlaue Mohammed einst weggeheiratet hat, hatte die Mutter kurzzeitig damit aufgehört. Aber es dauerte nicht lange, und die neue, schönere Mikrowelle poppte wieder fröhlich vor sich hin.
Die alte Mikrowelle ist bei Aylin geblieben. Eins der wenigen Dinge, die sie damals nicht in Plastikfolie eingepackt hat. Achtzig Rollen aus dem Supermarkt hat sie verbraucht, hat sie alle um die Möbel der Eltern gerollt, bevor der Spediteur kam, der Freund des Vaters, mit dem er ein Umzugsunternehmen Antalya-Berlin aufmachen wollte. Hat aber keinen Finger gerührt beim Einpacken der Möbel. Die standen dann in der Wohnung herum wie riesige tote Insekten in ihren Kokons aus Spinnennetz. Dazu die leeren Wände. Im Gegensatz zu Menschen, die nackt irgendwie immer etwas Runderes haben, zeigt sich bei Wohnungen ihre ganze quadratische Gleichförmigkeit erst, wenn sie nackt sind. Alles eingewebt, alle Möbel weiß und durchsichtig vor weißen Wänden, dahinter in bunten Farben der Kotti.
Nur die alte Mikrowelle nicht, die stand allein vor den Küchenkacheln auf der ebenso übrig gebliebenen Anrichte. Ihr Abschiedsgeschenk.

Sie benutzt sie nie.
Kind, sag was, sagt die Mutter ins Poppen hinein. Immer müssen sie um diese Zeit telefonieren, einmal in der Woche, das ist fest. Da hilft es auch nicht, dass nebenan ein Penner schläft. Und dass die Leitung sich quasi zu Tode poppt.
Manchmal ist die Verbindung auch einfach nur so scheiße, ohne Popcorn. Keine Ahnung, wieso sie da immer so eine Wut verspürt, ganz unten im Bauch, sie lässt sie unten, klar, schluckt kalten Kaffee drüber, aber eigentlich kann ja ihre Mutter nichts dafür, dass die Verbindung so schlecht ist.
Ich hab gesehen: Demnächst gibt es wieder gute Flüge, sagt ihre Mutter. Sie sagt es natürlich auf Türkisch. Sie tut immer so, als hätte sie Deutsch verlernt. (Mutter: Wenn man erst mal wieder hier ist, dann vergisst man das alles ganz schnell, wirst schon sehen, wenn's bei dir auch mal so weit ist. Aylin: Ich bleib aber hier, Mama. Mutter: Ja ja. Aylin: Ich mein's so. Mutter: Weißt du – mit deinem Abschluss kannst du hier sofort eine Arbeit finden. Aylin: Ich hab aber noch gar keinen Abschluss, und ich habe auch hier Arbeit. Mutter: Sei nicht so stur, Kind! Aylin: Aber. Mutter: Nichts aber.)
Du könntest ja Mehmet mitbringen, sagt die Mutter, und Aylin nimmt einen Schluck kalten Kaffee.
Du weißt, was ich gesagt habe.
Rede nicht so, Aylin.
Ja ja.
Ich kann dich so schlecht verstehen!, sagt die Mutter und wirft noch etwas Popcorn in die Leitung.

Dein Vater möchte dich auch sprechen.
Ja ja.
Mehmet ist so ein lieber Junge, und hübsch ist er doch auch. Ein gut aussehender Mann. Und schon seit Jahren verliebt in dich, das weißt du. Beim letzten Mal war das ja kaum mit anzusehen.
Klingt fast so, als würde die Mutter in die Leitung kichern, dann wieder Popcorn.
Aylin geht zu ihrer Kaffeemaschine, drückt den Schalter.
Ich muss jetzt zur Arbeit.
Du arbeitest zu viel.
Ja. Stimmt.
Dein Vater will dich noch sprechen.
Anne, die Verbindung ist zu schlecht, sagt Aylin. Sie sagt es auf Türkisch. Manchmal hat sie das Gefühl, die Worte werden ihr zunehmend fremd. Als hätte ihr das jemand vorgesagt. Genau wie früher andersherum: Als sie in der Schule immer nachsprechen musste. Sag mal: Haus-auf-ga-ben, Aylin, ja, dreimal, du auch, Ümüt, sagte die Lehrerin mit den roten Lippen, an deren Namen sie sich nicht erinnert. Die Eltern hatten zu Hause viel Türkisch gesprochen. Einen Mix. Die Mutter hatte schon immer in die Türkei ziehen wollen. Jeden Sommer waren sie ins Dorf gefahren, schwimmen im Meer.
Eine Schande, sagt die Mutter.
Ausgerechnet das sagt sie auf Deutsch. Sie spricht akzentfrei, wie immer. Aylin weiß ganz genau, dass die ganzen Exdeutschen im Dorf heimlich Deutsch reden, manchmal, in ihre Erzählungen mischen sich die deutschen Satzbastarde. Nur ihr Vater ist da knallhart. Stellt sie sich so

vor. Nicht dass sie oft drüber nachdenkt. Aber manchmal ploppen da so Vorstellungen von ihren Eltern auf, in ihrem neuen Leben. Das ist dann so, als hätte man die Eltern ihrer Kindheit und Jugend irgendwie in ein Reiseprospekt gephotoshopt oder in die türkischen Soaps, die die Mutter zum Popcorn verschlingt. Ihre Eltern verstehen nicht, dass sie keine Zeit hat, keine Nerven, kein Geld auch, aber vor allem verdammt noch mal keine Zeit, um aus der Soap ein Reality-Ding zu machen. Und bitte, schon gar nicht mit Mehmet, den sie liebt, aber eben nicht so.

Ihre Mutter sagt immer: Komm doch her, dann siehst du, wie anders es hier ist, wie viel besser die Kultur, wie schön das Meer. Für Aylin ist das viel einfacher: Man kann das nicht vergleichen. Wieso soll sie es dann vergleichen?

Die Mutter redet, es geht um die Arbeit des Vaters, oder vielmehr die Nichtarbeit, die Arbeit der Nachbarn, die Arbeit der Cousinen. Was die Hühner so tun.

Als würde die Mutter das interessieren. Aylin mag die Hühner, aber die Mutter schimpft immer nur, dass sie so viel Dreck machen. Aber sie will jetzt auch nicht über die blöden Hühner nachdenken. Nebenan schläft ein gottverdammter Penner. Wenn man manche Gedanken auch in Klarsichtfolie von Lidl einpacken könnte, schön einzeln eingepackt und sortiert im quadratischen Hirn, da wäre einem echt geholfen.

Als Erstes wegpacken würden sie den Wichser nebenan. Nein, falsch, dieser ganze Mist mit Burak und den Drogen, den zuerst, ohne den gäb's ja auch den Penner nicht. Ohne den hätte sie nicht das Gefühl, sie müsste andauernd alles

hinbiegen, mit einer verdammt kleinen Zahnbürste ständig die Scheiße der anderen wegkratzen.
Aylin läuft in der Küche auf und ab, knibbelt an der angelaufenen Leuchtdiode der Kaffeemaschine herum.
Du hörst mir nicht zu, sagt die Mutter.
Entschuldige, sagt Aylin.
Ja ja, aber pass auf, sagt die Mutter, und weiter geht's.
Aylin versucht zuzuhören, einmal die Woche, das ist sie ihren Eltern schuldig, aber ihr Gehirn macht nicht so richtig mit. Immer wieder schaut sie auf die Wand, zur Tür. Wenn ihre Mutter wüsste, dass, nein, da denkt sie nicht dran, wenn ihre Eltern wüssten, was mit Burak passiert. Sofort zu sich holen würden sie den Jungen. Das würde Mutlu das Herz brechen. Aber andererseits, vielleicht wäre das nicht die schlechteste Idee. Und wie viel von Mutlus Herz übrig ist: sowieso fraglich.
Der Ofen, sagt ihre Mutter gerade, die Ofenuhr, meine Schnecken sind fertig. Ich muss dir das Rezept schicken, Aylin, du wirst es lieben.
Gerade als die Mutter das sagt und die Kaffeemaschine mit einem Rülpsen zukünftigen kalten Kaffee produziert, steht plötzlich Ario in der Tür. Aylin fällt fast das Handy aus der Hand.
Hast du eigentlich die Fotos gekriegt, die ich dir auf Whatsapp geschickt habe?, fragt die Mutter am anderen Ende, und an ihrem Keuchen hört man, dass sie auf dem Weg zum Ofen ist, die Veranda hinauf, vermutlich unter der warmen Sonne.
Ario steht in der Tür, einfach so.
Nein, schlimmer, aber das kriegt sie nur irgendwo hinten

im Kopf mit, dabei sieht sie das ganze Ausmaß ja sofort, aber trotzdem ist das so, als sei dieses entscheidende Stückchen quasi aus dem Bildrand gerückt, nach hinten in den Kopf, und deswegen hört sie noch in aller Klarheit, wie die Mutter sagt: Und mein Hefeteig ist jetzt perfekt. Und dann starrt sie auf Ario, den Splitterfasernackten. Er hat sich nicht einmal eine Unterhose angezogen. Merkwürdigerweise wirkt es kaum seltsam, dass er nackt ist, eher wie ein Zufall.

Und er sieht ja selbst auch aus wie zufällig da, wie er hier steht.

Mama, ich muss jetzt leider.

Unhöflich ist das, einen einfach im Satz zu unterbrechen, das sag ich dir immer wieder, meckert die Mutter.

Ich weiß, Mama. Es tut mir leid. Und ich bin kein Kind mehr, sagt Aylin, automatisch, spult ihr Mund ab, während Ario einfach weiter dasteht.

Danach macht ihr Gehirn kurz total Autopilot. Die Mutter sagt was, Aylin antwortet, das Gespräch scheint irgendwie beendet worden zu sein, irgendwas hat sie wohl gesagt, die Mutter legt auf, das obligatorische Knutschgeräusch fräst sich irgendwo ganz hinten auch noch mit in ihr Gehirn.

Was soll das?, sagt Aylin und wirft das Telefon auf die Anrichte, hinein in das knisternde Toastbrotplastik.

Ich hab nichts zum Anziehen, sagt Ario. Das T-Shirt, das du mir gegeben hast, finde ich nicht mehr. So willst du mich doch nicht sehen, so voller Blut, mein Engel.

Eigentlich müsste das gruselig sein, so mit der Nacktheit, aber irgendwie hat es so was Zufälliges, Unanstößiges, nur

traurig eigentlich. Seine Arme hängen, er steht da wie eine Stoffpuppe. Er ist dünn, trotzdem schön, na ja, wenn man auf abgefuckt steht.
Mir reicht's, sagt Aylin.
Und da zuckt es durch ihn durch, als würde er aufwachen. Er schaut sie an, und sein Blick ist plötzlich klar. Zumindest annähernd. Auch wenn er immer noch weiß ist, weiß sein ganzer Körper, selbst der Schwanz: weiß mit rotem Kopf. Und dann ist da natürlich der rote Fleck im Verband, wie ein Einschussloch.
Mir geht's wieder gut, sagt Ario, ich bin bereit.
Na, dann kannst du dich ja sofort verpissen, sagt Aylin, wunderbar!
Ich weiß alles. Ario tritt einen Schritt auf sie zu: Ich kann dir alles zeigen.
Die Wut ist fast nicht auszuhalten.
Sag mir nur eine Sache, die du weißt, na los!
Ihre Stimme ist zu laut. Aber sie hält diese Situation auch keine Sekunde länger aus. Sie mag nackte Männer, manchmal, aber das hier ist das Allerletzte.
Und trotzdem fühlt sie sich schäbig. Das kann sie gar nicht leiden. Er sieht einfach so dünn aus. Als wäre er aus Glas, aber total kaputt schon. An seinem Hals pocht der Puls.
Ich kenne ein Haus, sagt Ario. Seine Stimme klingt anders plötzlich.
Ich weiß, wo er wohnt.
Wer?
Der Dealer. Der dein Brüderchen. Ich zeig's dir.
Was soll sie da schon sagen? Kann sie ihm das abnehmen?

Natürlich nicht. Aber sein Gesicht ist schon irgendwie klar, seine Augen huschen nicht, glänzen nur leicht fiebrig. Da ist eine Kontur an ihm.
Du kannst mich hinbringen?
Ich bring dich überall hin.
Er kommt näher, streckt die Hand aus.
Dein Haar ist so schön.
Pfoten weg.
Deine Augen, wie kleine Käfer.
Sie schubst ihn leicht, er schwankt.
Zieh dir was an!
Seine Haut ist heiß.
Einmal noch lass ich's drauf ankommen, sagt sie, vielleicht wieder etwas zu laut, Ario zuckt. Hoffentlich hört Mutlu nichts. Aber als ob. Der in seiner Mutlu-Welt aus Grau und Ignoranz.
Einmal also. Hat ihr Mund wohl zuerst entschieden, ansonsten denkt sie ja eher, dass das hier die beschissenste Idee ihres Lebens ist. Oder zumindest irgendwo ziemlich groß in der ganzen Kette von Blödheit, die sie immer hinter sich herzieht, scheppernd wie die Dosen an einem Hochzeitswagen.
Er steht schon an der Tür, salutiert, ein nackter Soldat, wie traurig das ist.
Aye, aye.
Jetzt zieh dir schon was an. Wir gehen.

* * *

Schon krass, was man mit so ein bisschen Wackeln alles hinkriegt. Sieht aus, als wären sie weggerannt. Sieht aus, als wären sie mit Vollgas mit dem Ferrari über den Kottbusser Damm gerast. Sieht aus, als würden wirklich alle Chicks Kaan zujubeln. Sieht aus, als würde Kaan ihm einen astreinen Vortrag halten. Straßenkriminalität, hast du gar nicht nötig, Kleiner. Wir sind die Kings von Kreuzberg. Wir bestimmen hier sowieso. Wir haben hier Kreuzberg, the real thing.

Selbst das NKZ hat was auf dem Video. Dabei hat es doch geregnet. Das macht die Mucke, das macht der Beat. Bam bam bam. Krass. Krass krass krass.

Barış fällt zurück im Sofa, fällt gegen die weiche Lehne, sein Herz wummert.

Sein erstes Video mit Kaan.

Sollte sich eigentlich geil anfühlen. Tut's ja auch, schon irgendwie, dieses Wummern im Herzen, das Wummern der Klickzahl. Das schießt einem in die Birne. Aber irgendwie auch leer. Als wäre unter diesem Wummern irgendwas weg, irgendein Loch entstanden. Ein kleiner Zweifel, der sich durch den Herzschlag beißt.

* * *

Bevor dein Leben verkauft wird, musst du zuerst selbst etwas verkaufen.

Erste Regel überall: Auge um Auge, Zahn um Zahn, verstehst du, Kleines. Wenn du mir dumm kommst, dann. Was man dir alles beibringen muss! Wie ein Neugeborenes bist du. Erinnerst du dich überhaupt noch an früher? Dein Leben fing an, als ich dich gesehen habe. Gesehen habe ich zuerst deine Backen. So schöne runde Backen. Im Gesicht und unten. Aber trugst ja so unförmige Kleider.

Wie mir das gefallen hat. Dass kein anderer Mann. Hab dich zuerst gesehen, ha! Und da fing dein Leben an, was hast du geblüht unter meinen Händen. Aber meins auch, meine Kleine, mein Leben doch auch, einsam war ich vor dir, so, so einsam. Und jetzt willst du alles verkaufen, wie? Was ich dir so sorgsam, und was du dir selbst.

Alexandru hieß ihre erste Liebe. Segelohren, Erdbeerlippen, Spucke auf der Zunge. Hinter der Kirche küssten sie sich, das Gefühl vom Gemäuer in ihrem Rücken und die weichen Haare von Alexandru, sein Kopf so klein, kleiner als ihrer, seine Haut so weich, es kratzte an ihrem Rücken und zwischen den Beinen auch, und man hörte es summen überall, und dann fiel irgendwo eine Tür zu.

Stanca steht auf dem Kotti, und die Tür ist zugefallen, und Peer keift und wimmert, weiß, was kommt, das Vieh. Sie hat ja sonst nichts mehr, Jüngelchen kann sie nicht verkaufen, und Jüngelchen hat auch nichts mehr, alles hat sie durchsucht, seine Taschen drei-, zwei-, einmal umgedreht, die Kommode, da hat Heinrich ja früher, der wusste nicht, dass sie geguckt hat, da sind jetzt Jüngelchens Unterhosen drin, wild durcheinander, nicht falten kann das Kind. Da hat es ihr in den Fingern gejuckt, stand sie davor und hat geschaut, und die Unterhosen, graue und weiße und schwarze, alles durcheinander, aber nix nix nix. Alles hat sie dem Jüngelchen durchsucht, da hätte ja was sein können, schöne Scheine, so ein reiches Kind, so grün auch hinter den Ohren, ein Junge auch, wie Alexandru, so schöne Locken, so rote Lippen, aber nix. Und jetzt sieht sie klar, nicht wahr, mein Herz, wie wenn sich plötzlich die Wolken lichten.

So wie damals, als Heinrich in der Küche, nicht gekocht hat der, nein nein haha, nur die Mäusefallen inspiziert, und einen Moment dachte sie, seine Hand hinein da, zack, seinen Kopf hinein da. Was bist du mir schon wieder in die Falle gegangen, mein Sabinchen? Hab doch gesehen, wie du mich anschaust. Komm her, ich bin ein Mann, ich brauche mein Schäfer, mein Stündchen.
Alexandru hieß ihre erste Liebe, Finger unter ihrem Rock, Peer bellt, Peer keift. Es ist Nacht.
Wie willst du denn bei Nacht was verkaufen, wie hä? Erklär mir das mal? Wieso so stumm, mein Schatz?
Aber einer wird den Hund doch haben wollen! Wie's gekommen ist vom Herrgott droben im Himmel, Jesus Christus Maria, so kann's auch wieder zurückgehen, genommen werden, steht Stanca am Friedhof, stand sie da in ihrer schwarzen Bluse, und zur Beerdigung ist keiner gekommen, eine Cousine von Heinrich, die hat sie angesehen, hat sie angespuckt, hast ihn zu Tode mit deinem Rattengift, mit deinem mit deinem mit deinem, mit deinem strähnigen Goldhaar, du du du, hat sie gespuckt, die Wörter, und die Blicke und die Blumen aufs Grab, neben die Grabstelle, gab ja keinen Stein, gab nur ein Loch. Das Grab ist leer, auch heute, gibt keine Aufschrift, die Aufschrift ist in ihr drinnen, immer ist alles drinnen, und draußen ist Peer und der zieht, und Stanca fällt ein: Sie hat kein Zu-verkaufen-Schild gemalt.

* * *

Der Engel läuft neben ihm, stampft neben ihm die Straße, geregnet hat es nicht, der Asphalt spritzt ihr einfach so unter den Stiefeln davon. Sie hält nicht, hält nie, die Ampeln werden rot und grün ganz ohne sie. Er glaubt, nein, er weiß: Er liebt sie. Ario liebt Beton und grau und Aylin. Engel. Ha, ein Alphabet ist das! Ario und Aylin vorne an, danach Beton und Chaos und Dach (hat er gerade nicht) und Engel.

Wann hat er schon jemals so geliebt?

Liebe, so ein Wort, ein Krückstock von Wort, eine Prothese für alle Ungläubigen. Betest du auch artig, kleiner Ario? Was machst du denn abends unter der Bettdecke, wenn nicht beten? Was betest du denn an? Jetzt sprich mit mir. Es ist doch unhöflich, wenn du nicht antwortest.

Unter seinem Bett hatte er das Heft mit den Bibelversen. Unter seinem Bett hatte er die benutzten Socken.

Liebe, das ist, wenn der Schwanz pocht. Das Habenwollen und alles darunter, das Seinwollen.

Aylin geht, viel zu schnell. Jetzt komm, Pisser, singt sie.

Wir sind ja gleich da, meine Schöne, nur noch eine Straße, ganz bald.

Sie sind im Irgendwo, Britz, Bruno-Taut-Ring, ein Name. Die Bäume huschen ein Lied, der Himmel darüber ist schon dunkelblau, ist eine Dämmerung, die nach unten sinkt.

Der Engel wollte nicht neben ihm sitzen, als die U-Bahn ruckelte. Hat sich weggedreht. Es roch nach Kaffee. Sein Bauch brennt noch immer. Aber geht schon wieder. Jetzt ist er wieder klar, klar ist er klar.

Heute ist er aufgewacht im Paradies. Eine Badewanne von Paradies, wie geträumt war das, das schwarze Engelshaar,

wie es sich über ihn beugte, ihn streichelte. Der Schmerz stichelte, das Haar streichelte.
Dahinten, sagt Ario, Aylin geht schneller.
Das hat er selten, dass der Mund mal nicht sagt, was er will. Sein Mund, so trocken. Die Brust eng. Das Engelshaar weht im Wind, ihm ist kalt. Sein Schwanz pocht.
Sich selbst streicheln, dort in der Badewanne. Wie ein Traum, der schönste, warmes Wasser, heißes Blut, seine Haut so fremd.
Liebe machen. Sein erstes Mal, er: vielleicht sechzehn, nachts, eine Frau im Stripclub, oder so, eine Frau in einer Kneipe, die ihm in den Nacken fasste. Ihr dunkles Haar. Sie nahm ihn mit. Ihr Bett war weich. Sie stöhnte laut, sein Penis zuckte fremd.
Am nächsten Morgen saßen zwei Kinder in der Küche und aßen Brote mit Nusspli und schauten ihn an.
Ist es das?, fragt Aylin.
Das Haus, ach stimmt. Die Nummer.
Sieht aus wie am Kotti hier, nur einsam, nur traurig, nur ohne Herzschlag.
Du weißt ja, was passiert, wenn du dich irrst, sagt sie, beißt sie in seine Richtung.
Als ob er sich jemals nicht sicher wäre, sicher, er war noch nie sicher. In Sicherheit. Wenn die Nacht so schwarz, dann weiß er ja manchmal nicht, wo oben unten links rechts, aber alles andere: Wie Gott ihn schuf, weise und flink, und er weiß alles. Beste Info von Piotr außerdem, also Piotr im Gespräch, Piotr im Obdachlosencafé, ein Raunen, ein Pole in Britz, richtig guter Stoff ist da. Schlechte Prozente. Lieber nicht anlegen.

Man soll sich nicht anlegen, mein Herz, sagt Ario. Aber mit dem Herz anlegen: auch keine Chance. Das kriegt, was es will.
Die Tür ist blau gestrichen, alles sonst grau, nur dieser eine Farbklecks, wo es am wenigsten Arbeit macht. Die Namen stehen gerade untereinander. Ario lehnt sich gegen die raue Wand. Berlin ist hier eher wie woanders.
Ario mag es nicht. Ario will weg. Vielleicht doch keine so gute Idee, keine seiner besten zumindest. Man könnte es auch warm haben jetzt und gemütlich.
Aylin streicht sich die Haare zurecht. Hebt die Hand, drückt die Klingel.
Lass uns umkehren, sagt Ario. Ich zeig dir was anderes, was Schöneres.
Du musst ja nicht mit reinkommen, sagt Aylin.
Nein, irgendwie sagt seine Hand nein, irgendwie hält seine Hand ihren Arm.
Lass mich los.
Post, sagt sie in die Gegensprechanlage, es summt. Sie stehen im Treppenhaus. Der Geruch von Gulasch. Arios ganzer Körper kribbelt.
Den Namen hat er ihr schon gesagt, er musste ja, Engel können wütend sein, und sie, so funkelnd: Sag's mir, sag mir einen Namen, nur einen guten Grund.
Ihre Hand an der Tür, gleich am Holz, sie klopft, sie klingelt.
Lassen wir es. Komm schon, gehen wir!
Du kannst ja wegbleiben, sagt Aylin. Ich bin eine Frau, mir tun die nichts. Und außerdem, das ist mir scheißegal. Verstehst du?

Es ist still hinter der Tür. Arios Herz schweigt. Irgendwas ist da, irgendwas klingt da, sein Kopf rauscht, ach genau: seine Mutter. Sein Vater und seine Mutter, das Sofa, der Teppich zerknautscht. Geh weg, kleiner Ario, geh weg. Ich bin deine Mutter, ich kann das, ich mach das, als Frau, so ist das eben als.
Die Tür wird aufgerissen.
Dahinter steht ein Mann. Piotr?
Nein, breiter Stiernacken, aber kleine Augen, Schweineaugen, bebender Bart, breite Knochen, Tattoos auf weißer Haut. Sein Hemd, ein wifebeater.
Jetzt ist alles möglich. Ario kennt sich damit aus: der Moment, wenn es ein Loch gibt in der Zeit, im Raum, im Bauch.
Aylin geht einfach rein.
Aylin geht einfach weiter.
Mumm hat diese Frau. Ein Kriegsengel.
Du nicht, sagt der Pole oder Russe oder Deutsche oder wie auch immer. Ein Gesicht voller Kanten.
Bleib stehen, oder ich schneid dir.
Aber, aber. Piotr schickt mich.
Der Mann spuckt aus, genau an ihm vorbei, fast bis zur nächsten Tür. Da stehen gelbe Kindergummistiefel davor.
Starrt ihn an. So blaue Augen.
Der Mann tritt zurück, dahinter ist Licht, Aylin steht darin, die Hände in den Seiten, Engel und Kriegsengel, steht schon im Wohnzimmer, flauschiger Teppich.
Schuhe aus, sagt der Mann. Oder nein, sagt einfach, was ihr wollt, und verschwindet.

Im Wohnzimmer sitzen drei andere auf dem Sofa, Männchen, die den Raum stauchen.
Da ist Stille im Raum. Ario schaut in den Raum und sucht danach, sucht nach der Quelle, und wieso müffelt es hier so komisch.
An der Wand eine lächelnde Madonna.
Aylin schweigt, schweigt noch ein wenig länger, dreht dann plötzlich in ihrem Schweigen um. Packt Ario am Arm. Ihre Hand ist kalt.
Aber aber, sagt der Mann, nein, sagt ein anderer, sagen zwei andere, stehen plötzlich neben Aylin, bilden eine tanzende Kette: Aylin an ihm und die Männer an ihr.
Wenn schon mal so ein hübsches Mädchen. Du willst doch wohl nicht gleich gehen?
Sagt, was ihr wollt, aber ich warne dich, ein falsches Wort, und ich schneid dir, sagt der Mann, spricht hinein in Arios Gesicht.
Ja ja, sagt Ario in den Männeratem. Nur ruhig, mein Brauner.
Die anderen Männer versuchen, nach Aylins Atem zu schnappen, sein Herz, sein Engel, sein Engel tritt zu. Ario läuft los.
Aylin ist schon an der Tür.
Wir gehen!
Aber, mein Herz, du wolltest doch – die Adresse, beste Ware von Piotr, muss richtig hier sein.
Sei nicht bescheuert, sagt Aylin. Das bringt nix.
Sie reißt an der Tür, hinten Lachen, Lachen im Flur, Ario spürt eine Faust.
Sein Herz schreit.

Von einer eurer Ideen habe ich noch nicht erzählt, dabei war sie eigentlich die originellste: Im Jahr 2000 wolltet ihr neu machen, einen neu neu Neustart, der die Dealer fernhalten sollte, der das schlechte Image fernhalten sollte, eigentlich: der mich fernhalten sollte. Dabei kann ich ja nicht weg.
Aber welch brillante Lösung für dieses neue Jahrhundert, wo das mit dem Abriss ja leider nicht geklappt hatte: ein neuer Name und eine neue Treppe! Das Neue Kreuzberger Zentrum, das NKZ, ist tot – es lebe das Zentrum Kreuzberg! Der neue Name, so schreibt eure Zeitung, symbolisiert die geplante Aufwertung des Betonkolosses aus den siebziger Jahren. Und als Startschuss: die neue Stahltreppe, enthüllt in einer feierlichen Zeremonie. Eine richtig filigrane Konstruktion, habt ihr auch gesagt, habt ihr geschrieben, die soll jetzt ganz filigran, ganz fein auf die Galerie führen, nicht mehr diese zwei wuchtigen Betontreppen, pfui Teufel!
Jetzt wird alles besser!
Und NKZ klang ja eh so nach KZ. Ist euch 1970 natürlich nicht aufgefallen. Mit diesem Namen konnte man eben nur einen Misserfolg kassieren, dachtet ihr dann später.
Eure Erinnerungskultur: Leute machen Fotos von sich und Handstand auf Holocaust-Denkmälern oder setzen Gedenktafeln auf den Boden von Brunnen, in die Kinder pinkeln.
Den neuen Namen hat sich bis heute keiner gemerkt. Und eure

neue Stahltreppe, so filigran, viel hübscher als der wuchtige Beton ist bei Kälte eiskalt, ist schmutzig, ist voller Pisse und Bier.
So viel zu eurer Schönheitskur.
Wie kommt ihr eigentlich darauf, dass Schönheit und Gefahr Widersacher sind? Dass die Schönheit das Gute ist und das Böse immer schlägt?
Und dachtet ihr wirklich, ich mache mit bei eurem Umstyling?
Dachtet ihr, ich heule vor Glück beim Blick in die Pfützen, die meine Spiegel sind?
Ich scheiße auf eure Stahltreppe.
Und was seh ich da? Hui, sie ist ja locker.

Ein schwarzes Fenster ist die Nacht. Mutlu sitzt da und wartet. Es wird später dunkel jetzt, bleibt länger hell, aber am Ende dasselbe: schwarze Löcher in den Wänden. Man ist auf sich selbst zurückgeworfen, überall gespiegelt nur er, Barış und Burak am Küchentisch, Aylin ist nicht gekommen. Aber trotz der Dunkelheit ist da etwas. Er sieht es auch in den Augen der Jungs, ein glimmendes Licht vielleicht. Spiegelung der Küchenlampe. Er hat endlich die Birne ausgetauscht.
Günther kommt, Yussuf und Cemal sind auch gekommen. Vor dem Haus warten sie. Er sieht sie durch die Tür schon stehen, die Tür teilt ihre Gesichter, und da ist ein Schlagstock in Günthers Hand.
Das brauchen wir nicht, sagt Mutlu, während Günther die Funktionsjacke bis oben hin zuzieht (heiheihei, ist es heut wieder kalt!), den Schläger befühlt.
Ist doch gut. Nur für alle Fälle, sagt Yussuf.
Mutlu: Nichts für alle Fälle, so was ist gefährlich.
Yussuf: Mutlu, jetzt mach dir nicht ins Hemd.
Günther: Ja, genau, Mutlu, das ist doch nur für unsere Sicherheit, Menschenskind!
Mutlu schweigt, und Nieselregen fällt auf seinen Kopf, die Haare sind lichter geworden. Das ist ihm bisher gar nicht so aufgefallen. Hilal hätte gelacht. Das liegt am Testosteron. Du Testosteron-Bolzen, du.

Sie marschieren los.
Es hört zu regnen auf, man sieht keine Sterne, Yussuf und Cemal murmeln, raunen beim Vorangehen. Günther stapft schneller, tritt lauter, wenn sie türkisch reden.
Der Spielplatz ist verlassen, das Licht reicht nicht bis nach hinten, der Sandkasten ist ein schwarzer Graben. Keiner da.
Die haben schon mitgekriegt, dass wir auf Streife sind, sagt Günther.
Sie laufen eine große Runde, am Kotti stehen zwei Jungs in Osterhasenkostüm und versuchen, Koks zu verkaufen. Cemal redet laut und gestikuliert. Die Jungs lachen. Als sie den Schläger sehen, gehen sie.
Yussuf: Siehst du, Mutlu, war ne gute Idee von Günther. Und stimmt ja auch, oder? Nickt Mutlu, Mutlu nickt, es regnet etwas in seine Jacke hinein, Mutlu zieht den Schal enger. Sie gehen Çay und Rakı trinken. Es ist fast Mitternacht.
Heute passiert noch was, das spür ich, sagt Günther und schaut in seinen Rakı.
Mutlu schaut in seinen Çay, und auf einmal denkt er: stimmt. Irgendwas ist da, in den grellen Lichtern, in der Schwärze draußen. Cemal und Yussufs Stimmen sind laut: Ein Glück, dass mal was passiert, endlich tun wir was.
Sie trinken mehr Rakı, jetzt aber genug mit Pause, sagt Günther. Wenn was passieren soll, müssen wir auch was machen.
Komischer Typ, sagt Cemals Blick. Yussuf schlägt Günther auf die Schulter.

Es war so hell drinnen, dass man sich erst wieder an die Kotti-Lichter gewöhnen muss. Sie stehen auf der Balustrade, sie sehen plötzlich alles. Die ganze Welt, die Kotti-Welt, zu ihren Füßen. Schon wieder umgekippte Bierflaschen auf dem Bushaltestellenhäuschen. Und direkt unten, am Fuß der Treppe, eine große Gruppe.
Jetzt wird's ernst, sagt Yussuf, sagt Cemal, sagt Günther.
Sie marschieren im Gleichschritt. Unter der Treppe rumort es, unter der Treppe ist es laut. Ein Geschrei gibt es. Dazu ihre Schritte, bumm bumm bumm auf dem Stahl. Irgendwie schwankt alles ein wenig. Mutlu muss sich am Geländer festhalten.
Mutlu spürt etwas im Blut, spürt eine Hitze, die nicht aus der Luft kommt. Sein Herz klopft. Wann ist ihm das zuletzt aufgefallen? Klopft anders, als wenn immer das Telefon klingelt, wenn irgendein Amt, wenn irgendeine Schule.
Sie laufen direkt hinein in die Gruppe. Günther hält den Schläger, und Yussuf: hat plötzlich auch einen.

Ihr denkt, ich hätte keine Macht. Bin nur ein Haus. Wer handelt, ist Mensch. Wer bloß ist, ist menschengemacht. Wer menschengemacht ist, handelt nicht, hat keine Macht, denn Macht ist Mensch. Aber ich habe einen Atem in den Gängen, ich habe Wasser in den Adern, ich habe den Strom in der Hand, ich habe die Gewalt in den Steinen, ich habe das Dunkel im Haus, und ich habe das Licht in den Fenstern. Tief hinein reiche ich in den Boden, hoch hinauf in den Himmel. Der erste Zwangsverwalter war schnell verschwunden. Und erinnert ihr euch, als 2013 am Kotti der Festsaal abgebrannt ist?

Ist es nicht eigentlich verrückt, denkt Marianne, dass wir immer in Bildern träumen? Da hat sie heute Morgen lange drüber nachdenken müssen. Sie lag im Bett, war früh wach geworden, und da war so eine Ruhe in ihr, da ist ihr aufgefallen, was für eine sanfte Form das doch eigentlich ist, das Träumen in Bildern, aber auch, dass Erinnerungen ja genauso funktionieren. Je älter sie wird, desto mehr verschwimmen bestimmte Erinnerungen, und es bleiben eher so Standbilder übrig. Als wäre die Hochzeit jetzt nur noch das Hochzeitsfoto.

Aber auch all die anderen Bilder: die umgekippten Polizeiautos, damals auf dem Kotti (im Winter einundachtzig zum Beispiel – da war was los!), die eingeschlagenen Scheiben, Günther mit erhobener Faust, die Knüppel, die Wasserwerfer der Polizei, die Sitzblockaden.

Aber die Bilder bleiben nicht für sich, die entwickeln sich weiter, bestimmen, wenn man so will, was für Bilder man auch in der Zukunft sieht. Zum Beispiel vermischen die sich mit dem, was sie im Museum immer wieder vor sich hat. Das Bethanien etwa. Damit hatte sie damals nichts zu tun – eines der wenigen Dinge, bei denen sie beide mal nicht die Finger drin hatten! –, aber das hat sie so oft gesehen, ist beinahe, als hätte sie die Plakate selbst entworfen, hätte selbst dagesessen, mitgerührt im Kessel der Zeit.

Aber das Verrückte ist ja, denkt Marianne, dass das zwar so ist, aber zum ersten Mal hat sie das Gefühl, dass da auch mehr ist. Denn zum ersten Mal seit langer, langer Zeit sind da nicht nur Bilder. Zum ersten Mal hat sie das Gefühl: Die Zukunft, die ist direkt da, um gemalt, gebildet, gestaltet zu werden. Die ist keine Phantasterei, die ist nichts Vergangenes, keine verpasste Chance. Die ist da.

Nebenan rumpeln die Jungs. Ach je, die hat sie jetzt fast vergessen, hat nur vor sich hingeträumt. Dabei wollte sie ja eigentlich bloß rasch die Wäsche wegräumen, während die beiden drüben lümmeln. Heute sind sie auch ganz brav, die neuen Enkel, wie das klingt. Aber kommt ja auch nicht von ungefähr. Zur Familie Çelik hatten sie schon immer ein gutes Verhältnis, vor allem nach dem mit Hilal. Da hat sie sich gekümmert, musste schließlich einer, so als Nachbarn, waren ja auch süß, die kleinen Jungs, dabei ist das gar nicht so lange her. Süß sind sie nicht mehr, wie sie da vorhin wieder an ihr vorbei, kleine Rabauken, aber das wird schon, das wird schon.

Und Mutlu, der ist auch so ein Junge, ein großer, dieser Riese, hier, nimm doch die Mütze von Günther, hat sie vorhin zu ihm gesagt, als er da hinter den Jungs stand wie ein Geist. Es windet so sehr.

Mutlu, natürlich, wollte die Mütze nicht, die Jungs jagten schon ins Wohnzimmer. Und von dort jetzt: wieder ein Rumpeln.

Sie muss wohl rüber, denkt Marianne, lacht Marianne ein wenig in sich hinein, Schluss mit dem Träumen, bevor die Jungs ihr noch die Couchgarnitur zertrümmern.

Aber das mit den Bildern, das will sie sich behalten.

Und sie sieht es ja wirklich: ihr Günther und Mutlu und diese zwei anderen Türken, die jetzt auch dabei sind, vier starke Männer, sie sieht auch, wie es sein könnte, fast, als wäre es schon da. Manchmal braucht es eben nur einen kleinen Schubs von jemand Kräftigem. Einem, der keine Angst hat, mehr Mut hat als sie, oder na ja, so hart will sie auch nicht sein zu sich.
Ach, was sehnt sie sich nach dem Sommer.

* * *

Keiner will Peer. Alle lachen, wenn sie kommt. Es lachen die Münder, und Peer, der hat schon aufgehört zu bellen.
Mit Leine, sagt Stanca, die Leine obendrauf. Und eine Packung Hundefutter hab ich auch noch.
Verpiss dich, sagt der Typ. Ich brauch deinen Dreckskóter nicht.
Verpiss dich verpiss dich verpiss dich, Wörter, Sätze, die hat sie erst hier gelernt, ist das Deutsch, was ist das für eine Sprache, erst jetzt, erst nach Heinrich, verpiss dich, Heinrich, verpiss dich, Stanca, verpiss dich, Peer, du Fotze.
Stanca steht wieder auf dem Kotti, und der Wind reißt ihr Peer fast aus der Hand, aber was soll's, sie lässt die Leine los, Stanca steht und lässt los, und wenn das ginge, was würde sie da nicht alles loslassen, die Arme, oder die Beine.
Hinten: ein Gebrüll. Heinrich brüllt, wenn er wütend ist, erst gefährlich leise, dann ein Gebell, andere Leute schweigen, Heinrich brüllt, brüllt dem Küchenboden entgegen, grau wie der Kotti-Boden, Stanca steht da und sie hat ja kein Handy, kann ja niemanden anrufen, das Gebrüll, immer lauter, Heinrich Heinrich Heinrich. Du Fotze.

Erst denkt sie, jetzt ist es vorbei, Peer ist weg, aber Peer zittert in der Mitte des Kottis, sie sieht den zitternden Körper. Als zitterte der ganze Platz, im selben Rhythmus, Peer und Stanca, und das Geschrei wird immer lauter, bis es plötzlich abbricht.
Stanca sieht den Jungsvater von genau eins drüber, der Rhythmus bringt sie näher, Peer an ihrem Bein, da liegt wer am Boden, Stanca sieht einen Knüppel niedersausen, oder ist das ein Arm, oder ist das, es ist so still, so furchtbar still, dann wieder ein Schrei.
Wieso schreist du nicht auch mal, Sabinchen, wieso immer so ruhig? Brüllen konnte Heinrich, aber sie: nichts. Still war sie immer, wie eingefroren steht sie da, das Zittern nur innen.
Sie sieht viel zu viel. Die Stille ist jetzt.
Es fließt schon wieder Blut.

* * *

Das alles ist ihr schon mal passiert. Zumindest gefühlt. Zumindest ungefähr gefühlt. Da steht sie jetzt also mit dem Penner, dem Schlotternden, in der Straßenbeleuchtung, und genauso war das damals auch. Also so hat sie sich da auch gefühlt, diese Leere, die übrig bleibt, wenn die Angst langsam wegsackt. Als sie damals im Zug saßen, hinterher, nach der Sache am Bahnsteig, genau dieses Gefühl.
Als sie mit ihrer Mutter und Tante Hilal mit dem RE zum See wollte, da war noch alles gut, bisschen viele Mücken vielleicht, aber dann beim Rückweg, am Bahnsteig, dieser Irre beziehungsweise diese drei Irren, aber der eine war

wirklich irre. Die Spucke auf dem flirrenden schwarzen Bahnsteigboden, die erhobene Hand.
Aber da will sie jetzt nicht dran denken, nicht an das Geschrei, diese Angst, sie hasst Angst, sie war zu klein, um keine zu haben. Sie sieht es noch genau vor sich, Tante Hilals Gesicht im Zug danach, Tante Hilal, wie sie dasaß, stumm, wie immer. Tante Hilal hat ja eh immer geschwiegen, wenn's schwierig war, aber das hat sie erst später kapiert.
Ario packt sie an den Schultern. Alles gut, alles okay? Sag was, mein Engelhäschen.
Vermutlich hat sie vor sich hingestarrt.
Fuck, jetzt wird sie schon wie Tante Hilal. Den ganzen Schock in sich reinfressen.
Was sollte die Kacke? Wieso bringst du uns in so ein verficktes –
Sie bricht ab. Stimmt ja. Sie hat ihn schließlich quasi gezwungen, da mit ihr hin, ihre Schuld.
Wieso bist du weggelaufen? Du wolltest doch fragen, hast du doch gesagt, da waren doch die Männer, Polen oder wie auch immer, hättest doch, fragt Ario. Schweigt dann aber.
Und er nickt. Klar, vermutlich weiß er das auch, zumindest der klare Teil von ihm, dass man gar nicht erst zu diesen Männern gehen muss, wenn es doch ganz andere Leute sind, die das Sagen haben. Vor allem in diesem Fall. Sie ist ja nicht blöd, so viel weiß sie über die verfeindeten Gangs vom Kotti, oder wahrscheinlich nicht mal nur Kotti, von jedem Drecksloch von Berlin.
Ich gehe, sagt sie. Und tut es.

Er folgt ihr natürlich. Idiot.
Ihre Arme tun weh, wo der Mann sie gepackt hat. Ihr Kopf tut weh, wo er sie an die Wand gedrückt hat. Ihr Knie tut weh, wo sie es ihm mit voller Wucht in den Schritt gerammt hat, und daneben, an die Wand. Sie hat sich freigekämpft, gerade so, aber sie hat es geschafft.
Sie humpelt. Sie sind zu schnell gerannt, dabei ist ihnen ja eh keiner gefolgt. Das sind sie nicht wert, die Hübsche und der Penner, an der nächsten großen Straße waren sie sicher. Jetzt sind da schon die Stufen zum U-Bahnhof. Das Bein zu beugen tut weh. Aber immerhin ist da jetzt wieder was. Nicht nur Schock, nicht nur nichts, weil man mal wieder wegrennen musste.
Sie sind unten, träge rattert die U-Bahn ein, Aylin beschleunigt ihre Schritte, auch wenn das scheiße weh tut.
Ario packt sie fest.
Geh nicht!
Ario küsst so wie ein Raubvogel, der Fleisch aufpickt. Er verharrt vielleicht dreißig Zentimeter vor dem Gesicht, dann schnellt er nach vorne, trifft ihre Lippen wie zufällig genau in der Mitte, zieht und ist schon weg.
Mann, lass das, sagt Aylin.
Er wirkt fiebrig, genauso, wie sie sich fühlt.
Er packt sie, und seine Zunge blitzt hervor, rot zwischen seinen weißen Zähnen, was hat der Kerl eigentlich für weiße Zähne, wie kann das gehen, fragt sich Aylin, eine Sekunde nur, dann ist die Zunge schon im Mund.
Man kann sich verlieren in so einem Mund, trotz der ganzen Situation. Und für eine Sekunde erlaubt sie sich das

total Bekloppte: irgendeinen Typen zu küssen, zumal einen Verrückten, hier am letzten Ort der Stadt.
Er schmeckt bitter, er schmeckt nach Blut.
Es ist gut, wenn etwas da ist, das man festhalten kann.
Ein Kribbeln geht durch ihren ganzen Körper, wie Regen, von Kopf bis Fuß. Sogar die Neonlichter des U-Bahnhofs sind weg.
Aber es dauert wie immer nicht lange, dann ist da wieder nichts. Immer ist da nichts, wenn sie zu lange die Augen schließt. Dabei mag sie seine Zunge in sich, sie mag die Nässe, sie mag seinen Alkoholgeruch. Wieso mag sie das?
Er knallt nach hinten, als sie ihn schubst, er fällt natürlich direkt hin, wie extra, so richtig hingeworfen auf den vollgespuckten U-Bahn-Boden. Als ob.
Und sie springt in die U-Bahn. Gar nicht lange nachdenken. Nur weg. Was verdammt noch mal macht sie hier?
Wenigstens ein guter Abschluss: Die Türen gehen zu. Da hört man nicht, wie sie schnaufend ein- und ausatmet. Ihr Herz rast. Sie muss dringend Dampf ablassen, bevor sie hier noch irgendeine Dummheit macht, ihn zu sich nach Hause mitnehmen zum Beispiel, dann lieber schnell zu Mehmet. Oder ins Fitnessstudio. Irgendwas halt.
Ario springt von außen gegen die Scheibe. Penner. Seine Hand rutscht ab, die U-Bahn fährt.
Aylin wirft sich auf die nächste Sitzbank.
Kaugummikauend reckt die dick geschminkte Blondine gegenüber den Kopf, um Ario zuzuschauen, der neben der U-Bahn herrennt. Die Lippen rot vom Küssen. Fliegender Mantel im Wind der abfahrenden U-Bahn.
Die Blondine schmatzt, der Mund ein gähnender Schacht,

schaut von Aylin zum rennenden Ario, von Aylin zu Ario mit dem roten Kopf. Dann das Schwarz des U-Bahn-Tunnels.
Aylin schließt die Augen. Es rattert.

* * *

Mutlu kennt den Schock. Im Schock ist nur der Schock seine eigene Erinnerung, der Schock ist immer allein, nur sich selbst im Gepäck. Mutlu starrt geradeaus, starrt auf den Arm, der da liegt im Blut, und sieht doch gleichzeitig alles andere: Yussuf, der die Arme sinken lässt. Cemal, der das Gesicht sinken lässt, das Kinn zur Brust.
Ihr Idioten, schreit der Schlitz zwischen Kinn und Stirn. Günther klatscht sich eine Hand auf den Bauch. Blut auf seiner schwarzen Regenjacke, ein feuchter, farbloser Film. Der Schock sitzt Mutlu im heißen Nacken. Der Schock verändert nie sein Gesicht, auch wenn er einen anderen Körper hat: jetzt Blut, damals keins, Hilal in der Badewanne, kein Blut. Hilal, schläfst du, schläfst du, mein Schatz? Wach auf, die Jungs, sie müssen doch aus der Schule, wach auf.
Schock: Wenn man nicht weiß, was davor, was danach, was davor, was danach, was davor, was danach.
Danach.
Scheiße, sagt Yussuf.
Das war –, sagt Günther, stottert Günther. Oh mein Gott, das –
Sie schweigen.
Scheiße Scheiße Scheiße, sagt Cemal, noch immer der Schlitz.

Die Wut trifft Mutlu unvorbereitet. Die Wut lässt ihn nicht sprechen, sitzt ihm in der Kehle, Wut und Schock, der Würgegriff.
Mutlu kniet sich auf den Boden und kotzt. Es regnet. Es rauscht.

* * *

Und als sie ins Wohnzimmer kommt: Chaos. Was für ein Chaos. Hatte sie schon wieder ganz vergessen, wie das ist, mit Kindern, selber gehabt hat sie ja keine, sollte nicht sein, also hätte schon sein können, aber Günther, der wollte ja nicht, und sie, sie war damals nicht stark genug, hatte noch nicht die Weitsicht zu sagen: Du, ich will das aber. Wenn sie dran zurückdenkt: verschenkt. Hätte sie damals mal mehr auf sich gehört, also tiefer rein, aber gut, war schließlich auch eine schnelllebige Zeit, und dann war die Zeit ja auch irgendwie rum, und bringt auch nichts, sich da jetzt – wo sind denn nun eigentlich die Lümmel?
Aus der Küche das Pling der Mikrowelle – na klar, damit umgehen können sie. Vermutlich machen sie sich schon wieder Toast mit Käse und Schinken in dem Ding (sie meidet das Teil ja). Nitratvergiftung, am besten direkt gleich einen Apfel schnippeln, ist alles, was sie denkt, dann sieht sie die Haustür, die offene, und Barış, der mit blutendem Kopf an der Flurwand steht.
Mein Gott, Junge!
Marianne macht alles wie in Trance. Sie kann ja nicht so gut Blut sehen, auch nach all den Jahren nicht, am besten noch ihr eigenes, wenn man sich aus Versehen in den Finger schneidet oder so, aber das (schon wieder! Hat sie nicht

erst neulich den armen Jungen von Stanca verarzten müssen?!), ein Wunder, wie sie das alles automatisch macht, die Waschlappen aus dem Bad, den Verbandskasten. Der Junge macht keinen Mucks, als sie ihm vorsichtig das Gesicht wäscht. Das ganze Blut auf seiner Haut. Wie das aussieht: das Blut in seinen paar Barthaaren, der arme Wicht.
Was ist passiert?, fragt Marianne, der Schock ist ja so groß, das fragt sie viel zu spät, erst als sie den Verband schon um den Kopf wickelt, hoffentlich muss das nicht genäht werden, und dann denkt sie: das Chaos im Wohnzimmer, die offene Tür. Ach Gott. Ein Streit zwischen Raufbolden. Wo ist dein Bruder?
Barış zuckt die Schulter. Will nicht sprechen. Sie fragt immer wieder, fast will sie ihn schütteln, aber der ist stur, wie sein Vater, ein sturer Haufen, hilft ja nichts.
Aber sie ist jetzt wieder bei sich, das Blut ist weg, der Verband an seinem Kopf hält erst mal. In ihrer Obhut geht so schnell keiner verloren. Nein nein nein, sie hat zwar keine Kinder gehabt, aber das heißt ja nicht, dass sie nicht wüsste, wie man, durchgreifen, das muss man da.
Wir suchen deinen Bruder, sagt Marianne. Wir gehen jetzt sofort los und holen ihn.
Aber es kommt gar kein Widerspruch, der Junge nickt, steht schon vor der Tür, ohne Jacke, will schon los. Halt, mein Freund: die Jacke! Der Schal! In ihrer Obhut holt sich keiner den Tod.
Sie schweigen, bringt ja nichts, deswegen hören sie schon von weitem das Geschrei. Es braucht auch nicht viel, um das zu hören, es ist schon spät, da hallt es über den Platz,

sie hört Günther, ganz kurz zumindest glaubt sie, ihn zu hören.
Sie spürt sofort, dass was nicht stimmt. Ihr Körper spürt das, ihr Herz weiß das, rast das Wissen in seine Umlaufbahn. Die Angst ist plötzlich überall.
Wasn da los?, fragt der Junge.
Und dann sehen sie die Gruppe. Die Türken, die beiden von Mutlu, diskutieren, fuchteln. Günther steht da, hat eine Haltung im Körper, da kraucht es ihr sofort selbst kalt den Rücken hinunter. Diese Starrheit. Wenn die anderen nicht in Bewegung wären, dieses Rumgefuchtel, man könnte meinen, alles sei eingefroren.
Marianne läuft schneller, rennt fast.
Günther schreckt auf, als sie kommt, alle zucken sie zusammen, treten einen Schritt zurück, im Halbkreis fast synchron von dem Bündel, das da liegt. Erst denkt Marianne: ein schlafender Junkie. Dann sieht sie die dunkle Masse, die Pfütze, rot, fast schwarz im schwachen Licht.
Alles scheint zu wanken, sogar diese blöde Stahltreppe.
Was ist das?
Unnötig zu fragen, aber der Schock lässt ihr die Wörter aus dem Mund purzeln.
Wir wollten das nicht, sagt Günther. Also. Aber der hat so um sich –
Marianne nickt, nimmt seine Hand. Da ist er wieder, der Automatismus. Sie sieht nur: Alle sind blass, alle zittern, und am Boden liegt ein Schläger, auf dem Blut klebt. Sie sieht alles, und obwohl sie nichts versteht, also nicht wirklich, aber man muss ja nur eins und eins zusammenzählen, Schläger und Haufen, Nacht und Blut, weiß sie

sofort, was zu tun ist. Die Angst ist weg, so plötzlich, wie sie gekommen ist, also nicht ganz weg, sie hat jetzt eben umgeschaltet. Der Automatismus übernimmt alles, ist wie eine Maske mit Scheuklappen.

Mitkommen, schnell.

Wie eine Herde trotten sie ihr nach. Marianne geht viel schneller als sonst. Ihre Beine fühlen sich an wie heiße Metallstäbe.

Wir gehen jetzt alle nach Hause, sagt Marianne vor der Haustür. Wir reden morgen.

Erst mal muss das verdaut werden, der Schock.

Und dann erst merkt sie, dass sie nicht alles gemerkt hat, dass der Schock fehlbar ist. Dass die Maske manches nicht durchlässt. Denn da stehen sie zwar, die müden Männer als Herde, alle zittern, ob vor Wut oder sonst was, und hören ihr artig zu, aber der Junge fehlt.

Sie hat nicht gemerkt, wie der Junge weg ist, der andere auch noch. Beide Jungs sind weg.

* * *

Barış trottet durch die Nacht. Wobei man sagen muss: ist eher ein Trommeln. Die kleine Pissnelke von Burak hat ihm ganz schön eins übergebraten. Das wummert bei jedem Schritt. Aber er ist nicht mehr wütend, das ist bei ihm immer schnell vorbei, das Hochkochen. Der Kleine muss sich halt abreagieren, ist vermutlich so in diesem Alter, wobei er sich natürlich kaum erinnert, kommt ihm schon ziemlich lange her vor, dass er selbst so alt war, so einen Durchblick, wie er jetzt hat. Also schön, denkt er, holt er die kleine Ratte eben wieder zurück. Wollte ja nicht auf ihn hören. Hat rumgeheult wegen des Videos. Ist immer noch online, klar ist es das, ist doch egal, was baba sagt, die Klicks schmeißt er doch nicht weg! Und er dachte ja auch eigentlich, Burak könnte das ab, Selbstkritik und so, und das bisschen, was man da von ihm sieht, ist auch echt nicht der Rede wert. Wenn er gewusst hätte, dass der Kleine austickt, hätt er ihm das nicht in voller Länge gezeigt. Er dachte ja auch, Burak hätte das längst gesehen, konnte er doch nicht wissen, dass der das alles noch gar nicht gecheckt hat. Und ist doch eh egal, das Video, hat er dann auch gesagt, jetzt, wo er mit Kaan. Und dann: zack bam, ganz schön guten Haken hat der drauf mittlerweile.

Aber jetzt so allein durch die Nacht, damit der wieder irgendeinen Scheiß, nee nee, das kann Barış nicht zulassen, er hat ja Verantwortungsdings, also Bewusstsein. Und die nervige Alte ist jetzt zum Glück auch weg.

Ne Ewigkeit humpelt er so vor sich hin, und das Gefühl, sein Hirn spritzt gleich aus ihm raus, aus der Nase oder iiih Augen, wird auch nicht gerade weniger. Eigentlich könnte er schon umdrehen. Ist ja nur so ein Gefühl, dass sich der Pisswurm am Wassertorplatz rumtreibt, reine Ausschlusslogik. O-Platz: zu voll um diese Zeit noch, Moritzplatz: lame, Wassertorplatz: da ist keine Sau. Wenn man irgendwo in Ruhe flennen kann, dann vermutlich dort.

Da ist man komplett allein, also bis auf die Alkis auf den Bänken, aber das kann ja auch beruhigend sein, so ein bisschen Alkoholfahne und lauter Atem, aber keiner, der einem reinratzt. Zugegeben, da spricht er aus Erfahrung.

Helle Kreise malt das Licht. Seine Füße sind kalt, aber ha! Er hört Buraks Stimme. Moment, quatscht der jetzt etwa mit sich selbst?! Mann, wie blöd, dass er seine Kamera nicht dabeihat. Andererseits, die schwarzblaue Dunkelheit hier ist eh so dick wie Stoff. Und er kann ja zur Not sein Handy nehmen. Falls er was sieht.
Barış kneift die Augen zusammen. Dann erkennt er hinten doch was. Eine Bewegung, Burak klingt, als würde er flennen.
Barış duckt sich hinter einen Busch. Sieht bestimmt dumm aus von der Skalitzer aus, aber egal. Die, die jetzt noch unterwegs sind, sind eh Opfer.
Durch den Busch sieht er Burak als kleines Etwas im Dunkeln, daneben wer Großes, großer Schatten zumindest, kann aber auch ein Phantom sein, also dass seine Augen mal wieder abkacken. Aber Brille geht echt gar nicht.
Der Busch pikst, und fast wär er auf einen angebissenen Jaffa-Cake draufgetreten.
Er beugt sich vor, kneift wieder die Augen zusammen. Dann hört er ein Fluchen, das aus dem schwarzen Riesenloch neben Burak herauskommt, Optik ja eher alles so Schwarzblau, aber da, er sieht den Riesen, der Burak packt, ihn festhält. Dazu eine Stimme. Klingt wie Kaan.
Jetzt hat ihm der Wichser echt sein Hirn, nein, der Schatten tritt ins Licht und hat plötzlich Kaans Gelfrisur.
Da fällt er vor Schreck fast um. Der Busch raschelt.
Vorne brüllt Kaan. Vorne schüttelt Kaan seinen Bruder.
Was soll das?
Fast wäre Barış aufgesprungen. Hinein in den Schatten. Wer sich mit seinem Bruder anlegt, legt sich mit ihm an.

Wenn jemand seinem Bruder eine, dann er. Vor Wut zittert der Busch.
Die beiden immer noch im Licht: Er sieht genau, was Kaan Burak da in die Jackentasche stopft, ihn schüttelt, ihn wieder hineinzerrt schließlich in das dunkle Nichts hinter den Lichtkegeln.
Die beiden Schatten beugen sich zusammen. Der eine Schatten beugt den anderen fast runter bis auf den Boden.
Scheiße, Mann!
Er muss diese Erstarrung abschütteln. Als wäre er in Slow Motion, so fühlt er sich. Sein Herz rast. Er muss was machen! Er muss was machen!
Barış tastet nach seinem Handy. Seine Hände zittern, es fällt ihm fast in den Busch.
Als er aufschaut, nur noch Dunkelheit. Die beiden Schatten sind verschwunden.
Scheiße!
Burak!
Barış springt auf.
Burak!
Seine Stimme, so ein jämmerliches Pupsen in der Dunkelheit.
Und da steht er plötzlich wieder, Burak, mitten auf dem Platz im Schein der Lampe. Das Gesicht verschmiert. Steht da alleine, schaut ihn an. Er ist so klein. Kein Busch kann Barış aufhalten.

* * *

Aylins Kopf ist noch immer leer. Dabei hat sie es wirklich versucht. Sie ist sogar in eine gottverdammte Bar

gegangen, hat sich Nummern auf den Arm und auf Bierdeckel schreiben lassen. Hat Alkohol gekippt, um den Geschmack von Ario loszuwerden und die Angst.
Zu Mehmet ist sie doch nicht, der soll sich nichts einbilden, und am Ende erzählt er es aus Versehen ihren Eltern, und dann muss sie sich wieder das Mehmet-ist-so-verliebt-warum-gibst-du-ihm-keine-Chance-Blablabla anhören.
Diese Wut.
Die Wut ist das Einzige in der Leere, das bleibt. Wut ist eine schlechte Füllmasse, porös wie die Zahnfüllungen, die bei ihr immer rausbrechen. Vermutlich, weil sie so viel mit den Zähnen knirscht, weil verdammt noch mal alles zum Zähneknirschen ist in dieser Stadt, am Kotti, der genau wie bei Wut oben voll ist mit Beton und Farben, und unten ist nur ätzende Scheiße oder nichts. Ein Nichts!
Die letzte Station ab Prinzenstraße läuft sie, Aylin zerfleischt den Asphalt mit ihren Hacken. Die U 1 ist besonders um diese Zeit voller besoffener Idioten, das Letzte, was sie jetzt braucht. Sie könnte mal ein Theaterstück schreiben oder so, Hipsterdialoge.
Heute:
Hipster 1 (Touristenführer): Gleich, ich sag's euch, kommt das Kottbusser Tor, Kotti, wisst ihr, was ich vorhin schon meinte. Hier hat dieser Amri, äh, ihr wisst schon, dieser.
Hipster 2 (Provinzbratze): Ja ja. Ich weiß schon dieser äääääh, also ja ja.
Hipster 1: Dieser Amri, der war hier in so ner Moschee, die gibt's hier, so eine IS-nahe Moschee, wo so krass Hasspredigen gehalten werden. Jeder weiß das, aber man kann nichts nachweisen.

Hipster 2: Echt, boah?
Hipster 1: Und der Amri hat hier immer rumgehangen und so.
Hipster 1 (streicht sich durch die Haare): Ist echt ne harte Gegend. Aber haben wir jetzt keine Zeit zu, sonst wären wir mal ausgestiegen.
Hipster 2: Äh haha.
Hipster 1: Gibt auch coole Bars hier. Echt! Voll geile Locations. Bin oft hier.
Hipster 2: Geil.
Szenen-Ende: Aylin steigt aus und haut den beiden dabei ihre Jacke um die Ohren.
Und dann, am Ausgang, gleich Dialog Nummer zwei, mit anderen Hipstern aber.
Hipster 1: Entschuldigung, weißt du, wo's hier zur Orientstraße geht?
Aylin: Orientwas?
Hipster 1: Orientstraße!
Hipster 2: Ja, da wo halt in der Gegend hier so die ganzen Cafés und Bars und so sind.
Aylin: Oh Mann. Oranienstraße, ihr Idioten.

Aber so ist das mit der Wut, die wächst immer nach, die kann nie abgeschüttelt werden oder abgewatscht.
Und jetzt ist sie gleich schon da, und den Weg ist sie fast geflogen vor Wut, aber wer hätte das gedacht: Die Kotti-Luft hilft ja doch ein bisschen. Links und rechts schwarz, vor allem beim Wassertorplatz, aber vorne: Lichter. Lichter der Heimat und so.
Sie spürt Arios Kuss noch immer auf den Lippen.

Sie läuft schneller, übersieht fast Barış und Burak, die bei den Büschen stehen wie Kinder, die von den Eltern einkaufen geschickt wurden und jetzt nicht mehr wissen, was sie holen sollten. Sie ist fast da, da packt Barış Burak und schüttelt ihn. Burak schubst ihn zurück.
Was ist denn hier los?
Die beiden gucken auf, wie verschreckt. Es ist dunkel, das Licht geistert nur schwach auf ihren Gesichtern.
Barış, was soll der Scheiß?
Aylin zeigt auf Buraks Gesicht. Blut klebt ihm da an der Wange, an der Nase, schon trocken zwar, aber trotzdem.
Burak schaut auf den Boden.
Ich war das nicht, echt nicht, sagt Barış. Das war –
Barış schweigt.
Burak schweigt auch.
Ein oder zwei Autos rauschen vorbei.
Aylin zieht Burak ins Licht, dreht sein Gesicht hin und her.
Ich fass es nicht, dass ihr euch nachts rausschleicht, um euch zu prügeln. Warum, Barış? Mein Gott, dein Bruder ist elf! Dann bleibt wenigstens zu Hause, wenn ihr euch schon aufführen müsst wie kleine Assi-Kinder.
Sie ist so wütend, beinahe hätte sie Barış eine gescheuert. Aber jetzt, wo sie sein Gesicht sieht, ist alles anders. Verstört sieht er aus, genau wie Burak, die Augen sind große runde Murmeln, sein Jungsflaum zittert. Er hat einen Verband um den Kopf.
Ich wollte nur kurz raus, sagt Burak. Ehrlich, Aylin, nichts passiert. Bin hingefallen.
Eine Träne hängt ihm in den Wimpern. Der Kleine.

Ihre Wut verpufft, eine bodenlose Erschöpfung ist stattdessen da, so tief wie das Schwarz.
Kommt mit.
Sie schleift die beiden bis zum Kotti, bis zu den Lichtern. Barış und Burak sind kalkweiß, sehen aus wie Zwillinge in diesem Licht, nur Barış fehlt das Blut an der Wange, dafür mit diesem komischen Verband. Mit dem Ärmel wischt Aylin Burak das Zeug aus dem Gesicht. Er schnieft.
Nie wieder will ich dich nachts draußen rumlaufen sehen, sagt Aylin. Hörst du, Burak? Hörst du mich, du kleine Kröte?
Sie muss ihn so lange schütteln, bis sein Kopf nicht mehr hin- und herschlackert im Schütteln, sondern von alleine nickt.
Und du? Wieso hast du ihn nicht gleich nach Hause gebracht, wieso, Barış?
Wollte ich doch, sagt Barış, ehrlich! Presst dann die Lippen mit dem Jungsflaum zusammen, blinzelt in Buraks Schniefen hinein.
Die beiden sind so klein. Was soll sie tun, was?
Ich bin doch nicht eure Mutter!
Aylin dreht sich weg, zu viel, alles zu viel.
Wir reden morgen weiter.
Sie schleift die beiden bis zur Tür, durch die Nacht, durch die Dealer, durch die Partymeute. Sie würde sie gerne zur Vernunft schleifen, zum Erwachsensein, zum Schlausein.
Der Hausflur ist kalt und leer. Es riecht ein bisschen nach Rotkohl.
Burak und Barış stehen schweigend vor der Wohnungs-

tür, bis sie den Schlüssel findet, bis sie den Schlüssel ins Schloss rammt. Es knackt.

Gute Nacht, sagt Aylin.

Die beiden schauen sie nur an die ganze Zeit, stumm, Barış mit der Kordel seines Pullis im Mund. Warten und zappeln dabei doch wie kleine Lämmchen.

Liebe Mieterinnen und Mieter,

hiermit möchten wir Sie darüber informieren, dass der Gebäudekomplex »Zentrum Kreuzberg« ab voraussichtlich 1.6. an einen neuen Eigentümer übergehen wird. Gesonderte Informationen über mögliche Änderungen (diese betreffen insbesondere die Wohneinheiten des 1. und 2. Stockes) werden Ihnen baldmöglichst zur Verfügung gestellt. Wenden Sie sich bei Fragen gerne an die Hausverwaltung.

Mit freundlichen Grüßen
i. A. Kassler
Hausverwaltung Zentrum Kreuzberg

TRAUM

Mutlu schläft unruhig, aber er träumt. Er träumt, dass der Platz ein Herz hat, rhythmisch hebt und senkt sich die Haut des Platzes, der Asphalt, über seiner Brust. Die Jungs sind kleine Tiere.
Mutlu wacht auf, und das erste Mal ist da Angst, die nicht nur nach Hilal riecht und schmeckt und Hilals Gesicht trägt.
Draußen ist es noch immer dunkel. Mutlu schaltet die Deckenlampe an und starrt in das Gelbe. Das Laken unter ihm hat einen feuchten Fleck.

* * *

Stanca ist im Traum ein Haus. Ihre Fensterläden stehen alle offen, ihre Tür ist eingetreten. Es ist nichts mehr drin, was man in Sicherheit bringen müsste. Sie wartet nur noch auf den Abriss. Sei still, mein Herz, und warte. Aber es kommt keiner. Das Blut fließt durch die offenen Türen, kleine Rinnsale, sammelt sich in den Fluren, die Fußleisten als Uferränder. Ein Herz kann auch von innen abreißen, wie bei Heinrich. Heinrich Heinrich Heinrich. Alexandru hieß ihre erste Liebe. Stanca wartet vergeblich.

* * *

Barış träumt: von dem Game, das er noch mit Mario gespielt hat, aber Kaan ist alle Figuren, an jeder Ecke, jeder

Spieler ist Kaan, und alle sehen anders aus. Barış wacht auf und macht sein Morgenprogramm wie im Fieber.

* * *

Marianne träumt viel, alles durcheinander, von Vogelschwärmen zum Beispiel, einmal vom Supermarkt. Und von Günther, der im Traum gar nicht aussieht wie Günther, merkwürdig ist das ja bei Träumen: Man sieht ganz klar ein Bild, aber weiß, dass es ein ganz klares anderes Bild ist. So hat sie sich noch nie gefühlt, so beklommen.

* * *

Schlaf und Wachen sind für Ario dasselbe. Die Nacht ist kalt. Manchmal glaubt er, seine Mutter zu sehen, ihr schwarzes Haar, das man ihr abschnitt, weil sie fliehen wollte vor der heiligen Madonna, mit Ario, dem Bündel Ario, oder ohne. Die Tauben um Ario schlafen und gurren gleichzeitig.

* * *

Aylin sitzt auf dem Sofa und kann nicht schlafen. Sie hasst ihren Körper, der jetzt den Schock nachholt, der Schock schwitzt sich aus. Aylin schrubbt die Badewanne, putzt die Küche. Ihre Hände sind schrumpelig, und bringen tut es nichts.
Der Morgen kommt mit ein paar Vögeln.

Ich träume vom Ende.

Samstag

»Niemand bezweifelt heute, dass Bauten wie das Zentrum Kreuzberg Modell stehen für das totale Scheitern der in den Siebzigern praktizierten Kahlschlagsanierung. In den fast drei Jahrzehnten nach seiner Fertigstellung war man unablässig – und meist vergeblich – bemüht, die städtebaulichen und sozialen Folgeschäden einigermaßen unter Kontrolle zu halten. Vieles blieb irreparabel. Angesichts einer derart vernichtenden Bilanz wundert man sich fast, wie viel Normalität das Zentrum Kreuzberg trotz allem beherbergt.«

Die Zeit, 3.7.2003

Mutlu zittert. Die Dämmerung hat sich auf ihn gelegt und neben ihn auf das Sofa. Da ist nichts in ihm, und doch immer wieder die Bilder von gestern: das Blut, immer wieder das Blut. Und Yussuf und Cemal. Günther mit zitternden Händen. Der Schlagstock. Blut. Yussuf, der an seinem Bart kratzt, Cemal, der blass ist. Blut. Viel röter als alles, was man sich vorstellen kann.
Dazu dann die anderen Bilder, sie haben noch gar nicht stattgefunden, aber in diesem Morgenlicht wartet er auf sie. Die Polizei, die das Wohnzimmer stürmt. Barış und Burak in ihren Schlafanzügen, die an der Tür stehen, sich an die Tür klammern, mit großen Augen, ausdruckslosen Gesichtern, die Handschellen so kalt. Barış und Burak hinter der zufallenden Tür. Er sitzt im Gefängnis. Er sitzt im Gerichtssaal. Günther, Cemal und Yussuf streiten alles ab. Das Blut. Mutlu kriegt den Mund nicht auf, nie kriegt er den Mund auf. Das war schon immer so, in jedem Streit, alles nur in ihm drin, was rauskommt, ist Zittern, sind schnelle Schritte, sind Körperteile, die zucken, die treffen, aber aus dem Mund: nichts, keine Stimme.
Mutlu in Handschellen.
Mutlu allein, die Jungs sind erwachsen, haben Kinder. Er sieht sie durch eine Glasscheibe.
Aus seinem Mund ein merkwürdiger Laut.
Baba, ist alles okay?

Burak steht in der Tür, die kurzen Haare, wie Igelfell, die großen Augen. Nie hat er so klein ausgesehen.
Sie schauen sich an durch den Raum. Es ist kalt. Sie schweigen. Burak schaut immer größer, immer kleiner wird er dabei.
Es ist alles okay, sagt Mutlu.
Burak nickt, in seinem Gesicht ein heller Streifen.
Mutlu schaut genauer hin.
Warum hast du ein Pflaster im Gesicht?
Burak guckt auf den Boden, schon wieder guckt er auf den Boden.
Bin hingefallen, sagt Burak. Ich geh dann mal. Kurz darauf schleicht sich Barış durch den Raum.
Die Tür fällt, einmal, zweimal.
Das Schweigen ist eines, in dem die Bilder sich noch weiter ausdehnen können. Mutlu hört die Sirenen, sieht die Sirenen, dann: ein Klopfen. Das ist echt, ein Wummern an der Tür. In seinem Herzen.
Mutlu denkt: Ich hab den Jungs nicht Tschüss gesagt. Hilal, steh mir bei.
Das Sofa bebt schon wieder, der Raum dreht sich, der Raum klopft auf ihn ein.
Mutlu steht neben der Tür, streckt die Hand danach aus. Die Klingel schrillt ihm in den Ohren. Er zögert.
Auch Hilal hat nicht Tschüss gesagt. Ist einfach gegangen.

* * *

Und da steht er also zum zweiten Mal vor der Shishabar. Wie in so nem blöden Déjà-vu oder so was. Wo auf jeden Fall immer wieder dasselbe passiert, oder man denkt zumindest, dass dasselbe passiert, und vermutlich ist das noch viel schlimmer, als wenn tatsächlich dasselbe passiert. Die Rollos wurden gerade erst hochgezogen, er ist zu früh. Aber am Kotti war viel los heute, und er hatte keinen Bock auf Bullen. Vorm Haus war alles voll, auch Feuerwehr, zumindest blaues Geblinke überall, dabei war's ja gerade erst hell geworden. Da ist er hintenrum.

Müde ist er nicht, wie auch bei dem ganzen Scheiß. Was er gestern gesehen hat, das geht ihm nicht aus dem Kopf, das dreht sich. Burak und Kaan, Kaan und Burak. Kaan, der Burak Drogen in die Jackentasche steckt. Sind natürlich nicht mehr drin, hat er gestern Abend gleich als Erstes gecheckt. Der kleine Pisser versteht sein Handwerk. Also wenn man das so nennen kann.

Hätte er nur nicht die Nerven verloren gestern. Nur ein paar Minuten länger, dann hätte er nen Handy-Beweis haben können. Klar, er findet Kaan toll, aber Blut: eben doch dicker als Wasser. Ist ihm ja sonst im Prinzip egal, was Kaan macht. Bei seinem Würmchen von Bruder, da ist Schluss.

Barış wischt sich die nassen Hände an der Hose ab, auch das ein Déjà-Dings, geht voran, sein Schritt ist fester, als er sich fühlt.

Er klopft nicht, er geht einfach rein.

Dieser Krallen-Barkeeper ist wieder da, schüttelt den Kopf, als er ihn sieht, als hätte Barış ihm eine Frage gestellt. Nee, Junge, sagt er dann auch noch.

Wo ist Kaan?

Nicht da.

Wo ist Kaan?

Ich hab dir doch neulich schon gesagt, verzieh dich, Junge.
Ich will ne Cola.
Wie er das gesagt hat, so lässig, das klingt gar nicht nach ihm, aber umso besser. Kralle und er starren sich an. Der Kralle zittert der Schnurrbart. Fast knickt Barış ein unter diesem Blick. Dann holt Kralle unter dem Tisch eine Cola hervor, knallt sie auf den Tresen, ohne ihn aus den Augen zu lassen.
Drei Euro.
Hab kein Geld dabei.
Oh Mann. Kralle klatscht sich die Hände an den Kopf, Barış greift nach der Cola. Etwas staubig der Flaschenhals.
Hinter ihm geht die Tür, lachend stolpert Kaan hinein, im Schlepptau drei Schränke oder vier, die stehen alle so eng beieinander, passen kaum durch die Tür, und sehen alle gleich aus, so dass man gar nicht weiß, wo Schrank eins aufhört und zwei anfängt.
Kaan sieht ihn, nickt, als wär das ja eh klar, dass er hier ist.
Barış will sich umdrehen, zu der Gruppe gehen, aber Kralle hält ihn am Arm fest.
Drei Euro, oder mach, dass du hier wegkommst.
Lass mal, Sebo, der Kleine gehört zu mir.
Kaan wirkt müde heute, aber irgendwie zufrieden. Ein Glimmen in seinen Augen. Wie bei so nem Superschurken, denkt Barış. Ziemlich cool.
Ist immer noch mein Laden, sagt Kralle.
Ja ja, komm, Mann.
Kaan klopft neben sich auf das Leder.

Na los, Kleiner. Was gibt's?
Ja, was eigentlich?
Darüber hat Barış jetzt so direkt auch noch nicht nachgedacht, also natürlich, die ganze Zeit, aber nicht, was genau er Kaan sagen soll. Wütend ist er auf Kaan und irgendwie beeindruckt. Aber so ganz konkret? Der soll halt seinen Bruder in Ruhe lassen, das eigentlich. Also sagt Barış das auch, und an den Gesichtern der Schränke und dem von Kaan sieht er, wie bekloppt er sich anstellt.
Ich kenn deinen Bruder nicht, sagt Kaan.
Doch, der Kleine, gestern am –
Mist, denkt Barış, jetzt hält der mich voll für nen Spanner. Oder Stalker oder wie man das nennt. Und für ne Memme, weil er nicht gestern gleich – Was soll's.
Also ich hab euch gesehen, sagt er. Die Tage.
Er lehnt sich zurück, versucht es auch so lässig. Das Leder quietscht.
Burak heißt der. Der dealt und so. Aber der ist erst elf.
Ja ja, ich versteh schon. Keine Sorge, Mann, mit dem hab ich nichts zu tun.
Nicht?
Nee, dealen, das ist nur noch ein Seitengeschäft. Klar, gehört irgendwie dazu, du weißt schon, Imagepflege und street cred, das ist enorm wichtig, aber mein Fokus liegt jetzt woanders. Orientier mich gerade um, sozusagen beruflich gesehen.
Das sagt Kaan wieder wie der andere Kaan, den man nicht aus den Videos kennt, geschäftlich und ernst irgendwie.
Die Schränke lachen.
Aha, sagt Barış.

Wegen der Videos und so?, fragt er dann, weil alle schweigen und die Schränke dabei so dämlich grinsen.
Klar, Videos auch, sagt Kaan.
Die Schränke und er wechseln einen Blick. Irgendwoher sind Rakıgläser aufgetaucht, Kaan nimmt einen großen Schluck, stöhnt und macht Aaaah-Geräusche.
Barış will auch so eins, aber er traut sich nicht zu fragen. Egal, er ist ja eh wegen was anderem hier.
Na gut, unter uns, weil du ja jetzt zum Team gehörst, sagt Kaan, beugt sich vor.
Die Butze, in der du wohnst, Kaan klopft sich zufrieden auf den Oberschenkel, gehört bald *mir*, verstehst du, mir. Und das wird so richtig abgehen. Erst bauen wir das Image noch weiter aus, und dann eröffnen wir ein Hostel, die ganze erste, ach was: erste, zweite, dritte Etage voll. Nicht alles, keine Sorge, Mann, du guckst wie ein Kaninchen, kannst weiter in deinem Loch wohnen. Das Haus muss ja *real* bleiben. Da brauch ich Leute wie dich, deinen Bruder auch, verstehst du, oder? Das wollen die Traveller. Die wollen was erleben, das richtige Berlin, die geheimen, verruchten, krassen Ecken. Die wollen mittendrin sein. Adventure. Wir geben ihnen mittendrin. Urlaub machen, wo andere kotzen, verstehste?
Ah, sagt Barış. Cool?
Irgendwie sickert das alles nur langsam ein.
Du machst nen Geschäft im NKZ?
Ganz genau, Kleiner. Ich kauf das Ding. Na, nicht allein. Aber nen gutes Stück wird zu meinem Geschäftsmodell. Und du bist Teil davon, und ich sorg für meine Leute. Da wird was Ordentliches für dich abfallen, wenn du weiter

mitmachst. Bisschen Videos, bisschen Show, wenn dann die Touris da sind, dann biste Star. Bleibt dabei: bloß nicht schüschtan, ne!
Der YouTube-Kaan grinst.
Kaans Handy piepst. Er wischt über das Display, steckt es zurück in seine Jogginghose.
So, Jungs, geht los, sagt Kaan. Die Bullen sind weg vom Kotti, wir können filmen.
Hä?, rutscht Barış raus. Aber klar, er kann ja nicht alles gleichzeitig, also cool sein und diese News verarbeiten, diesen ganzen Haufen, den Kaan ihm da gerade vor die Füße geknallt hat, von dem er nicht mal weiß, was für ein Mist das eigentlich ist. Oder ob das überhaupt Mist ist, oder genial. Aber irgendwie stinkt das.
Na klar, die Sache ist doch nen Riesending. Mann Mann Mann, du musst echt noch viel lernen.
Kaan beugt sich vor. Ein Skandal ist nur so viel wert, wie du draus machst, kapiert?
Äh, okay.
Na dann los, Männer.
Die Schränke warten schon, Barış ist automatisch mit aufgestanden, wie von Fäden gezogen. Als sie draußen sind, traut er sich endlich: Was genau ist denn passiert am Kotti?
Kaan lacht.
Willst du mich verarschen? Ich dachte, du lebst da, NKZ, eh?
Ja. Äh. Klar.
Na dann komm mit, lass dich überraschen.
Und als die Schränke lachen und in einer Reihe die

Straße entlanggehen, Barış dahinter, da weiß er: Er muss abhauen. Er muss. Ja, keine Ahnung. Er muss halt erst mal noch rausfinden, was. Aber mit Kaan, da hat er kein gutes Gefühl mehr. Und diese Entscheidung, fame oder Familie, fühlt sich deswegen auf einmal ganz einfach an.
Wenn du die Wahl hast und du wählst, dann zeigt das, was für ein Mensch du bist. Und du hast immer die Wahl, verstehste?!
Hat Kaan ja selbst mal gesagt in einem Video.

* * *

Ein richtiges Sonntagsfrühstück hat sie Günther angerichtet. Sie hat es zumindest versucht. Ihre Hände haben gezittert, da musste sie die Eier weglassen, das wär nichts geworden, das Spiegelei. Blöd, das mit den Händen, sie weiß ja, dass es nichts bringt und dass es eine Lösung geben wird und auch eine Erklärung, gibt es ja immer. Also meistens. Also – ach was, sie hat jetzt keine Zeit zum Grübeln, sie müssen was machen, damit Günther aus der Sache. Wo ist der denn überhaupt? Man kann doch nicht so lange schlafen, nach so einer. Ja, was denn nun genau? Egal, auf jeden Fall müssen sie was unternehmen. Natürlich, sie haben Schlaftabletten genommen, allein schon wegen des Schocks, aber aufstehen, das muss man ja trotzdem irgendwann.
Ewig sitzt sie in der Küche, und Günther kommt nicht. Nicht um sieben, wo er doch sonst immer aufsteht, nicht um acht. Sie hat schon drei Kreuzworträtsel gemacht, ohne richtig hinzuschauen, aber so geht das nicht, sie fühlt sich wie erstarrt, sie fühlt sich, wie. Nein, so hat sie

sich eigentlich noch nie gefühlt. Oder es wieder vergessen. Vermutlich hat sie es wieder vergessen, immer vergisst sie die Gefühle, die sie hat, nur die Bilder bleiben, Tausende Bilder von ihr und Günther, von Günther in weiß Gott was für Situationen, schlimmere Situationen auch als gestern, und jedes Mal ist dann der Schreck und die Angst so, als hätte sie das nie vorher gespürt. Kommt ihr jetzt zumindest so vor, denn eigentlich, was ist schon passiert, nichts doch eigentlich, es gibt doch keinen Grund, dass sie –

Sie geht ihn jetzt holen.

Marianne schnauft, als sie durch die Wohnung geht. Ihre Füße sind eingeschlafen.

Günther?

Günther liegt im Bett, Gesicht zur Decke. Fast bleibt ihr da das Herz stehen: Die Augen sind offen und ohne jeden Wimpernschlag. Doch dann, ein Zucken.

Günther!

Wieder ein Zucken. Beim nächsten Zucken regt sich der Mann endlich, ihr Günther. Aber nicht so, wie sie ihn kennt, nicht so, hei und hopp, und raus aus dem Bett, frisch für neue Taten. Günthers Wangen sind nass.

Was haben sie dir nur angetan, mein Günther? Was ist da nur passiert?

Günther räuspert sich, eine Welle geht durch seinen Körper, noch eine. Dann schnäuzt er in seinen Ärmel, igitt, aber gut, so ist das dann eben heute.

Marianne setzt sich an den Bettrand. Hätte sie ein Kind gehabt, genau so hätte sie das gemacht, jedes Mal, wenn das Kind krank ist oder nicht schlafen kann oder was

auch immer, sie hat ja keine Ahnung von Kindern, also, bis auf das Nötigste. Sie hat ja nur ihren Günther, und um den kümmert sie sich.
Der Stoff seines Pyjamas ist warm und schlafweich. Sie streicht ein paarmal darüber. Günther regt sich erst nicht, sagt dann: Lass.
Und dann sitzt er plötzlich, jetzt doch hei und hopp, sie kommt gar nicht hinterher, schon ist er in der Küche, sitzt vor seiner geschnittenen Gurke, dem halben Apfel, dem Kraftbrot, schmiert Leberwurst drauf ohne ein Wort, ohne ein Danke auch, ach Günther.
Sie schweigen eine Weile, das muss sie ihm lassen, aber dann hält sie es nicht mehr aus. Gestern hatte sie nicht nachbohren wollen, war ja auch recht offensichtlich alles, aber jetzt, jetzt müssen wir darüber reden, sagt sie zu Günther, du darfst das nicht alles in dich reinfressen, aber Günther isst einfach weiter, ein Brot nach dem nächsten und noch eins und noch eins, und irgendwann legt Marianne die Hand auf die Packung mit dem vorgeschnittenen Brot.
Es reicht, Liebling.
Günther hört im Kauen auf, schaut sie an, mahlt dann weiter, also der Kiefer mahlt, sein Gesicht sieht ansonsten furchtbar leer aus und alt, dabei hat sie das bisher nie gedacht: dass er alt aussieht. Man altert ja auch miteinander, da fällt einem das eigentlich nicht auf, aber jetzt, ein alter Mann, ihr Günther.
Das war nicht deine Schuld, sagt Marianne. Was auch immer da vorgefallen ist, du hast damit nichts zu tun. Also gut, leichtsinnig war es schon von dir. Ich hab gesagt:

Sei vorsichtig mit diesen Leuten, du kennst die nicht. Und jetzt sieht man, dass es eben keine gute Idee war.
Günther schüttelt den Kopf zu ihren Worten, die ganze Zeit.
Das war aber, sagt Günther. Das waren nicht, das war.
Diese Leute sind anders als wir, sagt Marianne. Die regeln solche Sachen anders. Da darf man nicht zwischen die Fronten geraten, hörst du, Günther, du bist da zwischen die Fronten gekommen.
Günther weint schon wieder, ein wenig zumindest, wenn man das so nennen kann, es laufen ja nicht wirklich Tränen bei ihm, es ist eher so, dass er das Gesicht verzieht wie ein kleines Kind, ganz rot wird er auch, und hinterher sind die Wangen plötzlich nass, als käme das aus allen Poren, eine nasse Fläche unter den Augen, ein Pfützengesicht.
Wir wollten das nicht, dass da einer stir-
Er schafft es nicht einmal, das Wort zu Ende zu bringen.
Der wäre doch sowieso gestorben, der Junkie.
So was kannst du doch nicht sagen, Marianne!
Günther schaut ganz empört. Beruhigend legt sie ihm die Hand auf seine Hand, die raue, streicht drüber.
Nein, natürlich nicht. Das ist wirklich furchtbar. Aber alles, was ich sagen will, ist doch: Es ist jetzt nun mal so, da kann man nichts dran ändern. Und du bist vermutlich der Einzige, dem es jetzt schlecht geht. Die anderen machen einfach weiter, und das müssen wir auch, Günther.
Ja, sagt Günther endlich. Ja.
Und wir müssen pragmatisch sein, gut nachdenken. So

was kann ein Nachspiel haben, und wir müssen dementsprechend handeln, vorsorgen. Verstehst du?
Sie hört nicht auf mit dem Streicheln, und es funktioniert. Günther nickt.
Also. Wir sollten über eine Anzeige nachdenken. Wir sagen, du hast das beobachtet, wir sagen: Die waren das.
Nein. Günther schüttelt den Kopf. Es gibt Augenzeugen.
Da fühlt es sich an, als würde die Luft aus Marianne gepresst werden. Sie ist sicher, so ein Gefühl, das hat sie noch nie gespürt. Denn wenn das Herz so stehen bleibt, das vergisst man nicht.
Bist du sicher? Günther, bist du sicher?
Stanca, sagt Günther. Sie stand hinten. Glaub ich zumindest, ich, oh Gott, ich weiß doch nicht, wie das passieren konnte, Marianne. Ich hab doch nur einmal kurz geschubst und, und ich dachte doch nicht, dass der Typ, der Junkie, sich wehrt, wir wollten doch nur Angst machen, wir wollten doch nur –
Jetzt beruhig dich, Günther!
Marianne nimmt die Hand weg, am liebsten möchte sie ihm eine Ohrfeige geben.
Bist du sicher, dass du Stanca gesehen hast? Bist du sicher, dass sie dich gesehen hat?
Ich bin verdammt noch mal wegen nichts sicher!, brüllt Günther.
So kommen wir nicht weiter. Warte hier, sagt Marianne.
Ihr Herz schlägt wieder, viel zu schnell, zu hart, in ihr trampelt die Wut, aber sie kann dem jetzt nicht nachgeben, später wird sie ein ernstes Wörtchen reden mit Günther, dass er sie so anfährt, aber erst mal: schauen,

was dran ist an der Sache. Was der allgemeine Informationsstand ist. Fakten sammeln und so weiter. Einen kühlen Kopf bewahren, für ihn, Günther, der doch immer selbst der kühle Kopf war.

Das Leben, denkt Marianne, hält Überraschungen bereit an jeder Ecke.

Denkt Marianne auch, als sie im Hausflur steht, mit zittrigen Fingern, den Schlüssel in der Hand. Und kaum ist die Tür zu, kaum macht sie ein paar erste taumelige Schritte, läuft die Treppen runter wie in Trance – plötzlich ist sie schon im zweiten Stock, dabei dauert der Abstieg sonst ewig, aber der Fahrstuhl, das ist ihr nix –, da kommt ihr schon dieser Junge entgegen, der bei Stanca wohnt, der Kleine mit der verletzten Hand.

Hallo Jonas, sagt Marianne. Weißt du, ob Stanca da ist?

Keine Ahnung, sagt der Junge. Haben Sie's schon gehört? Ganz aufgeregt sieht er aus, leuchtende Flecken auf den Wangen.

Natürlich kann sie nichts dagegen tun, ihr Herz klopft.

Nein, was denn?

Gehen Sie mal auf die Balustrade, dann sehen Sie's schon. Ehrlich, das sollten Sie sich anschauen.

Und schon ist er in den Gang hineingesprintet.

Mariannes Herzschlag ist schneller als ihre Schritte, dabei rennt sie sogar.

Auf der Balustrade weht ein kühler Wind. Die Polizei steht unten in voller Montur, drei Wagen. Rote Absperrbänder überall. Ganz anders sieht es hier aus, so anders, dass man erst gar nicht weiß, was anders ist, wie verstellt, aber dann sieht sie es sofort, das Loch, wo mal die Treppe war. Jetzt kann man an der Stelle, gehalten nur von Plastikband, direkt in die Tiefe stürzen. Unten liegen Trümmer, fahl glänzend ragen ein paar Streben heraus.

Krass, sagt eine Frau neben ihr. Steht genau wie Marianne am Geländer, entsetzter Gesichtsausdruck, schaut auf ihr Handy, wieder nach unten. Was diese jungen Dinger immer mit ihren Smartphones haben. Die Frau kommt ihr bekannt vor, wohnt im zweiten oder so, drei Kinder, vielleicht auch vier.

Wann ist denn das passiert?, fragt Marianne. Wissen Sie das?

Kam in den Nachrichten, sagt die Frau. Gestern Nacht. Die ganze Treppe. Einfach runtergekracht, boom. Lag wohl irgendnen Obdachloser drunter, der ist jetzt, na ja, ich sag mal: Matsch.

Oh, sagt Marianne.

Ja, krass, sagt die Frau und macht ein Foto mit ihrem Handy.

Was Marianne denkt, ist: Oh Gott, und wir standen direkt darunter! Was, wenn die Treppe früher runtergekommen wäre? Nur eine Stunde früher, oder nur ein paar Minuten! Ein Glück, dass man so ein Glück haben kann! Und dann denkt sie: Beweise. Beweisvernichtung. Der tote Junkie. Und dann fühlt sich ihr Herz an, als würde es fliegen.

Den Weg nach Hause rennt sie, rennt in die Küche hinein, stolpert fast. Günther sitzt noch immer genauso da. Die Tüte mit dem Brot ist leer.

Marianne sprintet zum PC, zu dem alten, der im Arbeitszimmer in der Ecke steht, tippt ein, die Hände zittern, die Finger erst recht. Feucht, sie rutscht fast ab.

Da, ein Artikel! Die Frau hatte recht, um drei ist die Treppe herunter, Ursache unbekannt, in den Trümmern ein zerquetschter Obdachloser, nichts weiter, keine Vermutungen, keine Fahndungen.
Günther, sagt sie, keucht sie, vor Aufregung, wieder in der Küche: Es wird alles gut! Es ist was passiert!
Er reagiert nicht.
Vorsichtig zieht sie ihm die leere Brottüte unter den Händen weg. Günther schaut hoch wie ein kleiner Junge, schon wieder Wasser im Gesicht.

* * *

Herr Çelik, Barz vom Jugendamt hier, machen Sie bitte auf.
Stille.
Herr Çelik, ich weiß, dass Sie da sind. Ich höre Sie doch.
Tut er das? Wie kann das sein, Mutlu macht doch keine Geräusche, presst doch den Mund zu und die Fäuste.
Gewaltsam öffnet er die Fäuste, öffnet er die Tür. Nur bei dem Mund schafft er es nicht.
Vor der Tür steht ein kleiner Mann mit einer Wollmütze und einer Aktentasche.
Darf ich?
Der Mann nickt an Mutlu vorbei in die Wohnung.
Mutlu hat vergessen, die Lichter anzumachen, jetzt erst merkt er, wie dunkel es ist. Heute ist die Sonne nur mühsam aufgegangen.
Dann sitzen sie sich am Sofa gegenüber. Also Mutlu sitzt in der Sofakuhle, der Mann sitzt auf einem Stuhl, geholt aus der Küche.

Sofakuhle: Hallo Mutlu, schon wieder da?
Stuhl gegenüber: Was soll das, wer ist das, was willst du?
Der Stuhl will den Beamten losbuckeln, will das Jugendamt wegruckeln, aber das Jugendamt sitzt fest.
Ich verstehe ja, nicht einfach, sagt das Jugendamt. Aber mir sind da die Hände gebunden, äh, gewissermaßen.
Versteh ich nicht, sagt Mutlu, ist das Erste, was er sagt.
Jugendamt seufzt.
Herr Çelik, haben Sie denn eigentlich mal über einen Umzug nachgedacht?
Was, Umzug?
Ja, Umzug. Weg aus dieser, nun ja –
Jugendamt deutet in den Raum hinein, zum Sofa, was ist mit dem Sofa?, zu den Wänden, was ist mit den Wänden?, zum Stuhl.
Sie verstehen schon.
Das Sofa, die Wand, der Stuhl, und Mutlu: Nein.
Das Jugendamt seufzt.
Das würde ja guten Willen demonstrieren, also, die Situation zu ändern, wissen Sie, Sie müssen schon mitarbeiten, wenn Sie wollen, dass die Jungs bei Ihnen –
Ich verstehe nicht. Die Jungs sind doch –
Stimmt nicht, flüstert eine leise Stimme irgendwo im Raum. Die Jungs sind nicht da, Mutlu. Wo sind die Jungs? Wann sind sie gegangen? Waren sie überhaupt da gestern? Wieso hat er die Augen nicht aufgemacht, wieso?
Herr Çelik. Es tut mir wirklich leid, aber so geht das nicht weiter. Wir müssen in dieser Sache, nun, vorankommen. Und es gibt wirklich gute Einrichtungen für die Jungs, auch vorübergehend, das ist ja dann nicht endgültig, also.

Bis Sie sich wieder, bis Sie in der Lage dazu sind, meine ich, sich richtig –
Ich kümmere mich um die Jungs, sagt Mutlu. Ich mache doch alles.
Ich verstehe ja Ihren Standpunkt, und es hat auch wirklich keiner gesagt, dass das für länger ist. Wir wollen nur Ihr Bestes. Ihres und das der Jungs. Es sind ja auch zwei schwierige, schwieriges Alter auch, da macht Ihnen keiner einen –
Raus, sagt Mutlu, oder irgendwer anderes im Raum, alle zusammen vielleicht, die Stimme ist sehr laut. Wird zurückgeworfen, Echo.
Herr Çelik, bitte seien Sie doch vernünftig.
Raus, raus, raus!
Der Raum und Mutlu spucken das Jugendamt nach draußen.
Das ist nicht unbedingt hilfreich, Herr Çelik, sagt das Jugendamt, ein rotes Gesicht hat das Jugendamt bekommen, klein und feist, geballte Fäuste auch. Die Wollmütze sitzt schief, die Aktentasche steckt fest unter dem Arm, so angespannt ist der Körper.
Sie können mich mal, Herr Jugendamt, sagt Mutlu.
Er sagt es allein, niemand hilft ihm, sein Herz schlägt ihm einen Takt.
Die Jungs bleiben hier.
Er weiß nicht, wo er die Kraft hernimmt, es ist viel Kraft, die Tür muss zu, in der das Jugendamt mit bebendem Körper steht, die Tür muss abgeschlossen werden.
Mutlu geht in die Küche und zertrümmert eine Tasse.
Jetzt sind nur noch vier Tassen übrig, aber das reicht ja.

Barış, Burak, Aylin und er. Das reicht, das reicht, das reicht.
Die Bilder kommen zurück mit heftiger Wucht. Handschellen, Blut, Polizei, Günther und Cemal und Yussuf, die schweigen.
Er muss hier weg. Er, Aylin, die Jungs. Bevor die Polizei, bevor das Jugendamt, bevor.
Es klopft schon wieder.

* * *

Stanca liegt im Bett, nicht aufgestanden ist sie heute, sie bleibt hier, Stille überall, nur ihr Körper macht Geräusche. Ihr Körper macht Geräusche wie ein knarzender alter Holzkahn, ihre Darmwinde vor allem. Schon immer macht sie Geräusche, schon immer aus ihr raus wollen die Dinge. Sie hat eine feste Haut, beinahe Stein geworden mit der Zeit, aber: nicht undurchdringlich. Das Leben macht Geräusche in ihr drin, immer weiter, verlässt den Körper viel zu langsam, lebt lebt lebt.
Stanca liegt still, wartet auf Ruhe.
In der Ruhe überblickt sie alles, sie sieht ja ohnehin alles, im Haus, im Leben, nur geschwiegen hat sie immer, den Mund nicht aufgemacht, was hast du aber für einen schönen Mund, so rosenzart, aber jetzt: Haarig sind ihre Mundwinkel, gelb ihre Zähne und hinten fehlen sie, und wenn Heinrich das sähe, nur wegen ihrer Zöpfe hat er sie haben wollen.
Hermannstädter Sparkassa, Hermannstädter Zeitung, alles ist ihr genommen worden, die Rumänen nahmen alles, Heinrich nahm alles, nahm die Sprache auch, alle

beiden Sprachen, Stanca Sabinchen, nahm den Namen. Alexandru hat er auch genommen, hat die Eltern genommen. Wenn Stanca Geld hätte, trotzdem gäbe es nichts mehr, wohin sie gehen könnte. Kein Grab, kein Dorf, kein Gesicht. Wenn sie Kinder hätte, nichts gäbe es, was sie geben könnte. Keine Fotos hat sie. Und Peer ist weg, das Vieh, sonst wo, verloren auf dem Kotti, die Leine hat sie losgelassen, oder er hat losgelassen, ein loses Ende, so oder so. Jetzt: kein Kratzen an der Tür, Stille vor der Tür, dann Jüngelchens Stimme, es summt, es quietscht. Plötzlich Schritte in der Wohnung. Stimmen.
Die Miete, sie kann die Miete nicht. Verkauf Verkauf Verkauf.
Die Augen der Frau bei der Hausverwaltung so blitzend.
Draußen die Stimmen der Neuen, die neuen Mieter sind schon da, lauern schon. Bald wird Jüngelchen hier wohnen, in allen Räumen, wird sich breitmachen wie ein Mann, die Beine breit, das Gesicht breit, die Wände werden frisch gestrichen. Ein neuer Boden wird verlegt und die Küche neu gekachelt. Fliesenspiegel hübsch hübsch hübsch.
Da, knarzende Geräusche: Die neuen Mieter schauen sich um. Bewerbungsbogenrascheln.
Was für eine Wohnung, nicht wahr, mein Sabinchen?
Hier, da ist deine Küche, und hier, da ist unser, na du weißt schon, nicht wahr, haha.
Jüngelchen wird reich sein und zufrieden, seine Frau auch, die Kinder kleine goldene Deutschland-Kinder.
Aber Stanca, wo ist Stanca? Peer, wo ist Peer?
Stanca rollt sich an die Wand, schmiegt sich an die Wand,

die Stimmen werden leiser, eins wird ihr Herz, eins mit der Tapete.
Wenn es nur so leicht wäre, das Atmen sein zu lassen.
Es klopft an der Tür, Stanca schweigt, ein Lachen in ihrem Schweigen vor der Tür, dann Schritte, dann ein Knallen.
Wir unterzeichnen, nicht wahr?, sagt Jüngelchen draußen zu seiner Frau, damit wir hier gemeinsam, du und ich, mein Schatz, du und ich.
Stanca hält den Atem an.

* * *

Aylin sitzt an der Kasse und versucht, nicht zum Fenster zu schauen. Total ablenkend, dass man von hier den Polizistenauflauf sehen kann. Den ganzen Tag geht das so, Feuerwehr, Polizei, Gaffer, dies und das. Langsam leert sich's, immerhin. Und im Rewe merkt man eh nichts davon, die Leute kaufen denselben Scheiß wie immer. Drei Packungen Hackfleisch vom Rind, Kohlrouladen aus der Konserve, fünfzehn Packungen Maggi Hochzeitssuppe. Piep piep piep, einundzwanzig Euro zwanzig bitte.
Ist ihr auch total egal, die Nacht sitzt ihr noch im Nacken. Nur gut, dass sie heut wenigstens im Rewe arbeiten kann, nicht im Laden. Hat ja schon gereicht, dass Yussuf und Cemal sie andauernd auf dem Handy anrufen. Weiß sie doch nicht, wo Mutlu ist. Warum er nicht ans Telefon geht. Als ob der jemals ans Telefon geht. Sie hat ihren Onkel nicht mehr am Stück reden hören, seit Hilal. Dabei, wie ein Wasserfall hat er früher geredet, glaubt sie zumindest, vielleicht erinnert sie sich auch falsch. Aber im Laden muss man ja nicht viel reden, da kann man grimmig das

Reisregal neu sortieren, die Gemüsebestellungen. An der Kasse sitzt ja eh immer sie, quasi das Sprachrohr. Immer ist sie das Sprachrohr. Mehmet hat auch angerufen, wollte wissen, was da los ist am Kotti. Wegen dem Riesenunfall. Wen interessiert's. Hier geht doch immer was kaputt oder fällt runter oder wird vollgepisst. Na und? Das ist doch überall so! Hier nicht mehr als anderswo, wird nur immer ein Riesentrara gemacht. Ist sie jetzt auch noch dafür Sprachrohr?
Entschuldigen Sie, das Angebot, Nektarinen für neunzig Cent, wo ist das?
Ist aus heute, sagt Aylin.
Die Frau zieht entsetzt ihre geschminkten Faltenlider hoch.
Aber das stand im Prospekt!
Ist aber trotzdem aus.
Eine Unverschämtheit ist das!
Ja ja, der Nächste bitte.
So kann man doch nicht mit Kunden umgehen!
Drei Kiwis, tack tack tack, eine Packung Nudeln, piep, drei Packungen Windeln, piep, eine Aktionspackung Schauma (Kräuter – für schnell fettendes Haar) drei für zwei, piep.
Frau Çelik, du kannst Pause!
Ein Glück.
Der Weg zum Pausenraum ist gepflastert mit bleierner Müdigkeit.
Sie ist schon fast da, da steht plötzlich Barış mitten im Gang, schwer atmend, die kurzen Haare merkwürdig platt am Kopf.

Aylin, hast du kurz Zeit?
Nein, sagt Aylin. Und dann: Ja.
Ich kann aber nicht weg hier. Was ist denn?
Ich muss mit dir sprechen.
Sie schaut ihn an, er sieht wirklich nicht gut aus heute, aber meine Fresse, wer sieht heute schon gut aus? Sie musste gleich zweimal Eyeliner benutzen, zum einen, weil die Hand so gezittert hat, zum anderen, weil ihre Augen so aussahen, als wären sie nur halb offen. Sind ja auch nur halb offen.
Na gut, komm schon mit.
Im Pausenraum sagt sie: Setz dich, aber er steht nur an der Wand rum (Fenster gibt es hier nicht), guckt sich um, schaut zu den Pseudospinden, zu der kaputten Kaffeemaschine, deren Plastik trotzdem von Kaffeespritzern gesprenkelt ist, zu den Taschen, die überall rumliegen.
Also?
Du musst mir helfen.
Im Ernst, Barış, erzähl mir was Neues.
Und dann bricht es ganz schnell aus ihm raus: So ein Typ, Kaan. Eigentlich ist der YouTuber und so, voll beliebt, krasse Videos, aber dann hat der auch diese Pläne mit dem NKZ und Drogen und Burak und so.
Mach mal ruhig, sagt Aylin.
Und dann erzählt er alles genauso noch mal, klar, der kleine Spinner, aber langsam versteht sie, langsam bildet sich eine zusammenhängende Geschichte heraus und eine Wut, eine passende.
Und jetzt?, fragt Barış, wippt auf den Fersen auf und ab.
Wie alt bist du, zwölf?

Er lässt es sein, schaut sie nur an. Nie war seine Ähnlichkeit mit Burak größer.
Mir fällt schon was ein, sagt Aylin. Ja, guck nicht so, wir machen einen Haufen Matsch aus seinen Plänen.
Okay?, sagt Barış, schaut schon wieder ganz ängstlich.
Wir treffen uns heute Abend, sagt Aylin. Öffnet die Tür für ihn.
Okay, sagt er, diesmal klingt er so, als würde er sich selbst überzeugen wollen.
Jetzt geh schon. Ich muss nachdenken.
Sie sieht ihm zu, wie er davonläuft, wippender Schritt, unsicher bei den Chips stehen bleibt, die Angebote studiert.
Sie macht die Tür zu, lehnt sich dagegen, schließt die Augen.
Diese eine Sache noch, denkt sie. Dann macht sie Schluss. Und wenn das Haus verkauft wird und sie tatsächlich rausgeschmissen werden sollte wegen irgendeines Hostels oder sonst irgendeinem Scheiß: Dann ist das eben so. Sucht sie sich halt was woanders.
Aylin schaut auf die Uhr. Zwei Stunden, dann hat sie Schluss. Dann kann dieser Kaan was erleben. Was genau, muss sie natürlich noch überlegen.
Irgendwas halt.

* * *

Verstehst du, Mutlu, wir sind aus dem Schneider, Mann.
Mutlu versteht nicht. Aber wie soll man auch verstehen, wenn ein deutscher Beamter einem im Ohr sitzt, da kann Yussuf so laut brüllen, wie er will. Er brüllt, seit sie hier

reingekommen sind, Cemal und er. Cemal brüllt allerdings nicht, Cemal, der blass ist, schweigt, der Schock sitzt ihm noch hinter den Augen, das sieht man genau. Mutlu sitzt der Schock im Ohr und sagt: Jugendamt, Jugendamt, Jugendamt.
Verstehst du, die Stahltreppe ist runter, die hat den zerquetscht, den Penner, verstehst du, keiner wird mehr wissen –
Pscht, sagt Cemal. Brüll mal nicht so.
Yussuf senkt die Stimme, flüstert jetzt fast: Niemand wird erfahren, was passiert ist in der Nacht, wir können das jetzt einfach vergessen.
Dabei vergisst doch niemand, denkt Mutlu. Niemand hier im Raum vergisst, und der Raum vergisst auch nicht. Der ganze Raum schreit ihn an: Jugendamt, Hilal, wo sind die Jungs, was tust du, Mutlu, und was tust du nicht?
Cemal ist blass, seine Haut spricht zu ihm, sagt: Cemal, Yussuf redet immer noch zu laut, man kann nie genug flüstern.
Cemal räuspert sich.
Du machst mir echt Angst, Mutlu, wenn du so guckst.
Nur ein Problem haben wir, sagt Yussuf. Cemal nickt, nickt im Takt von Yussufs Worten. Mutlu hört nur Problem und ist wieder da. Als hätte der Raum nicht schon genug Stimmen.
Da war doch jemand, ganz hinten, so ne Alte mit nem Dackel. Was machen wir, wenn die was sagt?
Mutlu erinnert sich, ein Schemen in der Nacht. Die alte Nachbarin von eins drunter, erstarrt, ihr Hund, wie er kläfft, dann davonschießt, hinein in die Neonnacht.

Eine Nachbarin, sagt Mutlu.
Du kennst die? Umso besser, sagt Yussuf, brüllt Yussuf.
Pst, macht Cemal.
Los, wir gehen.
Wohin?
Yussuf: Na, gucken, was sie weiß. Bisschen dies, bisschen das.
Cemal: Wir bringen niemanden um.
Yussuf: Mensch, Cemal, du Schisser. Mann, Quatsch! Natürlich bringen wir keinen um, was denkst du wieder, Idiot.
Mutlu: Ich gehe nicht weg von hier.
Yussuf und Cemal schauen ihn an, als spräche er eine andere Sprache.
Yussuf stemmt die Hände in die Seite, zuerst, dann auf seine Schultern. Schüttelt ihn. Aber Mutlu weiß gar nicht, wer da wen schüttelt, alles wackelt.
Jetzt komm, Mutlu. Wir müssen was tun. Stell dir vor, was passiert, wenn die plaudert. Und wem, glaubst du, schieben die das in die Schuhe? Alles verlieren wir dann. Den Laden, meine Frau, das kann ich ihr nicht antun. Du deine Jungs. Jetzt komm schon.
Er hat recht, merkt Mutlu, im Schütteln merkt er es.
Es gibt doch nichts, was du nicht tun würdest, für die Jungs. Nicht wahr, Mutlu?
Alles würde er tun, alles, alles, alles. Hilal hat nicht alles getan, aber er, er tut es, tut, was er kann, immer tut er das, wenn er was hat, alles würde er geben. Die Jungs! Die Jungs!
Mutlu steht auf.

Sie wohnt eins drunter.
So ist's recht. Yussuf schüttelt ihn zur Sicherheit noch etwas weiter, lässt dann los. Der Raum sieht merkwürdig groß aus jetzt. Zurechtgerüttelt.
Sie stehen schon im Hausflur, gehen die Treppe hinunter, stehen im nächsten Hausflur, der gespiegelt sein eigener ist, das ganze Haus ist ein Spiegel, jedes Stockwerk für das nächste.
Wo wohnt die?
Durchschnittlicher Name, Meyer oder so.
Sie gehen die Wohnungstüren ab.
Müller, sagt Mutlu. Hier.
Mutlu braucht ja immer etwas, um sich zu sammeln, egal wie verspiegelt die Ebenen sind, egal wie gleich, er muss sich erst gewöhnen, durchatmen, aber Yussuf hat schon geklingelt. Trappeln hinter der Tür.
Ein Junge macht auf.
Ist Frau Müller da, sagt Yussuf.
Yussuf und Cemal stehen auf einmal ganz anders da, breit sind sie geworden wie der Flur.
Der Junge guckt groß.
Keine Ahnung. Glaube schon. Wieso?
Wir wollen kurz mit ihr sprechen.
Der Junge schaut sich um, aus der Wohnung keine Hilfe, keine Geräusche.
Aha, sagt der Junge, guckt noch immer.
Geht ganz schnell, wollen nur was fragen, sagt Mutlu, sagt Mutlus Mund, bevor er das wollte. Eigentlich schweigt er doch immer. Das Grollen von Yussuf und Cemal ist ihm nicht geheuer.

Ja, na dann. Okay.
Der Junge bewegt sich nicht, erst als Yussuf einen Schritt nach vorne macht, als würde er gleich die Wohnung stürmen, geht er zur Seite.
Die ist im Schlafzimmer, glaub ich, sagt der Junge, deutet auf eine Tür, eine geschlossene, dunkel angelaufen die Tür, an den Rändern fast schwarz, wie nach einem Wohnungsbrand. Die Tür sagt: Geht weg.
Hab die nicht mehr gesehen seit gestern. Vielleicht schläft sie.
Yussuf geht zur Tür, wartet nicht, sondern rüttelt. Die Tür will nicht, das sieht man. Die Tür spricht zu Mutlu: Renn weg. Lauf, Mutlu, lauf. Aber Mutlu bleibt.
Er wird nicht umziehen.
Er wird die Jungs nicht verlassen.
Keine Handschellen, kein Jugendamt, kein Umzug.
Mutlu bleibt.
Yussuf fängt an, gegen die Tür zu schlagen. Und Cemal sagt: Yussuf, jetzt warte doch!

* * *

Draußen ein Brüllen. Die neuen Mieter machen Radau. Jemand schlägt gegen die Tür, gegen die Wände. Will vielleicht die Wände einreißen. Neue Räume schaffen. Die neuen Mieter wollen eine schönere Wohnung, eine hellere, eine größere. Machen sich breit.
Es kümmert sie nicht. Die Wände sind dick, die Wände sind alles.
Stanca liegt noch immer still, und endlich, endlich, hat sich der Beton auf sie gelegt. Hat sich auf sie draufgelegt.

Hat sie zum Schäfer, zum Stündchen. Stanca wird Beton, ihre Haut wird fest. Stein bist du nun, so kalt, so warm. Heinrichs Herz, so weich, so schwach. Ihr Herz ein Stein, immer schon gewesen. Mein Herz, mein Herz, denkt Stanca.
Verschmilzt mit der Wand.

* * *

Ein Plan. Sie braucht einen Plan.
Sie braucht einen verdammt guten Plan.
Und was sie definitiv nicht braucht: irgendwen, der ihr da reinfunkt. Keine kleinen Jungs, die im Hintergrund zittern. Keinen Ario, der ein einziges Zittern ist, das Zittern, das ihr dann auch den Rücken runterläuft. Den ganzen Körper. Keine Zunge, die ihr die Gedanken wegstochert.
Sie braucht das verdammt noch mal alles nicht.
Aber sie braucht den kleinen Spinner Barış vermutlich trotzdem für den Plan. Irgendwie muss sie diesen Kaan – heißt der wirklich so? – ja auch auftreiben. Und wenn sie ihn in die Finger kriegt, wird sie ihm in die Hose schießen, dass ihm die Eier rauslaufen. Und dann wird sie Schluss machen mit dem ganzen Scheiß. Dann wird sie einfach aufhören. Dann müssen die Jungs zur Abwechslung alleine was auf die Reihe kriegen. Dann muss Onkel Mutlu alleine depressiv oder wütend sein. Kann er vor sich hin schmoren, wie er will. Dann muss Tante Hilal da oben im Himmel selber schauen, wie sie mit allem klarkommt. Soll sie halt vor schlechtem Gewissen gleich noch mal sterben.
Ob man, wenn man immer wieder stirbt, immer wieder in

einen höheren Himmel kommt, bis man nicht mehr zugucken kann, was unten vor sich geht, und der Schmerz endlich nachlässt?
Diese sentimentale Scheiße kann sie jetzt auch nicht brauchen.
Also los.
Aylin reißt sich los von ihrem Spiegelbild, in das sie gestarrt hat, ohne nachzudenken. Sie sieht scheiße aus. Kein Wunder. Ario muss ihr gestern in die Lippe gebissen haben, geschwollen ist sie und blutrot.
Aylin läuft in der Wohnung auf und ab, trinkt kalten Kaffee, beißt in ein Brötchen, krümelt auf den Boden beim Laufen.
Barış soll ein Treffen vereinbaren. Nein, besser, Burak soll ein Treffen mit Kaan vereinbaren, Barış soll ihr Bescheid sagen. Sie fotografiert, was auch immer Kaan mit ihrem Cousin abzieht, oder macht ein Video, und dann geht sie zu Kaan und sorgt dafür, dass er sie in Ruhe lässt, bis in alle Ewigkeit.
Kein sehr schlauer Plan. Aber Erpressung ist ihre beste Option. Schnell und effektiv.
Aber sie muss vorbereitet sein. Sehr gut vorbereitet.
Aylin wirft das halb angekaute Brötchen auf die Anrichte. Sie braucht eine Waffe.
Na gut, sie braucht keine Waffe. Aber was zur Verteidigung, das schon.
Aylin nimmt ihr Handy aus der Tasche und schreibt dem dicken Dennis.

* * *

Schon wieder so kalt. Immer ist es kalt. Immer ist es windig. Wenn nicht draußen, dann drinnen. In der Halle außerdem ein Stöhnen. Da wird man verrückt, Ario wird da verrückt. Verrücktheit kann man das nur nennen, wenn einem alles zu klein, wenn das Stöhnen überall, wenn die Welt eine Kugel ist, aber eine ausgehöhlte, eine umgestülpte.

Ario steht auf, geht ein paar Schritte, seine Beine sind eingeschlafen. Der ganze Körper ist eingeschlafen. Geträumt hat er nicht. Aber wo ist da schon der Unterschied? Träumen ist wie nicht träumen ist wie wach sein.

Ario steht am Ausgang, Ario läuft schneller. Heute wird er die richtige Adresse wissen fürs Engelchen, heute. Die ganze Nacht hat er nachgedacht, hat er überlegt, hin und her, oder er hat es geträumt. Er kennt sich ja aus, hat er gedacht, er wird was wissen. Sie wird schon sehen.

Die Straße ist dunkel an manchen Stellen. Er tritt in Wasser. Engelchens Badewanne, da will er wieder liegen.

Ario rutscht aus auf der Welt, immer ist die so glitschig, das verdammte Mistding.

Ario fällt ins Wasser, seine Sachen sind nass, sein Ellbogen brennt. Weiter, weiter.

Verrückt sein ist wie lange Gänge in Emmendingen, ist wie ein Psychiatrie-Schild, das er im Brustbeutel trägt, den ihm jemand unter das Brustbein genäht hat. Ist, wenn alle schizophren sind, nur er nicht.

Krähe auf Restmülltonne, Krähe auf Biotonne, Krähe rutscht aus, seitlich, Flügelschlagen, schwarzer Schatten, wieso nur verirrt er sich immer in irgendwelche Hinterhöfe?

Dann endlich in der U-Bahn. Ario schlägt mit dem Fuß den U-Bahn-Takt mit, ratatam ratatam ratatam. Jemand gibt ihm zwanzig Cent fürs Trommeln.
Dann endlich: herrlicher Kotti-Geruch durch die U-Bahn-Türen, U-Bahn-Türen zu, badam badam, Ario draußen.
Da fliegt er wie eine Krähe, der schwarze Ario, der Pechvogel aus dem Süden, die Flügel verklebt, aber schnell geht es trotzdem, über den Platz, zwischen die Menschen, zwischen die Wände, die Treppen hinauf.
Engelchens Tür, er würde sie finden im Schlaf, im Traum, im Wachsein. Engelchen, das Licht im Rücken, die Türöffnung an den Schultern, den schimmernden Boden an den Füßen, ist wie Traum, ist wie alles, ist wie Welt.
Engelchen macht die Tür wieder zu.
Ario pocht, schlägt.
Lass mich rein, komm, ich weiß was.
Engelchens Tür bleibt geschlossen.
Mein Herz, Aylin, mein Herz.
Da öffnet sie sich doch, die Tür. Engelchen ist ein Mensch, kein Engel mehr, heißt Aylin Çelik, steht an der Tür. Çelik.
Çelik, sagt Ario.
Engelinchen, Aylin Çelik.
Was?
Aufgerissene Aylin-Augen.
Pass auf, diesmal: Ich weiß wirklich, ich weiß es wirklich. Die ganze Nacht habe ich darüber nachgedacht. Du und ich. Wir können –
Ja, ist gut, sagt Aylin. Ihr Haar ist heute nicht lang, steckt ihr am Hinterkopf im Licht.

Darf ich reinkommen?
Nein.
Wieso nicht? Ich helfe dir. Wir machen das. Du und ich.
Ich brauche deine Hilfe aber nicht, sagt Aylin, da will der Engel die Tür wieder zumachen, aber Ario: Fuß dazwischen.
Hör mal, sagt Aylin. Ich krieg das jetzt allein hin, klar. Du bist mir im Weg.
Die Tür will wieder zu, aber im Weg ist sein Fuß, erst der Fuß, dann der Körper, sein Körper ist der Weg. Engelchen fällt gegen die Wand, die gelbe Wand. Ario fällt, fliegt wie eine Krähe hinein. Die Tür fliegt zu hinter ihm.
Lass mich.
Engelchen schlägt.
So schön ist der Engelsmund, so herrlich dieser Duft. Will man hineinkriechen in diese Welt, eine weiche und helle. Ihr Haar riecht nach Minze.
Lass mich, lass mich!
Engelchen schreit, es schreit im Ohr, eine Welt bäumt sich, will nicht.
Man kann eindringen in jede Welt, eine Welt dehnt sich, alles kann man dehnen, kann man umstülpen.
Ich liebe dich.
Engelchens Gesicht ist rot. Blut an der Lippe. Dann eine Faust, die ihn trifft. Verrückt sein ist wie stolpern ohne gehen.
Ario sinkt zusammen.
Aylin steht über ihm, kein Engel. Engelsherrscherin, sie.
Verrückt sein ist wie –
Du bist verrückt, sagt Aylin. Was willst du von mir?

Sie schauen sich an. Blut auch auf ihrem Kinn, ihre Faust, das Blut in ihm, das rauswill. Wohin, wohin?
Verrückt sein ist wie wollen mit zu viel, viel zu viel.
Wenn alles will, aber nichts kann.
Sein Blut fließt auf den Boden. Der Boden saugt. Immer mehr saugt der Boden, zu viel, zu viel.
Ich verbinde dich, und dann gehst du, sagt Aylin.
Blut im Lächeln. Sein Blut ist ein Lächeln.
Die Wände lachen, er hört es genau.
Aylin geht voran.
Ario kann nicht. Der Boden hat ihn festgesaugt.

Versteht ihr jetzt? Ich habe euch alles erzählt, immer wieder.
Habt ihr zugehört?
Es ist Zeit, denke ich. Es ist genug, denke ich. Oder denkt ihr, ich warte auf ein neues Kapitel? Auf neue Menschen und neue Geschichten? Ich bestimme das Ende.

Na, komm jetzt, jetzt komm.
Diese Aufregung, diese Aufregung! Sie weiß ja selbst, dass das nicht gut ist, für die Nerven nicht, für den Magen nicht, für Günther schon gar nicht, rot, wie der schon ist im Gesicht. Aber es ist doch so einfach: Nur mit Stanca müssen sie noch reden, aber wenn sie ehrlich ist, ein großes Hindernis ist das nicht. Stanca kann doch eh kaum sehen, so komisch, wie die immer guckt, glaubt Marianne zumindest, also so guckt doch keiner, der noch alle Tassen im Schrank hat und der noch sehen kann, so glubschig, so leer irgendwie. Und sie hat was gut bei ihr, schließlich hat sie ihr damals das Café gezeigt, wo man für nur kleines Geld Essen kriegt für arme Menschen. Da hat sie ehrenamtlich ausgeholfen, bevor sie genug hatte von den ganzen Alkis und stattdessen im Stadtteilmuseum gearbeitet hat. Das war ihr lieber, die Ruhe der Räume, die alten Fotos, das Wissen um all das, was schon geschehen ist in der Zeit. Dass es nicht nur Stillstand gibt und rote Gesichter.
Dass sie sich da versteckt hat, versteckt vor dem, was wirklich zählt, das hat sie erst jetzt begriffen.
Günther schnauft, gleich sind sie da, die Treppen hinunter. Für den Fahrstuhl war sie wieder zu ungeduldig heute, sind ja nur ein paar Stockwerke.
Stancas Tür steht offen, einen Spalt nur, trotzdem ko-

misch. Drinnen ist eine Totenstille. Dann ein Schnaufen. Was sind das für merkwürdige Geräusche?
Günther guckt wie ein Kaninchen.
Es wird alles gut. Wir müssen nur mit ihr reden, sie wird ohnehin nichts. Also sie hat ohnehin nichts.
Und wenn schon, denkt Marianne noch einmal. Glauben würde der sowieso keiner. Verrückt, wie die ist mit ihrem elenden Dackel.
Vom Dackel (der kommt ja sonst immer angepest) aber nichts zu sehen, als sie in die Wohnung gehen. Es riecht muffig.
Vorne stehen Cemal, Yussuf und Mutlu im Flur vor einer Zimmertür. Sehr merkwürdiger Anblick, die drei haben was von Säulen. Reden tun sie auch nicht, stehen schweigend da, sehr seltsam das alles. Und überhaupt, was machen die hier?
Hä?, sagt Günther, tritt einen Schritt zurück. Man sieht ihm an: Mit diesen Leuten will er nichts mehr zu tun haben.
Mutlu steht da, guckt, nickt ihnen zu. Als hätte er erwartet, dass sie kommen. Irgendwie peinlich ist das, wie sie alle im Flur rumstehen, in diesem engen, düsteren vor allem. Der arme Junge, der bei Stanca wohnt, sitzt im Zimmer nebenan und schaut ihnen auch ganz verschreckt durch die offene Tür entgegen.
Also, wir wollten nur, sagt Günther, aber Mutlu guckt nicht so, als warte er auf eine Erklärung. Ein Papier streckt er ihnen hin.
Was ist denn das?
Marianne nimmt es, liest, einmal, zweimal, dreimal sogar,

immer nur einzelne Sätze, dann erst langsam ergeben sie einen Sinn.
Das Haus wird verkauft?
Mutlu sagt nichts, guckt nur. Lag hier, sagt er dann, zeigt irgendwie vage in den Flur hinein. Auf einer kleinen Kommode liegt noch der aufgerissene Briefumschlag.
Verkauf, steht da, das ganze Haus. Und Geschäftsmodell. Das Stockwerk von Stanca ist betroffen. Ein Hostel soll einziehen. Alles andere wird sich zeigen.
Das ist.
Ja, was ist es denn? Marianne weiß es auch nicht. Aber die Aufregung nimmt plötzlich ganz andere Formen an, ist mehr wie Sodbrennen. Ein blubberndes, strahlendes Brennen. Günther fängt an zu lachen.
Günther!
Marianne, stell dir das vor! All der Stress, was wir hier alles veranstalten, die ganze Chose. Und jetzt, hahaha, jetzt wird das einfach verkauft!
Scheiß-Investoren. Die machen uns alle fertig, sagt Cemal.
Dabei hat sie den bisher kaum reden gehört. Immer nur diesen anderen, diesen Dünnen mit der Knubbelnase, Yussuf.
Ganz Kreuzberg reißen die sich unter den Nagel, ganz Berlin. Alles nur für Geld. Nur die Reichen. Und wir?
Erst trifft es euch, dann uns, sagt Yussuf. Hör auf zu lachen, Mann, das ist ernst!
Günther hat ja auch schon aufgehört. Aber grinsen tut der immer noch wie ein Lausbub, wie einer, der über einen schiefgegangenen Streich dennoch lacht.

Und Marianne denkt nach dem ersten Schock, der langsam wegsackt, abzieht, dass das gar nicht Sodbrennen ist, was sie fühlt, sondern irgendwie auch so etwas wie Aufregung. Freudige Aufregung. Das Gefühl der Erleichterung, wenn sich alles plötzlich in eine andere Richtung dreht, ohne dass man selbst entscheiden musste. Wenn plötzlich etwas klar wird. Ob nun, weil man eine Entscheidung selbst getroffen hat oder weil die Entscheidung getroffen wird.
So wie damals, als sie beschlossen hatten, hier einzuziehen. Als sie die Blicke der Bekannten aushalten mussten. Erst Häuser besetzen und dann in den nächstbesten Neubau?! Das hat damals keiner verstanden, wie aufgeben kam das manchen vor, gut, auf die hatten sie verzichten können, Günther und sie, sie hatten genug Freunde, echte, sie wussten, was sie damit wollten. Und jetzt. Jetzt ist es, als schließe sich der Kreis. Dabei hatte sie gar nicht gewusst, dass ein Kreis draus werden kann, ein deformierter, ein witziger fast. So ein Gefühl ist das.
Wer will denn das Ding überhaupt kaufen, sagt Günther, lacht Günther. Absurd ist das! Mensch, Marianne, auf unsere alten Tage werden wir jetzt doch noch verdrängt.
Strenggenommen, sagt Marianne, wird das nicht passieren. Mieterschutz, Günther, Mieterschutz. Es scheint doch sowieso nur Stancas Stockwerk betroffen.
Eine richtige Scheiße ist das, sagt Yussuf, mein Gott, bei manchen Leuten wird aber auch alles immer gleich laut. Sag du doch auch was, Mutlu.
Die Jungs, sagt Mutlu. Ich will nicht weg.
Yussuf sagt irgendwas auf Türkisch, Cemal murmelt

vor sich hin, die reden alle durcheinander. Ganz schnell spricht auch Mutlu. Yussuf wird schon wieder laut.
Wo ist denn nun Stanca?, fragt Günther.
Stimmt ja, wegen ihr sind sie eigentlich hier. Hat Marianne auch schon wieder vergessen, dass da was war. Und ist schließlich auch weiterhin wichtig. Nur weil das Haus verkauft wird, heißt das nicht, dass alles, kein Neustart, kein gar nichts heißt das. Nicht für so was. Nicht für so ein Unglück.
Günther späht ins Zimmer hinter Cemal, der fuchtelt in der Tür herum. Die Männer lassen sich nicht stören in ihrer Diskussion, nur Mutlu schaut mit, dreht den Hals.
Komisch, sagt Günther.
Die war da eigentlich drin, ruft der Junge aus dem anderen Zimmer. Er hat Kopfhörer auf, die ganze Zeit schon, aber kann ihr keiner erzählen, dass der nicht mitgehört hat.
Ich hab sie zumindest nicht gehen gehört, sagt der Junge.
Günther steht schon im Zimmer. Die Tür hängt ganz merkwürdig in den Angeln. Komisch, diese ganze Wohnung, irgendwie suspekt. Das ist schon witzig, die Wohnungen hier sind ja alle ähnlich geschnitten, aber das macht eben was aus, wer drin wohnt, das ändert die ganze Wohnung. Diese hier: als rückten die Wände einem zu Leibe.
Dass der arme Junge es hier aushalten muss.
Mutlus Freunde interessiert das nicht, streiten fröhlich weiter, und dass die einfach Stancas Post gelesen haben.
Marianne drängt sich vorbei, zum Zimmer.
Dunkel ist es im Zimmer, die Vorhänge sind zu, lassen

immerhin etwas trübes Licht hinein. Der Lichtschalter funktioniert nicht. Günther klickt trotzdem ein paarmal darauf. Klick klack klick klack. Das Geräusch klingt merkwürdig hohl im Zimmer.
Ein Bett steht an der hinteren Wand, zerwühlte Decke, aufgetürmte Kissen. Die Wand sieht merkwürdig aus, als hätte sie Dellen, als böge sich die Wand in den Raum hinein. Vermutlich abfallende Tapeten, kein Wunder, so muffig und feucht, wie es riecht.
Günther und Marianne schauen sich an. Sie brauchen keine Worte, sie wissen auch so, dass es hier gerade nichts mehr zu holen gibt. Wir schließen das Kapitel, denkt Marianne.
Komm, Günther, sagt sie. Das bringt nichts.
Vorbei an den diskutierenden Männern, vorbei am schweigenden Mutlu.
Mutlu hält sie fest.
Marianne, sagt er. Was machen wir?
Wir warten, sagt Marianne.
Was machen wir!
Mutlu lässt nicht los, im Gegenteil: Er zieht plötzlich so heftig, dass Marianne fast gegen ihn fällt.
Denkt sie zumindest erst, eine Sekunde lang. Dann passiert es aber schon wieder, dieses Zerren, ein Ruck.
Mutlu ist hart, ein harter Körper, nur der Bauch weich, weh tut das, wie sie gegen ihn gedrückt wird. Aber das ist nicht er, der zieht, der Ruck geht durch das Haus, noch einmal: ein kräftiger. Dann noch einer.
Ein Erdbeben?
Marianne, keucht Günther.

Der Fußboden zittert, als atme er.
Mutlus Arm fällt schlaff nach unten, seine Augen riesig.
Das ist es, was sie sieht, als Letztes: sein Gesicht, plötzlich voller Konturen.
Marianne fällt gegen Günther, gegen Mutlu, gegen die anderen Männer.
Ein Geräusch wie ein Grollen geht durch die Wände.
Der Boden bäumt sich auf. Der Boden bekommt Risse, sie fräsen sich durch den Estrich wie durch einen gefrorenen See. Wie Kinder stehen sie wimmernd auf den Schollen.
Ein Klirren, als die Scheiben aus den Fenstern springen.
Die Wände platzen auf wie überreife Früchte.
Stancas Deckenlampe kracht nach unten.
Marianne hört nichts mehr. Ihr Körper ein Schraubstock.
In ihrem Mund der Geschmack von Asche.
Der Ruck wälzt sich durch den aufbrechenden Boden, kommt von allen Seiten. Eine Welle aus Beton. Als wäre die Welt ein Meer aus Grau.

Und so hätte es ausgehen können:
Aylin und Ario heiraten, bekommen Kinder, süße Kinder.
Stanca ist eins mit mir, für immer, ihre Haut ist grau.
Barış hört auf mit YouTube und wird Fitnesstrainer, Burak wird Arzt. Aber erst mit dreißig. Vorher: Jugendknast.
Und Marianne und Günther ziehen um, nach Buckow, ins Grüne.
Mutlu sitzt am Tisch. Er stirbt allein.

Stattdessen wieder ein Loch.
Füllt es.
Nur zu.

Quellenangaben

Hannah Lühmann: »Wer hier aus der U-Bahn steigt, ist selber schuld«. In: Die Welt (online), 7.3.2016.

»Beletage der Industrie«. In: Der Abend, 3.12.1970.

Julia Haak: »Das Kottbusser Tor ist ein Ort zum Fürchten«. In: Berliner Zeitung (online), 15.1.2016.

Mario Kaiser: »Mütternacht. Ortstermin: In Berlin-Kreuzberg machen türkische Frauen mit Taschenlampen Jagd auf Drogendealer«. In: Der Spiegel, 23.12.2005.

»›Zynisch, absurd‹: Empörung über Abriß-Idee. Politiker und Bewohner lehnen Vorschlag von Landowsky und Stimmann zum Umgang mit Sozialsiedlungen ab«. In: Der Tagesspiegel, 10.3.1998.

Andreas Molitor: »Der Kotti kommt vom Tropf«. In: Die Zeit, Nr. 28, 3.7.2003.

FSC
www.fsc.org
MIX
Papier aus verantwortungsvollen Quellen
FSC® C014496

Lektorat © Frankfurter Verlagsanstalt
Umschlaggestaltung: Daniela Weichenberger
Werbegrafik-Design, Salzburg
Unter Verwendung von Motiven von © Chann Stock/shutterstock.com
und © Anastasiia Vasylyk/shutterstock.com
Herstellung: Laura J Gerlach
Satz: psb, Berlin
Druck und Bindung: GGP Media GmbH, Pößneck
Printed in Germany
ISBN 978-3-627-00282-4

Hans Christoph Buch. ROBINSONS RÜCKKEHR
DIE SIEBEN LEBEN DES H. C. BUCH
»Buch hat nicht nur einen unverwechselbaren Ton, sondern er führt in jedem seiner Romane vor, was Literatur kann: Dinge beschreiben, die unbeschreiblich sind.« DEUTSCHLANDFUNK

Hans Christoph Buch. TUNNEL ÜBER DER SPREE
TRAUMPFADE DER LITERATUR
»Es sind kenntnisreiche Chroniken der deutsch-deutschen Literaturszene, die zugleich neue literarische Zugänge zur Welt offenlegen.« DEUTSCHLANDRADIO KULTUR

Lasha Bugadze. DER ERSTE RUSSE
Roman
»Lasha Bugadze gelingt es, georgische Zeitgeschichte und Fiktion geschickt miteinander zu verknüpfen.« WDR5

Lasha Bugadze. DER LITERATUREXPRESS
Roman
»Schelmisch und selbstironisch, satirisch und sehr lustig: Bugadze hat Talent für humoristisch überzeichnete Szenen und einen Sinn fürs Absurde.« DER TAGESSPIEGEL

Ruth Cerha. ZEHNTELBRÜDER
Roman
»*Zehntelbrüder* ist ein zeitgemäßer Familienroman, ein Kaleidoskop moderner Verhältnisse, in denen Bindungsängste ebenso zu finden sind wie der Glauben an eine tiefe innere Verbundenheit.« BÜNDNER TAGBLATT

Ruth Cerha. BORA. EINE GESCHICHTE VOM WIND
Roman
»Bildstark, sinnlich und mit einem überaus musikalischen Grundton spürt Cerha den Sehnsüchten und Ängsten zweier Enddreißiger hinterher.« STUTTGARTER ZEITUNG

Pauline Delabroy-Allard. ES IST SARAH
Roman
»Ein furioses, ein gnadenloses Debüt der Französin, die es damit gleich in die zweite Runde des Prix Goncourt schaffte.« DER STANDARD

Nicolas Dickner. NIKOLSKI
Roman
»Dickners Blick auf die Welt ist subversiv.« DEUTSCHLANDFUNK

Mareike Fallwickl. DAS LICHT IST HIER VIEL HELLER
Roman
»Spannungsreich gewoben. Wo die existenziellen Bedrohungen Ernst machen, reagiert Mareike Fallwickl mit Satire. Ihr Konter auf den Zynismus kommt souverän abgefedert daher.« NEUE ZÜRCHER ZEITUNG

Mareike Fallwickl. DUNKELGRÜN FAST SCHWARZ
Roman
»Wenn es ein Buch gibt, das unter all den Neuheiten herausragt, dann ist das *Dunkelgrün fast schwarz*. Hier stimmt einfach alles, von der ersten bis zur letzten Seite.« BLOG MASUKO13

Margaux Fragoso. TIGER, TIGER
Roman
»Es ist ein schockierendes Buch, das die Amerikanerin Margaux Fragoso über ihre jahrelangen Erfahrungen mit einem Pädophilen geschrieben hat.« FRANKFURTER ALLGEMEINE SONNTAGSZEITUNG

Anna Galkina. DAS NEUE LEBEN
Roman
»*Das neue Leben* ist ein Roman über Migration – unter anderem. Er beschreibt auch die Höhen und Tiefen im Leben einer jungen Frau. Und das auf eine wahrlich gelungene Weise.« CICERO

Ernst-Wilhelm Händler. WENN WIR STERBEN
Roman
»Ernst-Wilhelm Händler vollzieht in seinem raffinierten Roman nichts Geringeres als die feindliche Übernahme der deutschen Gegenwartsliteratur.« Frankfurter Allgemeine Zeitung

Nino Haratischwili. DIE KATZE UND DER GENERAL
Roman
»Nino Haratschwili ist eine zupackende und furchtlose Erzählerin. Sie hat die Gabe, Figuren und einer Szenerie mit wenigen Sätzen Kontur und Lebendigkeit einzuhauchen.«
NZZ am Sonntag

Nino Haratischwili. DAS ACHTE LEBEN (FÜR BRILKA)
Roman
»Die Geschichte des europäischen Jahrhunderts als georgische Familiensaga erzählt. Wie hat sie das gemacht? Deutscher Roman des Jahres. Phänomenal.«
Frankfurter Allgemeine Sonntagszeitung

Nino Haratischwili. MEIN SANFTER ZWILLING
Roman
»Nino Haratischwili hat das Zeug zur neuen Heldin der zeitgenössischen deutschen Literatur. *Mein sanfter Zwilling* ist ein Text von beinahe klassischer Wucht.« Literarische Welt

Christa Hein. DER GLASGARTEN
Roman
»Christa Hein ist eine Seelenmalerin, die sich auf das Legen literarischer Hochspannungsleitungen versteht. Gekonnt verschränkt sie Familiendrama, Liebesaffären und Krimi.«
Brigitte Woman

Zoë Jenny. BLÜTENSTAUBZIMMER
Roman
»Es ist ein verstörender Text, klar und einfach geschrieben und doch von einer vielleicht noch etwas naiven, poetischen Kraft – hier ist nichts gekünstelt.« ELKE HEIDENREICH, WDR

Tanja Kinkel. GÖTTERDÄMMERUNG
Roman
Ein spannender und hochbrisanter Thriller über eine globale Pandemie.

Bodo Kirchhoff. DÄMMER UND AUFRUHR
ROMAN DER FRÜHEN JAHRE
»Bodo Kirchhoff hat eine Selbsterforschung geschrieben. Wer sich mit diesem Autor beschäftigt, kommt an diesem Buch nicht vorbei.« DEUTSCHLANDFUNK

Bodo Kirchhoff. WIDERFAHRNIS
Novelle
Ausgezeichnet mit dem Deutschen Buchpreis 2016
»Bodo Kirchhoff ist ein Meistererzähler; sein Widerfahrnis trifft uns alle.« LITERARISCHE WELT

Bodo Kirchhoff. DIE LIEBE IN GROBEN ZÜGEN
Roman
»Ein fulminantes Buch über die Menschen von heute und über das, was sie umtreibt, verstört, weiterbringt, überleben lässt, über die Liebe also – in groben Zügen.«
DENIS SCHECK, ARD DRUCKFRISCH

Elsa Koester. COUSCOUS MIT ZIMT
Roman
»Drei außergewöhnliche Frauen aus verschiedenen Generationen. Ein Familien- und Frauenroman, aber vor allem auch ein sehr politisches Buch, das ein Stück französische Kolonialgeschichte in die Gegenwart holt.« DEUTSCHLANDFUNK KULTUR

Helmut Kuhn. GEHWEGSCHÄDEN
Roman
»Der Roman ist ein Zeitdokument, das einen tiefen Blick in die Seelenlage von Berlins kreativer Mitte wirft. Mit seinen starken Szenen und abrupten Wechseln erinnert *Gehwegschäden* an Döblins *Berlin Alexanderplatz*.« RBB STILBRUCH

Amanda Lasker-Berlin. ELIJAS LIED
Roman
»Ihre Kunst ist politisch. Sie hat etwas zu sagen und sie tut es auch. Amanda Lasker-Berlin, ein Name den man sich besser einprägen sollte.« MDR

Ulla Lenze. DIE ENDLOSE STADT
Roman
»Ulla Lenze hat in ihrem enorm gegenwärtigen Großstadtroman eine Sprache für die Verwirrung zwischen Nähe und Ferne, Kunst und Kapitalismus gefunden.« KULTURSPIEGEL

Demian Lienhard. ICH BIN DIE, VOR DER MICH MEINE MUTTER GEWARNT HAT
Roman
»Von den Jugendunruhen 1980 an den Platzspitz. Eine solche Stimme hat man in der Schweizer Literatur noch nicht gehört: frech und verzweifelt, schräg und kühn.« NZZ

Julia Malik. BRAUCH BLAU
Roman
»Der Roman geht unter die Haut. In schneller Sprache zieht sie den Leser in ihre Geschichte rein. Ein Buch, das uns viel über unsere wandelnde Gesellschaft zeigt – und die Liebe.« ELLE

Mathias Menegoz. KARPATHIA
Roman
»Der Roman bietet große Landschaften und große Gefühle.« FRANKFURTER ALLGEMEINE ZEITUNG

Karoline Menge. WARTEN AUF SCHNEE
Roman
»Karoline Menge variiert in ihrem erstaunlichen Debüt ein bekanntes Sujet: zwei Menschen alleine in einer feindlichen Umwelt.« DEUTSCHLANDFUNK KULTUR

Christoph Peters. STADT LAND FLUSS
Roman
»Eine scheinbar ganz normale Liebesgeschichte, aber voller doppelbödiger Spannung. Ein Glücksfall.« FOCUS

Sylvia Plath. DIE TAGEBÜCHER
»Ein großartiges Stück autobiographische Literatur. Kraftvoll und poetisch, klug und sprachlich ausgefeilt.« BRIGITTE

Sylvia Plath. DIE BIBEL DER TRÄUME
Erzählungen
»Gerade durch diese Texte, die noch nicht wie in Stein gemeißelt dastehen, erfährt man viel über die literarische Begabung Sylvia Plaths.« NEUE ZÜRCHER ZEITUNG

Sylvia Plath. ZUNGEN AUS STEIN
Erzählungen
»Joachim Unselds Frankfurter Verlagsanstalt macht die beiden Erzählbände *Die Bibel der Träume* und *Zungen aus Stein* wieder zugänglich. Plath besticht darin mit ihrem unverkennbaren kühlen Prosa-Stil. Er erinnert an den jungen Philip Roth und Salinger.« LITERARISCHE WELT

Marion Poschmann. BADEN BEI GEWITTER
Roman
»*Baden bei Gewitter* ist ein Sprachfeuerwerk.«
NEUES DEUTSCHLAND

Marion Poschmann. HUNDENOVELLE
»Es ist die präzise Komposition, die neben der geschliffenen, glitzernd polierten Sprache dieser Prosa besticht.« DIE ZEIT

Marion Poschmann. SCHWARZWEISSROMAN
Roman
»Hier gibt es keine abgegriffenen Worte, keine sattsam bekannten Figuren. So etwas hat man noch nicht gelesen.« BÜCHER

Marion Poschmann. GRUND ZU SCHAFEN
Gedichte
»Einer der wichtigsten Gedichtbände der letzten Zeit. *Grund zu Schafen* markiert die Rückkehr einer Naturlyrik auf höchstem Sprach- und Reflexionsniveau.« FRANKFURTER ALLGEMEINE ZEITUNG

Minka Pradelski. ES WIRD WIEDER TAG
Roman
»Wie meisterhaft Minka Pradelski über dieses Kapitel der Geschichte schreibt, ist große Kunst auf dünnem Eis. Sie kann das, und sie darf das! Ein ganz wunderbares Buch, ich bin mehr als begeistert.« IRIS BERBEN

Minka Pradelski. UND DA KAM FRAU KUGELMANN
Roman
»Frau Kugelmann sagt einmal, seinen eigenen Kindern kann man sowas nicht erzählen, man muss es fremden Kindern erzählen. Wir sind auch die fremden Kinder, die durch solche Bücher ganz viele großartige Dinge erfahren.« ELKE HEIDENREICH

Julia Rothenburg. HELL/DUNKEL
Roman
»In knapper Sprache lässt Rothenburg das Halbdunkel einer verwahrlosten Kreuzberger Wohnung aufleben, jugendliche Trostlosigkeit und fiebriges Habenwollen, hinter dem jederzeit der innere Zusammenbruch lauert.« BERLINER ZEITUNG